치매간병을 힘들게 만든건

착한며느리 증후군이었다

치매간병을 힘들게 만든 건
착한며느리 증후군이었다

그래도
함께여서
좋다?

정유경 지음

NODE MEDIA
노드미디어

작가의 말

　이 글은 주 보호자의 사랑과 인내로 승화시킨 간병일지는 아니다. 며느리 혹은 주 보호자의 개인적인 경험과 관점에서 어쩌면 환자보다 더 힘겨워하고 고통스러워하는 배우자까지도 간병해야 했던 일들을 써 내려갔다. 더불어 자식인 주 보호자의 입에서 뱉기 힘든 말을 어쩌면 며느리이기 때문에 가능할 수도 있겠다.

　필자는 간병 했던 분들의 가장 큰 두 가지 고통 중 하나인 가족 간의 고통을 언급하려고 한다. 간병의 가장 큰 육체적 고통과 비등한 고통은 가족의 해체를 맞이하는 것이다. 아니 어쩌면 인류 역사가 말해주듯 그것이 당연할 수도 있겠다.

어리석은 경험으로 알게 된 것은 흉터로 남아 부모와 주 보호자, 그리고 형제들의 문제뿐만 아니라 이 과정을 어릴 때 부터 지켜본 다음 세대에까지 영향을 주게 된다는 것이다. 그리고 가족의 불화는 결국 치매를 앓고 있는 환자의 안위까지 위태롭게 할 수도 있는 문제다.

PROLOGUE

그는 어느 날 갑자기 찾아온 불청객이었다.

오랜 시간이 지나도 떠날 생각을 하지 않는다. 가족을 괴롭히고 모든 것을 엉망진창으로 만들어 버렸다. 한 가정을 장악하고 통제하고 잠시도 숨 쉴 틈을 주지 않았다. 그는 이 집 주인이 되어버린 '알츠하이머병'이다.

그즈음의 나는 큰아이 입시만 끝나기를 기다렸다. 큰아이 대입이 끝나면 시부모님께 욕을 듣더라도 여행이라도 다녀오리라 마음먹고 있었다. 10년 이상 제대로 된 여름휴가 한 번 다녀오지 못했기에 절실했는데 내 희망과 달리 운명처럼 나타난 알츠하이머의 극적인 등장이었다.

알츠하이머란 병은 아버님과 나의 삶을 망가뜨리고 미래를 결정해 버렸다. 이 집 주인이 된 알츠하이머는 아버님과 나를 세상과 단절시켰고 망망대해에 나룻배로 띄워 버렸다.

언젠가의 기억이다.

아버님은 대가족이 모이기 며칠 전 나에게 '치매 예방약' 레시피(떠도는 민간요법이 적힌)를 내밀며 온 가족이 먹을 분량을 만들라고 했다. 아버님은 온 가족을 위한 것이라며 유아와 초등학생이었던 아이들에게까지 그 자리에서 그것을 동시에 먹게 했다. 마치 종교의식을 치르는 듯......

그때는 몰랐지만, 아니 의문의 레시피로 만든 것을 아기들에게까지 먹여야 한다는 것에 불만이 앞섰지만, 돌이켜 보면 아버님은 얼마나 큰 두려움으로 그 레시피를 나에게 건넨 것일까? 아버님의 심정을 깨닫게 되었다. 그런 노력에도 불구하고 아버님에게 불청객이 찾아온 것이다.

평생 가족을 위해 헌신한 아버님은 자식들을 위해 온 정성을 쏟았다. 모든 것을 지지해주셨고, 아버님의 교육열은 더 놀랄 만했다. 자녀를 위해 영문법 책을 가르치셨다고 들었다.

자식의 수 없는 질문에 답해주었으며, 고민하는 자녀에겐 힘이 되어주었고, 성인이 된 뒤에도 물질적 정신적 도움은 물론, 부부 문제 같은 솔직하고 사소한 걱정마저 함께 나누는 것을 나는 옆에서 부럽게 지켜보았다. 훗날 내가 노력하면 인정받고 그 안에 속할 수 있을거라고 생각했지만 나를 끼워줄 여유가 그들에겐 없는 듯했다.

'내리사랑'이라고 했던가! 아프시고 난 뒤 아버님은 외톨이가 되어버렸다. 이제 아버님은 전혀 영향력 없는 약자가 돼버렸다. 애지중지 키운 자녀들은 자신의 앞가림도 힘들어하며 만날 때마다 처지에 대한 고통을 늘어놓았다.

고민할 겨를도 없이 시작한 간병. 긴 시간 동안 아버님의 병세가 급격히 나빠지지 않은 것을 생각하면 내가 간병한 것에 대한 후회는 안 하지만 그 과정을 통해 가족의 본 모습을 알게 되었고, 내가 안고 있던 고통의 원인을 발견했다. 나의 삶인데도 내것이 아닌 처지였기에 자유롭지 못한 나는 전쟁터를 벗어나서야 알게 된 것이다.

치매 진단 후 형제들 회의에서 저마다 대책이란 말을 꺼냈지만 이렇다할 결과물도 내놓지 못했다. 그들은 결국 내가 하게 될 일임을 나보다 먼저 알고 마치 그 자리에 내가 없는 것처럼 가정 케어로 결정했다. 이미 내가 함께 살고 있으니 결정권과 권리는 자식에게, 의무는 나에게 정해지고 그것을 포장하고 마무리 짓기 위한 대화만이 남아 있었고, 그들은 눈을 가리고 귀를 닫으면 아무런 불편함도 없었다.

누구 하나 적극적으로 나서지도 않았으며 이후에는 여러 종류의 사유를 대며 문턱이 닳도록 드나들던 이쪽으로 향한 발걸음이 점점 뜸해졌다. 어머니를 만날 일이 있으면 아버님과 내가 없는 외부에서 만났고, 나를 제외한 다른 시간과 공간을 정했다. 지친 내가 가출하기 전까지는 평화로운 것 같았다.

간병에 지친 내가 6년 되던 해에 포기해 버렸더니 그 피해가 고스란히 아버님에게로 갔다. CCTV를 통해 본 아버님은 매일 깎아드리던 수염이 덥수룩하게 자랐으며 매일 점심은 떡이나 자장면으로 때우고 풀이 죽은 표정이 안타까웠지만, 상황이 달라지지 않을 것이란 생각에 더 가슴 아팠다.

가출 후 모두가 돌아가며 각 가정에서 부모님과 함께 숙식하며 생활해 볼 것을(단, 몇 개월만이라도) 제안했다. 그러나 어머님을 포함하여 내가 제안한 모든 것을 거부한 그들은 전혀 다른 결정을 했다. 입주요양사를 고용하기로 하면서 모두에게 나눠주고 남은 부모님 소유의 마지막 재산을 언급했고 (나는 생각도 못 한 것을 놀랍게도 그들은 쉽게 내뱉었다), 우린 모든 것을 원하는 대로 해주기로 했다. 차가운 눈 흘김과 수고했다는(손윗사람에게 향하는 가장 적절한 단어를 찾기 위해 고심한 듯한 단어였다.) 한마디로 모든 걸 정리 했다. 그 말에 반해 보여지는 모든 행동은 철저히 나의 잘못으로 돌렸고, 자기방어들을 위한 작위적인 힘을 행사했다. 그러면 양심을 돌아볼 겨를은 없게 된다. 매체에서나 보던 문제가 우리 문제로 다가왔고 나는 형제애를 갈라놓느니 차라리 기부하고 명예를 얻으시란 말까지 했다. 부모님이 했던 절약과 고생은 안타깝게도 독이 되어버렸다.

손아래 시누이가 선두에 서서 결정하고 지휘하고 시작은 했지만, 예고 없이 유럽여행을 떠나버렸고 역시 세세한 일들은 곁에 있는 내 손을 거쳐 부모님 이사를 시켜드렸다. 이사 1년이 지난 지금은 입주 요양보호사와 살고 계신다. 원했던 방식은 아니었지만 미루고 미뤄왔던 자유로운 휴식을 결혼 후 처음으로 가질 수 있게 되었다. 몇 년을 미루던 자궁의 혹

제거 수술을 했다. 화장실을 마음 편히 갈 수 있게 되었고, 밤새 깨어나지 않고 잠을 푹 잘 수 있었다. 이젠 차가워진 밥을 급하게 퍼넣지 않아도 된다. 제때 맞춰 하루 세 끼를 먹을 수 있게 된 것이다. 아이들이 거실로 나오기 시작했고 식탁에 모여 대화를 하기 시작했다. 결혼 26년 만에 온전히 나를 마주보게 되었고, 과거를 떠올리며 아파하는 나에게 본인 일처럼 안타까워하며 힘과 위로를 주신 분의 권유로 이 글을 쓸 용기를 갖게 되었다.

치매 간병을 하는 보호자가 쓴 책이 많지 않은 이유가 있다. 간병하는 동안에는 다른 에너지를 쓸 여력도 시간도 없다. 지쳐있던 나도 간병을 벗어나기 전까지 글을 쓴다는 것은 상상도 못 할 일이었다. 막상 시작 하려니 시작부터 지쳐버린 이유는 그동안 겪은 고통의 순간을 다시 떠올리며 마주해야 했기 때문이다. 그러나 잊으려 하면 할수록 더 선명하게 떠올랐다. 아니, 그 기억은 악몽이 되어서 나를 뒤흔들었다. 길을 걷다가, 일을 하다가, 예쁜 꽃을 보다가도 숨을 쉴 수 없게 가슴을 옥죄고 있었다.

불행.

그것은 예측 가능한 것과 예상치 못할 때 닥치는 것에 큰 차이가 있다. 어느 날 갑자기 닥친 불행은 끝없는 절망에 빠뜨리기도 하며 보호자를 더 단단하게 하는 힘이 될 수도 있기 때문이다. 앞으로 겪을지도 모를 혹은 절대 겪지 않길 바라는 마음으로 이 글을 읽는 당신에게 예측 가능한 '예방주사'가 되길 바란다.

이 글의 1장에서는 치매의 증상과 관련된 그간의 사건을 위주로 적었고, 2장에서는 간병의 고통과 그로 인한 문제를 적었다. 3장에서는 긴병 이후의 치유를 이야기했고, 4장은 그동안의 시간을 통해 알게 된 것들을 적었다.

지금도 많은 치매 가정의 주 보호자는 상상할 수도 없는 환경에서 현실과 싸우며 버텨내고 있다. 그들은 아무도 없는 우주 공간에서 떠도는 미아가 된 느낌이다. 그것은 어느 가정의 어떤 치매 환자도 같은 증상과 상황일 수 없기 때문이다. 그분들은 치매 환자의 망가진 뇌를 붙잡아 주고, 왜곡된 기억과 현실을 다독여주기 위해 온 힘을 다해 싸워주고 있다.

운 좋게 치매를 접하지 못한 행운을 잡은 가정도 막연한 두려움을 주는 '끔찍한 병'을 예방하기 위해 과학적으로 증명되지 않은 방법들까지 총동원하고 있는 것이다.

양쪽 조부모 중 두 분이 치매 가정인 시대에 누구도 장담할 수 없게 되었기 때문이다.

시간이 흘러 아버님의 일이 나와 남편에게 그리고 또 다른 형제에게 일어나지 않으리란 보장이 없다.(간병하는 보호자들은 절대 이 두려움에서 벗어날 수 없다.)

내 아이들은 내가 겪은 일을 함께 했으니 더더욱 마주하지 않길 바란다. 나의 손자 손녀가 할아버지나 할머니로 인해 이런 고통을 겪지 않길 바란다. 아니, 어느 가정의 어느 자손도 이런 고통을 몰라야 한다. 아무도 '고통스럽고 치열한 밤과 낮'을 겪지 않길 바란다. 언젠간 이 병이 정복되어 감기약을 먹으면 일 이주 뒤 씻은 듯이 낫듯 하루빨리 임상을 완벽히 통과한 획기적인 치매 치료제가 나오길 간절히 바란다!

CONTENTS

3장 상처 그 끝에서...

4장 작은 도움과 함께 아픈 당신 위로합니다

CONTENTS

1 장

그 래 도

함 께 여 서 좋 다 ?

스탠바이~ 큐!

"아버니~임~! 스텐바이~큐!"

나는 영화감독이 되어 손바닥을 펼쳐 신호를 보낸다. 아버님에게 뭐라도 시도하려면 이래야 한다.

"싫어! 안! 해!"

오늘도 무조건 안 하신단다.

"내가 미쳤냐? 이빨을 닦게?"

"에구? 아버님! 지금 이빨에 벌레 몇 마리 있어요?"

"3억 5천 마리!"

수 개념이나 계산능력이 흐릿해지신다. 작년에도 어제도 오늘도 똑같은 아버님의 입속에 있는 세균 수는 3억 5천 마리다.

"와~~~! 그걸 아버님이 다 먹여 살리실 거에유? 이렇게 깡 말랐는데 세균한테 다 뺏기실 거예요? 빨리 내쫓아야쥬우~~~!"

연고도 없는 지역의 사투리를 써가며 없는 애교를 만들어 낸다.

"나~참!" 웃으면서 날 흘겨보신다.

"자자~차인표 배우님~~!"(분노의 양치질로 유명했던 배우님, 덕분에 감사합니다.)

난 우스꽝스런 표정을 지으며 윙크한다. 기미로 가득한 내 못생긴 얼굴이 일그러져서 더욱 가관이다.

"아버니임~! 짠!!" 아버님의 두 손을 잡고 이끌었다.

치매환자는 신체를 통제하고 조절하는 능력도 시간이 지나면서 사라진다고 한다. 의사는 중기와 말기의 구분을 '넘어지는지'에 두고 증상을 묻는다. 때로는 행동 증상이 나올 때 복용하는 약이 걷는 것을 방해하기도 한다. 밤에 주무시지 않아서 그 처방을 받았지만, 1회 복용만으로도 축 처지는 아버님을 보고 놀라 바로 끊으시게 했고, 차라리 차분한 음악이나 놀이 등의 정서 치료에 집중했다. 언제가 될지 모르나 아버님이 넘어지시는 그날이 두려웠기 때문이다. 더 좋아질 수 없다면 제발 이대로 멈춰 있기만 바랄 뿐이다. 특히, 지남력과[1] 협응이[2] 사라지게 되어 건강하셨을 때의 보폭보다 지금의 걸음이 훨씬 못 미치게 되었다. 앞으로 더 진행된다면, 보도블록과 차도의 턱이나 문턱을 지날 때 넘어지는 이유가 되기도 한다.

그것도 환자마다 다르며 치매의 종류나 환자의 건강상태 그리고 연세에 따라 다른 양상을 보인다. 아버님은 연세가 있으니까 더 조심해야 한다. 특히 치매이신 분은 다른 병 환자보다 치료에 대한 협조가 자발적으로는 불가능하므로 되도록 다치지 않도록 보호와 예방을 하는 것이 최우선이다. 그러나 넘어지는 것은 찰나다. 최대한 밀착 호위로 조심할 뿐이다.

아버님의 손을 잡고 뒷걸음질 치며 바닥에 널려있는 위험한 장애물을 발로 밀어 치운다. 내 손은 아버님의 두 손이 꽉 잡고 있기 때문이다. 이 두 손은 매 순간 낯설고 두려운 장소에서 엄마의 손을 놓지 않으려는 아이의 마음이 담긴 손이다.

세면대 앞에 다다랐다. 나는 한 번 더 윙크하고 우스꽝스

---

1 지남력(指南力): 시간과 장소, 상황이나 환경 따위를 올바로 인식하는 능력.

2 협응(協應): 신체의 신경 기관, 운동 기관, 근육 따위가 서로 호응하며 조화롭게 움직임.

러운 표정을 짓는다.

아버님은 "나! 참! 얘 때문에 미치겠네." 너털웃음이다. 그리고 마지못해 시작하신다.

칫솔에 짜드린 치약이 싫으신지 물을 흠뻑 적시다가 결국 늘어진 치약이 세면대 위로 떨어졌다. 아버님은 재빨리 세면대에 묻은 치약을 훑어서 칫솔에 묻히신다. 세면대에서 훑어낸 콩알만큼의 치약을 입으로 가져가신다. 떨어진 치약이 아까우신 거다. 6·25전쟁 때 피난 내려오신 아버님은 알뜰하셨다.

상할 대로 상해서 빠진 어금니와 두 개의 앞니는(2020년 1,2월에 치료됨) 닳아 없어지고 있었다. 아프시냐고 여쭤봐도 늘 같은 대답이다. 걱정할까 봐 그러신지 전혀 안 아프다고 하신다. 통증을 못 느끼시는 건가...... 분명, 아프실 텐데 말이다.

치과 치료는 거의 불가능하다. 피하고 싶은 환자 1순위일 것이다. 초기부터 말했던 소개를 몇 달 기다리다가 염증이 심해져서 고름이 나오길래 결국 대학병원에 가서 어금니를 뺐다. 정상인에겐 아무것도 아닌 지혈이지만 아버님껜 여간 큰일이 아니다. 지혈을 위해 거즈를 막아놓는 일조차 온종일 전쟁이다. 2~3초도 못 견디시고 거즈를 뱉어서 빼버리신다. 병원에서 준 것도 모자라 약국에서 몇 봉지를 사다가 새 거즈와 솜을 물려드리지만 잠시 몇 초뿐이다. 다시 뱉어 버리신다.

"아버님! 자꾸 거즈를 빼니까 피가 안 멈춰요. 아버님 병원에 입원해서 주사 백 대 맞는 게 좋으시겠어요? 아니면 지금 지혈하고 맛있는 것 드시고 싶으세요?", "맛있는 거 먹어야지~" 빼지 않겠다는 약속을 수십 번 수백 번 해도 마찬가지다. 대답만큼은 천진난만하다. "네!" 그래도 3초 내로 뱉어내길 반복. 이런 상황에 새 이빨을 다시 어떻게 해 넣는단 말인가!

'아! 그래서......'

그제야 대학병원 전문의 이야기가 생각났다!

전문의에게 새 이빨을 언제 하면 좋겠냐고 물었으나 쉽지 않으니 개인병원에 가서 하라고 한다. 마침 의사에게 전화기를 넘겨 통화하게 한 지인은 치과병원을 운영하고 있으니 그쪽으로 가겠다고 했다. 선생님은 앞을 훤히 보는 점쟁이처럼 어디 할 수 있으면 해보라는 듯하다. 그 사람 역시 그 사실을 알고 주저하고 있었던 것일까? 그래서 몇 개월 전부터 아버님의 어금니 치료할 대학병원을 소개한다더니 무소식이었던가. 그래서 만나도 잊은 듯 얘기가 없었던 것일까? 지금도 아버님은 어금니 빠진 그대로 생활하신다. (2020년 1~2월 사이

치료함)

양치는 시작만 어렵다. 일단 시작하면 열심히 하신다. 차인표씨의 그 유명한 '분노의 양치질'은 저리 가라다. 치약광고는 아버님 몫이다!

그러나 매일 이렇게 순조롭게 되는 건 아니다. 때론, 실랑이하다가 침대에 벌렁 누워버리고 꿈쩍도 안 하신다. 나는 칫솔에 치약을 묻혀 물컵과 입안을 헹궈 뱉어낼 바가지를 가지고 침대로 간다. 치매 발병 이전에 깔끔하셨던 아버님은 상상도 못 할 일이다.

입에 치약이 묻어버리면 할 수 없이 일어나 닦으실 때도 있고 험한 소리를 하며 화를 버럭 내실 때도 있다. 그러나 그럴 때마다 포기하지 않고, 여러 방법을 시도했다.

첫째, 환자의 심리상태를 살폈다.

무엇이 불편한지 세심히 관찰하고 알아야 억지로 시키지 않게 된다. 팔이 아프신 건 아닌지 입안에 상처가 있는지 등을 살피고 시간을 두고 시의적절하게 시도하면 언제 실랑이를 했나 싶을 정도로 의외로 잘 받아들이신다.

둘째, 환자가 좋아하는 방식을 선택한다.

아버님은 병을 앓기 전에 승부욕과 의욕이 넘치셨던 분이기에 경쟁이나 게임으로 유도를 많이 했다. 함께 하면서 시합을 하거나 '팔씨름(당연히 아버님이 이기도록)' 혹은 '조삼모사'의 선의의 거짓말도 어쩔 수 없이 활용한다. 식사를 거부하실 때 "이거 엄청 맛있네요! 둘이 먹다가 하나 꾀까닥! 해도 모르게!"라고 얕은 거짓말을 하면 아버님은 "지가 만들어놓고, 지가 맛있다네."하며 웃으며 드실 때도 있다.

셋째, 좋아하는 음식이다. 과거에는 박물관에서도 몇 시간씩 관람하는 분이셨지만, 병을 앓게 된 후에는 오로지 음식에만 집착하게 되셨다. 그런 아버님께 좋아하시는 간식은 요긴한 방법이 되었다. 그러나 그나마도 당뇨 때문에 원하는 대로 드릴 수가 없었다.

그러나 이 모든 것은 보호자가 건강할 때 가능하다. 하지만 몸이 아파도 해야 했다. 아무리 아파도 아버님께 만큼은 웃는 얼굴이어야 했다. 늘 갈등하다가도 결국 아버님을 먼저 택했던 이유는 아버님은 환자이며 '약자'인 아버님이기에 더 잘 챙겨야 한다고 생각했기 때문이다.

특히 치매 환자는 불안의 강도가 다르다. 적어도 치매 환자를 대하는 순간은 누구든 천사가 되어야 한다. 물론 아프기 이전의 아버님을 생각하면 섭섭한 마음도 있지만, 현재의 아버님은 보호받아야 하는 약자이기에 나는 반사적으로 아버님에게 만큼은 천사가 되어야만 했다.

어머니는 한참을 구경(?)하더니 신기하다고 한다.

"넌 어쩜 아부지를 그렇게 쉽게 다루냐?"

'어머니의 눈에는 쉽게 보이나?' 어머니는 열불이 나고 속 터져서 그렇게는 절대로 못 한다고 한다. 역시, 어머니는 이 와중에도 날 다루는 솜씨가 전혀 녹슬지 않았다. 지금의 나를 만들었으며 훈련시킨(?) 덕분이다.

교관에게 훈련받은 행동은 나에게 딱 맞는 옷이 되었고, 내 시간과 공간은 그 안에 갇혀버렸다. 나의 일정은 없어진 지 오래고 수많은 계획은 이제 남의 일이 되어버렸다.

딸꾹! 아버님의 방패

"애야! (딸꾹!) 병원 가자! (딸꾹! 딸꾹!)"

새벽 4시가 조금 넘었을까? 요란하게 문 두드리는 소리가 난다.

"내가 죽으려나 보다."

아버님과 어머님의 죽을 것 같다고 하는 날은 한해만 해도 몇 번씩 들었기에 대충 새겨듣지만, 계속되는 딸꾹질이 멈추어야 아버님의 두려움도 끝날 것 같아 옷을 챙겨 입었다.

어머님과 아버님은 매일 새로운 분이다. 두 분 덕분에 심심할 겨를이 없다. 나는 전날 밤에도 밤새 고통 받았지만 두 분은 전혀 개의치 않는다.

전날의 시작은 어머니였다. 어머니는 아버님이 숨겨두었던 적금이 사라졌다며 몇 날 며칠을 울고 소리 지르다가 며칠 잠잠했는데 바로 어제가 또다시 시작되었던 날이다. 아버님이 어머님 몰래 적금을 들어놓으셨다고 하지만 어머니는 이미 다 알고 있었고 그것이 차곡차곡 쌓여가던 것도 알고 있었다고 했다. 아버님이 찾아서 없앴다던 적금은 잊었는지 또다시 찾으러 가자고 한다. 이미 치매 진단을 받고 난 뒤의 아버님은 치매인 것을 믿기 어려운 듯 더 못 참고 감정 기복이 더 심해지셨다. 아버님은 신발을 끌고 나가고 잠시도 지체할 수 없게 하였기에 난 겉옷만 입고 아버님과 적금 찾기 순례를 한다. 반복적으로.

아버님은 어머니가 안 계신 동안에 비밀로 다녀야 한다고 말했다. 이 일은 치매이신 아버님만 모르지 이미 어머님이 밤낮으로 울며불며 보낸 시간이 몇 년이다.

아버님과 내가 은행을 다니는 모습을 동네 사람들은 구경난 듯 쳐다본다. 은행직원들은 아버님의 병환 소문을 들었는지 우리를 딱한 시선으로 쫓는다. 분명 00에 들어놨으니 찾아야 한다고 또 익숙한 시작을 하신다. 직원은 아버님이 적금을 들었던 것은 맞지만, 이미 몇 년 전에 찾아갔다고 했다. 그

새 잊으셨는지 또 다른 곳도 가자고 하신다.

같은 말과 같은 행동 그리고, 같은 결과들의 되풀이…… 동네 창피? 이미 초월했다. 그런 것을 생각하기엔 이미 많은 사건들이 있었다. 치매는 아무 일도 아니게 되었다. 이미 다양한 일들을 겪었기에 그런 것에 별로 개의치 않게 되었다.

내 앞으로 드신 것 같다며 내 이름으로 든 것이 있는지도 묻는다. 당연히 내 앞으로는 하나뿐인 것을 알기에 속부터 상했다. 아이가 태어나던 해쯤 내가 직접 들었던 통장에 10만 원 남짓 잔액이 있기에 모두 다 찾아서 동전까지 두 손에 모아 드렸다. 초점 없는 눈동자에 허탈한 웃음으로 며칠은 쓰겠다고 하신다. 기가 막혔다. 모든 경제권은 어머니에게 맡긴 뒤 아버님은 끊임없는 허전함을 느끼시는 듯 했다. 앞으로 어찌해야 할까? 이제 두 분 모두 아기가 되어버렸다.

'적금이 어디로 갔기에 어머니는 왜 저리 난리가 날까? 그것이 무엇이길래…… 왜 나와 아이들까지 끝없는 고통으로 밤새 시달려야 할까?' 그 돈의 행방이 사라지고 난 뒤, 어머니는 때와 장소를 불문하고 소리 지르고 통곡했다.

어머니로선 당연하다. 돈은 누구에게나 중요하지만, 어머니에겐 돈이 세상에서 가장 소중한 '생명줄' 같은 존재다. 어머니가 돈을 사랑하는 이유는 힘이고 권력이기 때문이다. 그

분은 A를 주겠다는 말을 나에게만 하는 게 아니다. 모두에게 A의 주인이 되라고 말했고, A를 자신의 것으로 생각하게 했다. 그것은 권력이었다. 나는 그것을 이미 알고 있기에 그분이 말하는 것을 내 것이 아니라 생각했다. 그래야 내 자신을 지킬 수 있을 것 같았다. 그랬기에 A를 시누이에게 주는것에 초연할 수 있었다. 시누이에게 왜 B, C 두 개 다 줘버리라고 했냐는 동서의 원망에 대수롭지 않게 넘길 수 있었다. 형제들 공동명의에 대한 꽤 많은 금액의 세금고지서를 넘겨받으면 난 이유도 묻지 않고 생활비를 쪼개 모은 것을 털어 납부했다. 동서는 그것에 대한 것조차도 우릴 탓했다. 나는 지쳐있었다. 치매이신 시아버지를 간병하고 있는 나에게 모든 것을 탓하는 그들에게 진저리가 났다.

어머니의 통곡 소리가 메아리치면 동네 사람들은 지나가다 들여다보며, 혹은 들어와서 우리에게 물어보기도 했다. 어머니는 감정이 북받쳐 올라올 때면 나에게 말했다.

"아버지 몰래 뒤를 밟아라. 아버지의 휴대전화를 뒤져서 문자를 확인해라."

내가 밤새 잠을 못 잤어도 시간이 없어 끼니를 때우지 못했어도 손자가 응급실에 달려가도 그것은 중요한 것들이 아니었다.

아버님은 어머니의 심기가 불편해 소리 지르고 울고 있을 때마다, 음식을 찾고 과식으로 인한 딸꾹질을 했고, 어머니가 노려보면 고개를 푹 숙이고 계시거나 트림이 나온다며 트림 아닌 비명 소리를 지르셨다. "컁! 컁!"

귀청을 울리던 트림 소리는 3년이 넘도록 계속되었다. 어머니가 사라진 돈 얘기를 할 때마다 아버님은 방어기제가 작동해서인지 음식을 드시면서도 끊임없이 배고프다고 하거나 어지럽다, 아프다, 간지럽다, 쓰러질 것 같다며 그때마다 다른 주제로 소리를 지르고 본능적으로 위기를 넘겼다.

결국, 그 적금이 누구에게 갔는지는 뒤늦게 밝혀졌다. 그러나 어머니는 사실이 밝혀진 뒤에 언제 그랬냐는 듯, 모른척했다. 가장 예뻐라 하는 이에게 갔다는 것을 알게 되었고, 게다가 그 사람은 그때도 모른척하며 엉뚱한 동네 사람을 의심하고 사람 붙여 뒤를 밟게 하자는 얘기까지 했던 것을 생각하니 사실이 밝혀진 뒤에는 더 기가 막혔다. 어머니가 안정을 찾으신 걸 보니 사실 확인이 되었음에도 어머니가 웃을 수 있는 사람에게 갔음을 알게 되었다. 적금의 행방이야 당신 맘대로 하는 거니 신경 쓰기도 싫지만, 몇 년간 나와 아이들이 지옥 같은 밤낮이었던 것이 떠올라 어머니에게 물었다.

"어머니, 적금 때문에 몇 년을 우셨잖아요. 아버님이 몰래 적금 들어놓으신 것을 누구 줘버렸다고요?", "그랬지, 그거 아버지가 불쌍한 사람이 있어서 도와줬대, 잊어버려라. 얘"

경험상 알고 있다. 어머니나 아버님은 대가 없이 천 원 한 장이라도 나가면 잠을 못 주무신다는 걸. 게다가 나와 아이들까지 괴롭히면서 피를 말렸던 일 아니었던가! 늘 그랬다. 성격이 불같이 급해서 사실 여부를 파악하기도 전에 아무나 붙들고 당장 잡아먹을 듯 주변을 흡입했고, 해결되면 언제 그랬냐는 듯 아무것도 아닌 일이 되었다. 상대방을 오해하고 모함하고 상처를 주었어도 우왕좌왕하며 헛수고를 시켰어도 당신은 아무래도 상관없었다. 아버님 간병만으로도 힘든데 가족으로 인한 사건들이 나를 괴롭혔다. 어떤 자식은 부모를 책임과 의무로 고통을 함께 안고, 누군가는 부모를 아낌없이 주는 나무로 여긴다.

가족치료 심리학자 '보웬'은 가족 간의 정서적, 생물학적, 환경적, 출생서열의 영향력이 세대를 거듭하면서 가족 단일체 안에서 개인에게 어떤 영향을 주는지 말했다. 나는 그 영향력이 나와 아이들에게 미치는 사건들에 지쳐갔다. 게다가 그때만 해도 당뇨증세가 약했던 아버님이 과식하면서 몸이 힘들어지셨다.

아버님은 온몸을 들썩이며 딸꾹질을 하면서 날이 밝기도 전에 빨리 병원에 가자고 했다. 응급실에 다다른 우린 증세를 설명하기 시작했는데, 갑자기 코를 골고 주무시기 시작했다. 나와 남편은 어이없어 웃었다.

검사 후 의사는 소화제를 드렸으니 깨어나시면 퇴원하라고 한다. 그럼 이제 괜찮으신 거냐고 물으니 "네, 멈추고 잠드셨잖아요. 얼마나 많이 드신 건지 음식으로 가득 차 있어요."

검사 전 의사는 예진할 때 뭘 드셨냐고 물었을 때, 아버님은 "나? 아무것도 안 먹었어."라고 하시다가 의사가 구체적으로 "물도 안 드셨냐?, 아주 조금 드신 것도 말해 달라, 군것질도 안 하셨냐?" 등의 캐묻는 질문에 "입이 심심하니까 먹었지. 자꾸 먹고 싶은데 어떡하라고?" 했다.

우린 뒤늦게 알 수 있었다. 게다가 오래전부터 치매 전조 증상이 있었을 테니 음식량을 조절 못 하셨을 것이다. 아버님은 밤늦은 외출을 했고 그럴 때마다 지인들과 야식을 드신 것이다. 퇴원해서 집에 도착하니 어머니는 아버님을 향해 '잔소리 화살'을 쏜다. 이것이 치매의 시초란 걸 아무도 인식하지 못한 것이다. 아무도 무서운 불청객이 도사리고 있을 줄은 꿈에도 모른 채.

남자 화장실

여자 화장실에 남자가 들어가면 소스라치게 놀라서 소리 지를 일이다. 당연하다. 게다가 시대가 이런저런 사건으로 여자 화장실에 남자가 들어가는 것은 '극도의 예민함'을 불러일으키는 시대가 되어버렸다.

평소 다니시는 아버님 병원은 대학병원이라 화장실이 많지만, 어머님의 병원은 진료과가 특화된 병원이라서 작은 통로에는 북적이는 사람들로 가득하다. 보통은 내가 함께 남자 화장실에 들어가지만, 그날따라 아버님과 함께 들어갈 수 없었다. 화장실 안쪽 상황이 들어가면 안 될 때도 있었으니까.

그때, 어머니는 여러 검사장소로 옮겨 다녀야 했기에 나는 화장실에 계신 아버님과 어머니 사이를 오가며 살피느라 정신없었다. 어머니 검사에 따라다니는 동안 아버님이 화장실을 나가버리시는 것은 아닐까? 불안한 나는 몇 초 간격으로 확인해야 했고, 내 눈동자는 만화의 한 장면처럼 팽팽 돌아가느라 어지러울 지경이었다.

시간이 지나도 나오지 않는 아버님을 향해 큰 소리로 불렀다.

"아버님! 아버님 아직 안 끝나셨어요?" 여러 번 불러도 대답이 없었다. 아버님을 두 번 잃어버린 경험이 있었기에 불안이 먹구름처럼 나를 덮치고 있었다. 아버님의 대답이 없자 내목소리는 더 커지고 있었다.

"안에 아무도 없어요? 누구 안에 계시면 모자를 쓴 할아버지가 계신지 살펴봐 주시겠어요?"라고 소리를 질렀다.

다행이다! 안에서 "할아버지 밖에서 누가 불러요."라는 경상도 말씨의 나지막하고 친절한 목소리가 들렸다. 또다시 안에서 "할아버지 지금 나가실 상황이 아닌 것 같아요." 대답이 돌아왔다. 나는 "그럼 제가 들어갈게요. 들어가도 되나요?" 대답이 없었다. 나는 걱정이 돼서 들어갔고, 동시에 아버님과 함께 손잡고 나오는 그분께 감사하다는 말을 하려고 고개를 들었다.

어머니의 진료를 봐주시는 특진 선생님이었다. 매번 어머니 진료 때마다 아버님 손을 잡고 함께 진료실에 동행하는 나를 기억하시는 듯했다. 선생님은 죄송하다는 나의 말에 연신 괜찮다며 사라졌다.

남자 화장실에서 진료과 선생님을 마주쳤으니 얼마나 민망하겠는가! 그나마 다행인 것은 이곳이 노인이 많이 다니는 병원이다. 선생님도 나에게도 이런 상황은 어쩔 수 없이 닥치는 일이다.

내가 남자 화장실로 가는 이유가 있다. 치매 진단을 받고 처음 몇 번은 여자 화장실로 모시고 갔다. 내가 여자였기에…… 여자 화장실엔 따로 소변기가 없었으니까 좀 더 맘 편히 들어갈 수 있었다. 여자인 내가 주변을 살피고 들어갈 일이 없으니 안전하리라 생각한 것이다.

그러나 바라보는 시선이나 듣는 말에 우리는 죄인이 된다. 때로는 호통치는 할머니나 젊은 분들도 있었다. '미안하다' 소리를 노래 부르듯 해야 했다. 그렇게 화장실에 들어온 할아버지를 보고 놀라서 호통치는 분은 당연한 일이다. 그러나 나에게도 아버님에게도 상처가 되었기에 힘든 여자 화장실로 가기보다는 차라리 남자 화장실이 편하게 되었다. 난 남자 화장실에서 최소한 호통치는 소리는 듣지 않게 되었다. 왜인지는 모르겠으나, 남자 화장실은 시선 처리만 조심하면 별다른 문제 없이 넘어갔다. 화장실 칸이 좁아서 문을 열어두고 두 사람이 들어가야 했지만 내가 고개를 돌리지만 않으면 되었다. 시선 처리가 어려울 땐 아버님이 앉은 변기 뒤의 벽을 보며 다 되셨는지 뒤처리를 해도 되는지를 물었다.

하지만, 남자 화장실에서의 고충도 있다. 아버님은 소변기만을 고집하실 때가 있는데, 이때가 가장 불안할 때다. 기저귀 뺀 상태에서 아버님의 소변을 기다리다가 낭패를 겪은 경험이 몇 번 있었다. 분명 대변이 급하신데 소변이라고 우기실 때 막상 소변기 앞에서 기저귀를 뺐는데 대변이 함께 나오거나 반대로 대변만 나오는 경우가 있기 때문이다. 그럴 때 실랑이 하느니 내가 뒤에서 휴지를 준비 하는 게 차라리 낫다. 때로는 그것도 소용없을 때도 있지만…… 아버님의 잘못이 아니다.

아버님은 대변인지 소변인지를 모르실 때가 종종 있다. 당신이 말한 대로가 아니라 그때마다 몸에서 나오는 게 다른 결과이며 반응인 것이다. 주 보호자는 당황하게 되지만 담담히 받아들여야 하는 상황이다. 예측 불가능의 상황에 즉각 대처해야 할 때가 많다.

이젠 대부분의 큰 건물에 장애인 화장실이 생기니 편하게 이용하고 뒤처리를 할 수 있게 되어서 좋다.

'아이 한 명을 양육하는 데 온 마을이 필요하다.'는 말이 있다. 치매 환자 역시 마찬가지다. 노령인구가 많아지는 선진국에서 일반인을 상대로 사회교육을 의무화하는 이유도 여기에 있다. 치매 환자는 여자나 남자이기보다(사실, 그런 성별을 붙이기 힘들 정도로 절박한 분들이다.) 사회의 보호와 배려가 필요하다. 남자 화장실이든 여자 화장실이든 보호자의 손에 이끌려 급히 들어오는 분을 조금만 살펴보면 두려울 일도 호통칠 일도 아니란 걸 알게 될 것이다. 장애인 화장실의 칸이 늘어나도 좋고, 바라보는 시선이 달라져도 좋다. 욕먹지 않고 마음 편히 화장실에 달려가서 뒤처리해드릴 수 있길 바란다.

엘리베이터에 갇히다

치매 지원센터의 운동치료 선생님은 허스키한 목소리에 늘 긍정의 말을 해주시는 재밌는 선생님이다. "아부지! 오늘은 박카스 몇 병 드셨어? 많이 드시면 언니가 나한테 다 이를 거야. 그러니까 몸 생각해서 많이 드시면 안 됩니다! 제가 아부지를 다 지켜보고 있답니다!" 늘 한 분 한 분을 눈 맞추며 이름을 불러주시는 분이다.

그날도 아버님과 3층 강당에서 운동치료를 도와드리고 있었다. 이 일은 보호자가 옆에서 도와드려야 하는 가장 중요한 일 중 하나이다. 이 역할을 제대로 하느냐 못하느냐에 환자의 병세가 달라진다. 내가 간병하는 동안에는 눈이 오나 비가 오나 결석 없이 갔던 이유가 여기에 있다. 나는 운동 수업에서 가장 바빠야 하는 사람이다. 처음에는 음악에 맞춰 동작을 따라 하다가 근육운동을 시작하신다. 주로 고무밴드로 근육운동을 하시는데 아버님 옆에서 고무밴드를 잡아드리거나 당겨드리거나 뒤로 젖혀지지 않는 팔을 대신해 밴드를 이동시켜 손등에 감아 드린다. 이런 동작은 3~5초 단위로 바뀌는데 정신을 바짝 차려야 뒤처지지 않고 따라갈 수 있다. 때로는 발바닥에 감아드려서 밀고, 당기도록 다리근육을 강화해 드리는 역할을 하고, 입으로는 "으쌰, 으쌰!" 추임새를 넣어 아버님께 하고자 하는 욕구와 힘을 불어 넣어드려야 그나마 움직이신다.

이제 마지막 단계, 일어나서 한 발로 서있게 하는데 아버님에겐 불가능한 자세이기 때문에 나는 변형해서 아버님의 한 발은 단단히 서 있도록 해드리고 다른 한쪽 발을 까치발로 딛게 한 뒤, 어깨동무해서 넘어지지 않도록 몸의 균형을 잡게 한다. 그리고 선생님은 신나는 음악에 맞춰 춤을 추게 하는데 이때 모두 따라 하게 할 수는 없어도 흉내라도 낼 수 있게 한다. 이럴 때 자세는 아버님의 손과 발은 음악에 맞춰 움직일 수 있게 하고 나는 아버님의 허리띠 양 옆구리를 단단히 부여잡는다. 음악 소리에 신나서 움직이실 때도 있지만, 도저히 못 하겠다면서 의자에 털썩 앉아버릴 때도 있다. 이럴 때 아버님의 상태를 보고 조금 더 욕심을 부려 어르고 달래서 끝까지 하도록 유도한다.

수업이 끝나갈 때쯤이면 온몸이 땀이다. 이 덕분에 지친 아버님은 나를 흘겨보고 미워하지만 나는 그만둘 수가 없다. 이 운동을 하실 때와 안 할 때의 결과는 그 뒤 아버님의 일주일 생활과 기분에 그대로 나타나기 때문이다. 그렇게라도 체력을 유지할 수 있으니 감사한 일이다.

그날은 병세가 더 심해진 분이 오셨다.

늘 눈에 띄는 분이셨다. 행동반경이 크고 활동적이며, 자리에 그냥 계실 때가 없었다. 언제나 구령 비슷한 소리를 지르셨으며, 선생님에게 알 수 없는 말을 내뱉으셨다. 주 보호자인 부인도 오셨지만, 포기한 듯 맨 앞에 앉아서 신경 쓰지 않고 당신 운동에 집중하실 정도다. 난 백번 이해가 되었다. 차라리 맨 앞에 앉아, 돌아다니는 남편을 보지 않는 것이 나았을 것이다. 할아버지는 얼마 전부터 평소와는 다른 모습을 보였다.

그런데 이날은 이상하게 자꾸 밖으로 나가시는 거다. 보통한 분이 화장실을 간다고 일어나면 다른 어르신들도 우르르 일어나 따라나선다. 할아버지 서너 분이 자동문 밖 복도에 모여 알 수 없는 이야기를 나눈다. 그 광경을 보고 난 잠시 옛 추억을 떠올려 웃었다.

어린이집을 운영할 때다.

한 명이 화장실에 가고 싶다고 하면 요의를 안 느껴도 너도나도 일어나 나가서 놀다 들어온다. 이것도 유아들에게는 하나의 신나는 놀이다. 나는 그때 아기들의 귀여운 대화를 듣고 받아 적어 두고 그달의 어린이집 소식지에 올리곤 했다.

노인들도 아기가 되었으니 당연히 본능이 움직이는 대로 따라 나가셨고, 마치 아기들처럼 원을 그리듯 서서 각자의 이야기를 하시는 것 같았다.

선생님은 보호자인 할머니의 운동에 방해될까 봐 말도 못하고 수업 진행하랴 위층 계단으로 향하는 할아버지를 시선으로 쫓으랴 몹시 불안해하는 것 같았다.

부인은 아무것도 모른 채 맨 앞에서 열심히 운동하고 계셨다. 할머니는 한눈에 봐도 너무나 힘드신 것 같다. 표정을 보면 늘 인상을 찌푸리거나 무표정했다. 말하지 않아도 보호자들은 그분의 마음을 이해할 수 있었다.

선생님은 좀 전까지 복도에 계셨던 할아버지가 사라진 것이 걱정돼서인지 수업을 멈추셨다. 그분은 여러 번 자동문을 열고 나가 복도에 서성이더니 선생님 시야에서 사라졌나 보다.

수업을 진행해야 함과 동시에 배회하는 어르신을 안전하게 보호하는 역할까지 해야 하는 선생님의 고충을 깨닫는 순간이었다. 특히 운동 수업의 특성상 이리저리 신경 쓸 일이 많으니 선생님의 눈이 '사시'가 되지 않는 것이 신기했다.

나도 아버님을 잃어버린 경험에 그분이 걱정되었다. 선생님에게 내가 가서 모셔오겠노라고 했다. 선생님은 감사하다며 아래층에 전화해 지원요청 하겠다고 했다.

화장실에 가보니 할아버지는 어디에도 없었다. 밖으로 나와서 엘리베이터를 보니 4층에 멈춰있다. 일단 계단으로 뛰어 올라갔다. 아무리 찾아봐도 안 계시기에 구석진 창고처럼 물건 쌓인 곳을 들어가 보니 할아버지는 그곳에서 천천히 나오고 계셨다.

"할아버지 왜 여기에 계세요?" 라고 하며 슬며시 손을 잡았다. 언제 어디로 가실지 모르니 일단 손이라도 잡아야 할 것 같았다.

"마이하 마이하(마누라)" 이 소리만 하시고 알아들을 수 없는 중얼거리는 소리만 내실 뿐이었다. "할머니도 밑에서 할아버지 어디 가셨나 찾고 계세요. 저랑 같이 내려가세요."

사라진 나를 찾아 우리 아버님까지 움직이면 어쩌나 하는 생각까지 미치자, 나의 마음이 급해졌으며 나는 할아버지 손을 잡고 서둘러 엘리베이터 단추를 눌렀다. 할아버지는 순순히 따라오셨다. 엘리베이터를 탈 때까지는......

엘리베이터를 타고 문이 닫히자 3층을 누르려고 했지만 나는 누를 수 없었다. 내가 잡은 손을 할아버지가 다시 움켜잡았다. 할아버지는 갑자기 내 손목 잡은 손에 힘을 주기 시작했다.

"악!" 나도 모르게 소리를 질렀다.

손목이 끊어질 듯 아팠다. 갑자기 숨이 멎을 듯한 공포감이 밀려왔다. 그 상황에 오만가지 상상을 안 했을 리 없다. 아찔했다. 할아버지는 힘이 셌다. 내 키도 나이에 비해 좀 큰 편이지만 할아버지는 내가 올려다봐야 할 정도의 키였고 일반적인 노인의 체구보다 마르지 않았다.

'아, 맞다 이분 군인이셨다고 했지!' 할아버지는 아직 군인의 체력이 남아있는 듯했다. 순간, 수업 중에 들었던 알 수 없는 기합 소리의 이유를 알 것 같았다.

'이 상황을 어떻게 헤쳐 나가지?' 일단 다른 손을 이용해 3

층을 눌렀다.

이 모습을 본 할아버지는 나의 다른 손마저 힘주어 잡는다. 눈빛도 무서웠기에 두 손 다 잡힌 난 눈을 질끈 감았다. 몇 초인지도 모를 시간 동안 뉴스에 나오던 별의별 사건이 내 머릿속을 헤집고 다녔다. 할아버지의 눈빛이 더 무서워지고 내게 가까이 다가오기 시작했다. 너무나 무서웠다.

그 순간 친정엄마가 할머니를 간병할 때 대처했던 일이 떠올랐다. 지금도 친정집 가까운 요양병원에 모시고 점심시간이면 매일 방문한다. 친정 부모님은 할머니를 모시면서 크고 작은 일이 여러 번 있었고 그때마다 잘 넘겼다고 한다. 다행히 나의 친할머니는 친정엄마를 '엄마'라고 부르며 의지했다고 한다. 그러나 당신의 머리를 손바닥으로 세게 치는 행동을 끊임없이 하던 할머니에게 3~5㎝의 두꺼운 스펀지 장갑을 만들어서 끼워드릴 정도였는데(이 장갑은 일주일이 멀다 하고 새로운 장갑을 만들 정도로 닳아버렸다.) 할머니는 당신의 여린 머리를 당신 손으로 끊임없이 때렸다. 할머니의 일생을 떠올리면 가슴이 아프다. 그 행동이 도구를 사용하게 되었고, 때로는 다른 사람을 해치는 행동으로 발전했다. 결국, 무서운 사건이 일어나 요양병원으로 모시게 되었다고 한다. 젊어서 많은 고생을 했던 내 불쌍한 할머니는 그렇게 병이 깊어갔다.

하얗게 질려있던 난 정신 차려 조금씩 웃기 시작했다.

"할아버지 춤추자고요? 무슨 춤출까요?" 떨리는 어깨와 발을 동동거리며 조심스럽게 엉망진창 스텝을 밟기 시작했다. 내가 웃으면서 몸을 흔들고 있으니 할아버지의 손은 서서히 힘이 풀리고 눈빛이 달라지기 시작했다. 나는 손목이 풀린 틈을 타서 다른 손으로 슬그머니 할아버지 손을 잡았다.

문이 열렸다.

'하느님, 감사합니다!'

"할아버지, 이제 들어가서 춤출까요? 음악이 있어야 장단 맞추겠지요?" 익숙한 풍경이 보이고 할아버지는 안으로 들어가셨다. 쿵쾅거리는 가슴을 쓸어내리며 할아버지를 앉혀 드리고 뒤돌아 아버님을 찾았다.

다행히 아버님은 자리에 앉아서 나를 무섭게 노려보고 있었다.

'하느님! 또 감사합니다. 죽으란 법은 없나 봅니다. 우리 아버님을 지켜주셔서 감사합니다!'

아버님의 그 눈빛을 알고 있다.

'넌 날 버리고 어딜 갔다 와!'

치매 이전의 모습이 돌아온 듯한 아버님의 눈빛은 이렇게 얘기하고 있었다. 난 웃음으로 답하고 아버님을 안심시켜드렸다. 아버님의 손을 꼭 잡아드리고 다른 한 손으론 아버님의 등을 여러 번 쓸어드렸다.

그제서야 표정이 좀 풀린다.

치매 환자를 모실 때는 같이 흥분하면 안 된다. 보호자만큼은 당황하지 말고 대범함과 동시에 침착해야 한다. 그래야 호랑이 굴에서 빠져나올 생각이 떠오른다. 늘 긴장해야 하지만 매순간 벌어지는 사건과 사고들에 대처하기 위해서 그 긴장을 풀어야 하기도 하다. 그렇지 않으면 이후에 닥치는 미지의 일들을 어떻게 대처해야 할지 모르기 때문이다. 게다가 환자의 공격 행동은 불안에서 오는 방어의 의미일 때가 많기 때문에 환자를 안심시키는 일이 최우선이다.

돌이켜보면, 밀폐된 엘리베이터에 낯선 사람에게 손을 잡힌 게 그분께 불안요소가 되었을 것이다. 그 부인이 주 보호자라고 하던데 하루에도 얼마나 많은 사건이 있었으면 부인의 표정이 그럴까?

가족의 질병은 함께 사는 가족의 풍경을 송두리째 바꿔버린다.

각하 시원~하시겠습니다!

꾸ㄹ

노인이 계신 집의 풍경.

물건이 없어졌다고 집안을 발칵 뒤집는다. 찾아보면 제자리에 그대로 있다. 애물단지 물건을 찾기 전까지 온 세상 도둑놈은 다 이 집안에 있다. 만만한 나와 애들은 억울해 미치고 팔짝 뛸 노릇이 되었다가 이내 포기한다. 시간이 찾아주므로. 그러다 보면 어느새 어머니가 고이 모셔둔 곳에서 나왔다고 너털웃음을 지으신다. 당연히 헛고생시켰다던가 의심해서 미안하다는 말은 없다.

어머니가 동네 찜질방에서 안경을 잃어버렸다고 하여 같이 갔던 지인에게 전화해서 확인한 날. 어머니는 분명히 찜질방에 두고 왔다며, 내게 찜질방에 가서 가져오라고 말했다. 찜질방에서 보관하고 있던 주인 없는 안경 3개를 내밀었다 (찜질방 분실물이 그렇게 많은걸 보고 놀랐다). 모두 사진을 찍어서 어머니에게 보내고, 어머니께 전화를 걸어 모두 어머니 것이 아니라고 말했다. 그런 이유는 이런 일이 무수히 많았고, 잃어버린 안경은 나와 함께 가서 맞춘 안경이었기 때문이다. 그러나 어머니는 다 맞으니 모두 가져오라고 했고, 어머니가 직접 확인할 것이며 아니면 다시 내가 찜질방에 갖다 주면 되지 않겠냐고 화낸다. 난 주인에게 아니거나 맞더라도 즉시 다시 가져올 것을 약속하고 꽤 긴 거리를 걸어와서 확인시켜야 했다. 역시 모두 어머니 것이 아니었다. 난 찜질방으로 다시 가져다주고 번거롭게 해드려서 미안하다며 사과하고 돌아왔다.

달밤에 운동한 것으로 끝나지 않고 집에 돌아와서 또다시 집을 발칵 뒤집었다. 내가 화장실을 뒤지고 있는데 "야! 여기 있다. 하하하!" 어머니가 소리 질렀다. 어머니는 침대 근처에 벗어두고 로션을 발랐던 것이다. 노인을 모신 집은 에너지 낭비의 사건들이 많은데 감정이 첨가되면 걷잡을 수 없는 전쟁이 터지기도 한다. 앞에서와 같은 일이 아니라고 해도 믿지 않고 확인시켜야 할 때도 많다.

그날도 어머니의 집 나간 안경을 찾기 위해 난리법석을 떨고 있을 때였다. 나는 어머니 바로 뒤 바닥에 엎드려서 찾고 있었다. 소파 밑을 살펴보고 있을 때, "뿌-우-웅!" 3박자가 맞는 기묘한 타이밍. 내가 막 들숨을 마시기 시작했을 때, 딱 맞는 각도에서 어머니가 뀌는 방귀를 고스란히 먹었다.

어머니나 아버님은 힘을 주었을 때 가스나 대변이 나온다. 어떻게 대변까지 나오는지 이해할 수 없는 이도 있겠지만, 노인의 노쇠한 신체를 이해하면 당연함을 알 수 있다.

아버님은 계단을 오르고 내릴 때 왼손은 난간을 잡고 오른손은 내 손을 잡고 매달리다시피 오르고 내린다. 내려오실 때는 힘들지 않으실 텐데 오를 때 보다 더 늦는 이유는 내리막길에 대한 공포 때문이다. 게다가 언젠가 계단에서 구르신 적이 있다. 부모님에게 점심 사드리러 방문한 동서는 아버님을 모시고 계단을 먼저 내려간다고 했다. 내가 문단속하는 동안 비명소리가 들렸다. 설마 했는데, 곧 내가 모시지 않은 것을 후회했다. 내려가시는 도중 동서의 익숙하지 않은 손길에 불편하셨는지 아버님이 혼자 내려가겠다고 해서 동서는 반 층 정도 먼저 내려가서 기다리던 중 아버님이 헛발을 디뎠다고 했다.

그 뒤로 계단에 대한 공포는 더해서 나는 식당 직원이 쟁반을 받쳐 들 듯 내 손을 어깨높이로 올리고 손바닥을 펼쳐 아버님의 손을 단단히 받쳐드렸다. 그러면 아버님은 내 손바닥을 지지대 삼아 몸을 의지하고 내려왔다. 내 어깨가 아픈 나머지 다른 자세로 손을 잡으면 아버님은 계단을 내려가는 것 자체를 멈추고 나를 뚫어지게 쳐다보았다. 신기한 것은 내가 부축 할 때만 그랬다. 다른 사람이 손을 잡을 때는 그들이 이끄는 대로 내려가셨다.

한 계단 한 계단 내려가는 것이 무서워 거의 20~30분은 걸리는 듯했다. 그만큼 손과 몸에 힘이 들어가고 날 잡은 손에도 아버님의 체중이 더 실렸다. 힘을 주니 당연히 방귀가 나온다. 아버님은 씨익 웃으며 "너 냄새나겠다." 그 말속엔 아버님의 미안함이 배어 있는 걸 안다. 나는 듣지 못한 척 "각하, 시원~ 하시겠습니다." 외친다. 아버님은 미안함을 금세 잊고 "오냐~!"하신다. 내가 각하라는 호칭을 사용하게 된 이유는 아버님과의 일화가 생각나서였다.

결혼한 지 한두 달 뒤였나?

아버님의 재미난 이야기는 끝이 없었다. 점심을 드시면서 이야기들이 꼬리를 물었다. 갓 시집온 색시는 엉거주춤한 자세로 30분이고 1시간이고 서서 듣고 있었고, 감히 아버님 식탁 앞에서 앉지도 못해 허리와 다리가 아플 지경이었다. 사업장에 가서도 마찬가지였다.

아버님은 사업장에서 라디오를 들으며 책을 읽으신다. 그래도 집중이 되는 게 신기할 정도였다. 라디오에서 들은 일화라고 하는데 몇 공화국 인지의 얘기를 시작하신다. 어찌나 대통령의 파워가 막강하고 무서운지 측근의 아부가 대단했다고 한다. 심지어 대통령이 방귀를 뀌면 측근은 "각하! 시원~언 하시겠습니다!"라는 말까지 했다고 한다.

물론 듣고 흘렸던 말이다. 그런데 아버님이 치매에 걸리고 몸이 쇠약해지면서 힘을 쓰실 때마다 대변을 보거나 방귀를 뀌시는 거다. 처음에 나는 민망해서 방귀 소리를 못 들은 척 했고 초기엔 기저귀를 안 하셨을 때니, 실수하고 그 횟수도 잦아지게 되었다. 자존심 상하실까봐 속옷 역시 몰래 빨았다. 다행히 생각보다 아버님은 전혀 그런 기색이 없었다.

계단 특성상 높이가 다른 좁은 계단에서 방귀를 뀌면 지나가는 여자분들께는 여간 미안한 게 아니었다. 그분들은 인상을 쓰며 혐오스럽게 쳐다보거나 코를 막고 스쳐 지나갔다. 예민하신 아버님은 그 시선을 느끼는 것 같았다.

치매와 동시에 넘쳤던 자신감이 본인에 대한 실망감으로 바뀌면서 내면에 우울증까지 더해져서 상처를 받으신 듯하다. 그렇기에 나는 아무리 힘들고 속상한 일이 있어도, 아버님에겐 속없이 농담하고 더 웃겨드릴 수밖에 없었다. 그것도 내 의무인 듯했다. 나는 아버님의 자존심과 기를 살려드려야 한다는 마음에 "각하! 시원하시겠습니다."라고 말하게 되었다. 스쳐 지나가는 그 여인의 귀에 들리도록 말이다. 아버님은 내 의중을 아시는지 씨익 웃었다. 매일 신나게 뀌고 '각하' 소리를 들으신다.

그 각하이신 분은 타인의 말에 상처도 잘 받으신다. 어머니의 한탄 소리를 들으면 고개 숙인 조각상처럼 계신다. 어머니를 달래보기도 말려보기도 했지만 역효과일 뿐, 그럴 땐 지켜보는 내가 할 수 있는 것이 아무것도 없다. 단지 그런 일이 생기지 않도록 낮에 따뜻한 정서를 유지하도록 돕는 방법밖에 없다. 주 보호자, 가족인 우리가 좋은 말을 하고 위로하지 않으면 누가 해줄 수 있겠는가!

아버님은 당신이 의도한 바는 분명 아니었지만 그간의 많은 사건을 통해 생각하고 깨닫게 하는 기회를 주셨다.

'복' 받을 거란 말

아침 일찍부터 병원에 갈 땐 새벽부터 서둘러야 한다.

당시 연달아 고3 수험생이던 아이들을 챙기는 것도 포기해야 했다. 전철로 두세 정거장이면 되는 거리를 우린 한두시간 일찍 도착해야 안심했다. 진료실까지 가는 도중이나 도착해서조차 진료시간까지 어떤 일이 벌어질지 모르기 때문이다. 가다가 대변을 보실 수도 있고, 정작 도착해서 진료실 들어가기 직전 화장실로 달려갈 때도 많았다. 그리고 대중교통을 이용할 때는 상점 앞을 지날 때마다 드시고 싶은 것을 꼭 드셔야만 발걸음을 뗄 수 있었다. 출발 전, 집에서 용변을 보시는 게 가장 좋지만 치매환자에겐 어려운 일이다.

"아! 치거치거치거치거!, 나 안 쌀래. 그냥 가자!"

날씨가 추울 때는 공용화장실에 비데가 없으니 차가워서 아무리 급해도 앉지 않으려고 하시는 거다. 특히 화장실에 대한 실랑이가 벌어지면 그날은 마음을 내려놓아야 한다. 일단, 조심스럽게 얘기해야 한다.

"화장실 갑시다!" 등의 강한 어조 대신 "화장실 가볼까요?"로, "안 마려우세요?" 보다는 "화장실이 급한데 아버님 같이 가서 저 좀 지켜 주실래요?" 등 우회적인 방법을 쓴다. 아버님의 기분을 살피면서 최상의 방법을 사용하고 온갖 방법을 동원해야 한다.

변기에 앉을 때도 기저귀를 완전히 내리고 볼일을 보시면 좋겠는데 어떤 날은 절대 안 내리겠다고 고집을 부리신다. 이런 날은 병원의 변기와 바닥청소, 빨래는 당연한 것으로 예상해야 한다. 바지와 기저귀를 반쯤 내린 상태에서 변기에 앉으면 여지없이 변기며, 겉옷까지 똥 범벅이 된다.

이날은 오전 진료를 받고 다른 과 교수님 진료시간이 맞지 않아 두세 시간을 사이에 두고 또 오후 진료시간을 잡을 수밖에 없었다.

진료와 진료시간 사이에 점심을 사드리면 되겠다는 생각

을 하고 있는데, 마침 아버님은 '배고파' 노래를 하신다. 이제는 만나지 않게 된 친구분 모임이 생각나셨는지 맛있게 드셨다던 쌀국수 얘기를 하시기에 검색해봤다. 멀지않은 거리에 쌀국수집이 있다. 그러나 차를 타야 할 정도의 거리다. 다행히 병원 앞에 택시가 있길래 타고 이동해 쌀국수집 앞에서 내렸다. 사장님은 친절하게 아버님을 부축해 2층으로 안내한다.

주문한 음식이 나왔다.

그런데 거의 안 드시고 "이제 가자." 하신다.

"아버님 여기서 이걸 안 드시면 집에 갈 때까지 3시간을 참아야 해요. 아무것도 못 드시는데 괜찮으세요? 병원에 다시 가서 진료 받으셔야 해요."

"상관없어. 그냥 가자."

입에 넣어드리는데도 안 드신다고 당신 손으로 입을 막아버린다.

이럴 땐 불안하다. 아버님이 음식을 거부하실 때는 이유가 하나이기 때문이다.

마침 점심시간이라 옆 테이블에서는 직장인들이 촘촘히 앉아서 식사하고 있다. 작은 소리도 들릴만한 거리다. 여러모로 그들의 식사에 방해가 될 것 같아 나는 손짓 발짓으로 '마임'을 시작했다.

'똥?'

'끄덕끄덕'

일어나 직원에게 화장실이 어디 있느냐고 물으니 건물을 나가서 뒤편으로 가야 한다고 말한다. 음식이고 뭐고 기저귀 가방을 메고 아버님 손을 잡았다.

"끄응!" 일어나시면서 한 손으로는 내 손을 잡아끌고 나머지 한 손은 탁자를 짚고 힘겹게 일어나신다. 몸이 무거우니까 당연히 힘을 쓰시게 된다.(이럴 때가 위험하다!)

갑자기 시끄러운 음식점이 조용해지더니 코미디 같은 한 장면이 된 듯하다.

"쌌어!", '네, 아버님' 난 입술에 손가락을 대고 끄덕인다.

엉거주춤 힘을 주고 서서 테이블을 잡은 채, 두 사람이 머리를 맞대고 있으니 '시선 집중'이 안 될 수가 없다. 아버님과 며느리의 이상한 '정지화면'을 흘끔거리던 사람들은 더욱 속삭임과 함께 우리를 보기 시작했다.

'해냈다'는 듯 큰 소리로 말해 버리고 당신도 민망한지 주위를 두리번거리신다. 그러나 이전에도 당당하셨고, 워낙 유머가 넘쳤던 분이라(예측은 했지만), "똥 쌌다고!" 소리 질렀다.

이미 나에겐 익숙한 상황, 난 "에구, 아버님 잘하셨네요."

다른 사람의 식사를 방해한 것도 모자라서 이런 말까지 하고야 말았다. 내가 반응을 안 하면 대답할 때까지 계속 그러실 테니 주변의 욕을 먹더라도 빨리 말하고 이 자리를 뜨는 게 가장 빠른 해결책이다.

'일단 여길 빠져나가서 수습하자.' 그 와중에 아버님은 장난스럽게 내게로 얼굴을 가까이 대며 어깨를 '으쓱' 하고 특유의 익살스런 표정으로 씨익 웃는다. 아버님이 섭섭하실까 봐 똑같이 마주 보며 나도 어깨를 '으쓱' 올리고 웃는다.

안 그래도 오전에 여러 번 화장실에 갔지만 대변이 안 나와서 걱정하고 있었다. 아랫배가 묵직하니 느낌이 이상했고 그러니 음식을 안 드시려고 한거다.

이 일을 어쩌나 설사하신 아버님이 꽤 긴 거리를 걸으실 수 있을까? 걱정 되었고, 택시를 탄다면 아버님을 태워 줄 배려 깊은 기사님이 계실까? 라는 생각으로 머릿속은 띵 했다. 밖에서는 차가운 바람이 불고 있다.

'일단 걸어가다가 지나는 중에 건물이 있으면 변부터 처리하자!'

서울 촌닭이지만 큰 건물에 들어갈 때는 사원증을 찍어야 들어갈 수 있다는 것쯤은 이제는 알게 되었다. 우리가 들어갈 수 있는 화장실을 찾을 수가 없었다. 경희궁과 역사박물관을

지나려 하니 대로변에서 건물 입구에 들어가는 거리나 우리
가 가야 할 병원으로 들어가는 거리나 비슷할 듯했다.

"오늘 아버님 많이 걸으시네유. 파이팅! 아버님 운동 많이
하니 건강해지시겠네요."

걷기 힘드시니까 그 순간 농담과 응원만이 아버님을 이끄
는 방법이다.

할 수 없이 병원 신관으로 들어가 대변을 처리하려고 쓰레
기통을 찾아봤으나 없었다. 요즘 공용 화장실은 휴지통 하나
가 없다. 노인 환자를 동행한 경우는 이럴 때 참 난감하다.

이럴 때, 반사적으로 연고 없는 곳의 사투리가 튀어나온
다. 아버님의 불안감을 낮춰드리는 방법 중 가장 효과적인 방
법은 이것뿐이다. 아버님에게 안정감을 주는 방법은 농담이
최고인 것이다.

"아버님 잠깐만유! 바로 옆에 편의점이 있걸랑요. 빨리 가
서 비닐봉지 하나 사 올게유! 여기 변기에 앉으셔서 조금 더
보고 계세요. 열까지 세시면 제가 짠! 하고 나타날께유!"

아버님은 엉거주춤 차가운 변기에 앉아서 불안한 듯 고개
를 끄덕이신다.

난 "시시시시....작! 하나, 두두두두두울!" 하고 뛰어나간다.
내가 없는 동안 아버님은 왜 숫자를 세야 하는 줄도 모르고 불

안해하며 열까지 세고 계실 것이다. 그 안에 도착해야 한다.

현관에 있는 안내요원에게 부탁했다. 비닐봉지를 구할 수 있는지. 그러나 돌아오는 답은 화장실에서 나온 오물을 아무 곳에 버릴 수 없다는 경고다. 변으로 범벅이 된 기저귀와 옷 그리고 바닥에 떨어진 흔적을 처리할 수 없는 상황인데 참 난감했다. 젊은 안내요원은 비닐은 한 장도 구할 수 없고 쓰레기통은 로비의 공용 쓰레기통뿐이라는 대답만 반복했다. 오물이 묻은 그대로의 쓰레기를 로비의 쓰레기통에 버릴 수도 없고, 화장실에 그대로 두고 나올 수 없는 성격인 나를 탓할 수밖에 없었다. 병원 진료시간은 채 5분도 남지 않았다. 나는 애꿎은 안내요원에게 이런 큰 병원에 노인 환자가 많이 방문하는데 작은 소모품이나 쓰레기통 하나 갖추지 못했냐며 한마디 했다. 애꿎은 안내요원에게 말이다. 편의점으로 달려가서 비닐봉지를 팔아달라고 하니 사정이 급박한걸 알았는지 재빨리 두 장을 준다.

다행히 겉옷은 깨끗하다. '오늘따라 옷을 못 챙길 게 뭐람.' 그 와중에 옆 칸에 들어가서 재빨리 내가 입고 있던 속옷을 벗는다. 벗은 내의를 아버님께 입혀드린다. 엉거주춤 서서 민망해하는 아버님께 농담한다.(혹시 타인의 옷을 거부하실까봐 농담을 하는것이다.) "아버님! 얼마나 다행이어유. 아버님이나 저나 미스코리아 뺨치게 날씬하니 제 옷이 딱 맞네유." 얼떨결에 아버님은 미소 짓는다.

아버님 손을 잡고 문밖에 나선다. '아!' 아버님의 운동화 뒤꿈치 쪽에 카레(대변)가 묻어있다. '언제 떨어졌지?' 그러나 내 등 뒤의 백팩에는 이럴 때를 대비해 여러 가지 '장비'가 다 갖춰져 있다. 아버님을 모시고 대중교통이나 도보로 다닐 때는 반드시 배낭을 메야 한다. 두 손이 자유로워야 온갖 응급상황에 대처할 수 있다. 기저귀와 옷, 물티슈, 요구르트, 곤약젤리, 비닐장갑, 마트 비닐봉지, 비닐 팩, 나무젓가락 등이다. 오늘따라 옷과 비닐봉지가 빠진 것이다. 물티슈로 대충 닦았다. 엘리베이터를 타는데 사람들이 슬슬 피한다. 아무리 해도 냄새가 나는 것은 어쩔 도리가 없다. 어서 빨리 도착해 문이 열리기만 기다리던 그 순간 "뿌지직!" 소리가 난다. 이런 상황은 많지만 여긴 병원 엘리베이터 안이다. 피해 섰던 사람들이 더욱더 벽 쪽으로 붙는다. 그냥 계셔 주시면 좋으련만, 아버님의 큰 목소리가 조용한 엘리베이터에 울린다.

"쌌어!"

난 아버님의 자존심을 지켜드려야 했기에 "하하! 기다리던 분이 오셨네요! 잘하셨어요! 시원~하시겠습니다. 각하!"라고 했다.

"딸이요?" 순간 뒤쪽에서 자주 듣던 말이 들린다. 다음에 나올 말이 예측되기 때문에 마음이 힘들다. 나는 대답 하는 것도 힘들어 이젠 '네' 하고 그냥 웃는다. 그래도 아버님은 고쳐주신다. "아니에요. 우리 메누리(며느리)에요!" 딸이 아니면 누가 이렇겠냐면서 본인은 딸인 줄 알았다고 한다. 더불어서 내가 듣기 싫어하는 말 두 번째 타자다. '복 받을 거란 말'이다.

'복 받을 거란 말......'

그분은 분명 좋은 의도로 해준 말인 걸 안다. 그러나 나에게 '복'이란 것이 찾아올까? 그 복은 오다가 길을 잃고 헤매고 있는 것은 아닐까? 아버님이 치매를 앓기 전에도 별다른 방법이 없었고, 치매를 앓고 있는 중에도 다를 게 없는데 대체 그 복은 어디에 있는 걸까? 물론, 나보다 더 힘든 분들도 많다. 그것에 감사해야 마땅하다. 그런데... 알고 있는데... 이런 내 마음을 나도 알 수 없다. 참 어리석고 심통 사납다. 이 순간의 나는......

치매 간병을 하는 가족은 대부분 이 말을 싫어한다. 현실 적이지 않기 때문이다.

엘리베이터 문이 열린다. 다행이다.

진료시간이 늦어버려서 앉지도 못하고(기저귀에 대변이 가득하니 앉을 수도 없지만) 화장실 갈 새도 없이 진료실로 향할 수밖에 없었다.

오후 진료는 어깨가 아파서 왔으니 치매 환자를 모르는(상황을 구구절절 설명할 수도 없고) 간호사는 코를 막으며 왜 늦었냐는 말만 한다. 급히 진료실에 들어서니 의사가 일어나 아버님의 손을 잡는다. 냄새가 안 나는 것도 아닐 텐데 말이다.

"할아버지 어깨주사 맞으시고 당뇨 수치 때문에 많이 고생하셨지요?"

상황을 모르는 의사는 사고에 대해 미안함부터 말을 꺼낸다. 의사들이 하는 실수는 환자의 생명을 들었다 놓기도 하지만, 아버님에게 있었던 일은 다행히 작은 실수에 속하고, 지금의 의사는 자신의 실수를 변명이나 합리화하지 않으니 따지고 싶지 않다. 게다가 큰 피해가 없는 한 진료 받는 동안 나와 아버님의 불안감을 증폭시키는 것에 넌더리가 난다. 고단한 삶이 나를 이렇게 변화시켰고, 나는 무딜 대로 무뎌지고 반대로, 무심코 뱉은 한마디에 상처받고 다치기도 한다.

난 이미 벌어졌던 일이니 어쩔 수 없다는 말과 함께 손짓으로 아버님이 대변을 보셨다는 눈치를 준 뒤 "선생님도 서서 진료 보시잖아요. 아버님도 서서 보셔야겠네요? 하하하!" 선수 치며 말했다. 그런데 아버님이 한술 더 뜨신다.

"내가 똥을 쌌거든!"

속히 진료를 끝냈다.

내가 이렇게 하는 데에는 이유가 있다.

치매는 어린아이가 된다고 알려진 병이지만, 실상은 우울감이나 무감동이 함께하고 늘 불안하다. 이럴 때 환자를 이해하지 못하거나 부정적인 상호작용이 오고 가면 불신이 쌓이고 공격적인 행동을 유발할 수도 있다. 일반인이 보기에는 공격적인 행동이지만, 환자의 입장은 낯설고 두렵기만 하다. 가령, 외국어도 모르는 심신이 지친 노인환자가 홀로 타국의 공항에 도착했다고 하자. 아무런 의사소통을 할 수도 없으며 자신을 지킬 힘도 없다. 매 순간 낯선 사람이 나타나서 귀찮은 것을 강요하는데 순응하는 치매 환자는 몇 분일까?

자발적으로 한다는 것이 불가능하더라도, 치매와 함께 오는 무감동과 우울, 그리고 고통을 줄일 방법은 친근하고 따뜻한 배려만이 환자를 움직이게 할 것이다.

전두측두 혹은 루이소체 치매의 경우 이와 같은 노력이 거의 불가능하지만 그렇다 하더라도 시도해서 나쁠 것은 없다.

새벽부터 바삐 움직였어도 순식간에 시간이 지나간다. 오늘도 길고 긴 여정이었다.

치매 이전의 아버님이었을 때, 그리고 치매를 겪지 않은 타인에겐 아무 일도 아닌 것이 겪고 있는 자에겐 큰 어려움이다.

다행히 택시 3대를 그냥 보내면서 타고 내리고를 반복한 끝에 만난 따뜻한 기사 한 분이 우리 사정을 듣고 가지고 계신 돗자리를 뒷좌석에 깔아주기까지 했고 우린 집까지 무사히 돌아올 수 있었다. 그분은 조금 더 드리는 택시비도 한사코 거절하면서 "나에게도 언제 무슨 일이 생길지 모를 부모님이 시골에 계신다."하며 떠났다.

아버님은 많은 설사를 해서 출출하신지 집에 도착하자마자 냉장고 문부터 여신다.

"먹을 것 없냐!"

당장 화장실로 가서 급히 처리해야 할 일들을 남기고, 냉장고 문부터 열어 먹을 것을 내놓으라고 한다. 아버님께 급한 것은 먹을 것이기 때문이다.

어머니는 우리가 올 때까지 컴퓨터 게임을 하다가 우리가 들어온 것을 아시고 힐끔 보며 말한다. "왜 이리 늦었어! 내 밥은 하지 마라! 밥 시켜 먹었다."

그제서야 생각났다! 우리가 쌀국수집에서 주문해 놓고 하나도 먹지 못했던 쌀국수와 어머니에게 줄 볶음밥 포장을 음식점 탁자에 그대로 두고 왔다는 것을……

형사와의 통화

오늘따라 아버님은 야쿠르트를 유난히 드신다. 몇 해 전에 암 수술을 하셨는데 아버님은 입에 해로운 음식만 찾으신다.

냉면, 메밀국수, 자장면, 박카스, 야쿠르트다. 아버님 사랑 독수리 5형제 음식들...... 요거트, 요플레, 드링크 요거트도 아닌 달달한 야쿠르트만 드신다. 냉장고 안 깊숙이 숨겨두어도 소용없다.

이날도 치매안심센터에서 인지 작업치료와 음악치료를 하러 다녀왔다.

선생님들은 아버님을 잘 기억하신다. 첫날 첫 수업 들어가기 직전에도 똥 파티를 했기 때문이다. 내가 변기 뚫기 파티를 해서인지 아버님 성함 석자는 모두 기억하시는 것 같다.

어째 불안했는데 수업을 마치고 나오기 직전 설사를 해서 가져간 백팩 안에서 장비를 꺼냈다. 아버님은 일어나시기 직전에 싸셨는지 상의까지 온통 설사 천지다. 할 수 없이 다 갈아입으셔야 한다. 수업 두 시간 동안에도 이런 상황이 벌어진다. 일단 집으로 향했다.

봄 날씨라 다행이다. 야쿠르트를 6병쯤 드셨나.

"애!" 아버님은 빈손에 박카스 병을 잡은 듯한 폼으로 마시는 흉내를 내신다.

"없는 디유, 박카스 회사에서 이젠 안 만든대요. 공장문 닫고 아버님 건강을 위해서 기도드리고 있대요."

"에이~, 그러지 말고 좀 줘~"

"없시유, 아버님은 기도해주는 사람 많은데 훨씬 작은 노력도 안하실거여유? 그럼 야쿠르트 드세유." 거절의 말을 할 때는 더욱 조심해서 말해야 한다.

아버님은 그 와중에도 또 설사 하신다. 먼저 씻어야 하는데.

"아버님, 아 깜빡 했슈, 야쿠르트 없어요. 제가 야쿠르트 아줌마한테 전화해서 부탁할게요. 일단 씻어야 아줌마가 들어올 수 있겠쥬?"라고 겨우 달래드려 사업장 화장실로 갔다. 보일러가 작동해서 따뜻한 물이 나올 때까지 시간이 걸려서 아버님을 앉혀드리고 퀴즈 놀이로 시간을 벌고 있는데 내 휴대폰의 진동 소리가 울린다. 무시했다. 다시 또 온다. 내 손은 이미 아버님의 설사로 범벅이 된 상태다. '혹시 무슨 일이 생긴 건가?' 모르는 핸드폰 번호다. 세 번째 울릴 때 받았다.

"급한데, 왜 이렇게 안 받으세요! 잠깐 기다리세요. 형사분 바꿔드릴게요."

"네!?"

깜짝 놀라 순간 온갖 상상이 머리를 맴돌고 있다. 덜덜 떨리는 손으로 화장실에서 나오시려는 아버님 손을 붙잡았다. 아버님 손에도 대변이 묻었다.

"무슨 일이세요?"

"아! 여기에 남자 혼자 사는 세대가 몇 세대인가요?"

"아, 왜요? 두 분 정도 돼요."

"지금 사람이 행방불명 돼서 그분 핸드폰 위치가 이쪽으로 뜨는데요. 확인을 해주셔야겠습니다."

"사정은 알겠지만 지금 상황으론 제가 못 가는데요. 사시는 분 번호 가르쳐 드릴 테니 문을 뜯으시던지 알아서 들어가셔야 해요."

형사는 어이가 없었나보다.

"아니, 이 다급한 상황에 협조 좀 해주시면 안 됩니까!"

"이보세요. 형사 양반! 저는 지금 알츠하이머를 앓고 계시는 설사하신 시아버지를 씻겨드리다가 세 번째 울린 전화를 받고 있어요, 제 손엔 똥이 잔뜩 묻어있고요. 그럼 제가 이 상황에 얼마나 더 협조해야 하나요?"

순간 적막이 흘렀다. 형사를 향해 나는 속사포를 쏟아 붓고 있었다. 말과 달리 내 가슴은 방망이질치고 손은 덜덜 떨리고 있었다. 침묵을 깨고 수화기 넘어 멀리서 누군가 "이 집이 아닌가 봅니다! 옆집인가 봐요." 소리가 들렸다.

난 일단 안심을 했다. "저도 들었어요. 일단 끊고 아버님을 챙겨야겠네요." 말하고 끊어버렸다.

고개를 돌려 아버님을 보았다. 이미 아버님은 냉장고에 숨겨둔 야쿠르트를 벌써 두 병째 들이키고 계셨다. 아버님 손에는 대변이 묻은 상태였다. 이미 야쿠르트 병에도 냉장고의 문에도 선반에도 묻어있었다.

난 바닥을 보았다. 눈물이 왈칵 쏟아지려고 할 때는 재빨리 바닥을 본다. 쏟아지는 눈물을 티 안 나게 해결할 수도 있고 잠깐 사이에 감정을 조절할 수 있다. 볼에도 흐르지 않고, 아버님도 눈치 채지 못한다. 아버님에게 만큼은 눈물을 보이고 싶지 않다. 아버님은 마음이 여려서 내 눈물을 당신이 죽어야 하는 이유로 받아들이신다. 마치, 어린아이들이 부모의 부부싸움은 자신이 잘못했기 때문이란 뜻으로 오해하듯. 그것은 내가 아버님께 끊임없이 사투리를 쓰며 농담하는 이유이기도 하다.

몇 초 뒤에 나는 농담으로 아버님을 달래서 화장실로 모시고 가서 씻겨드렸다. 뒤처리를 마무리하고 여유가 생기자 형사에게 전화했다.

"선생님, 두 가지만 여쭐게요. 저희 집에서 생긴 일이 아닌가요?"

"네"

"그럼 안 좋은 일이 생긴 건가요?"

"아닙니다. 그분 확인했습니다."

"그럼 안심되네요. 수고하세요. 걱정이 되어서 전화 드렸어요."

"저, 죄송합니다. 많이 힘드실 텐데."

"괜찮아요. 급한데 이해 못하는 건 아니에요."

전화를 끊고 나니 기가 막혔다.

치매이신 아버님을 간병 하다 보니 보이는 게 없는 것 같다. 거울 앞에 마주섰다. '흰머리가 반인 저 사람이 누구인지 언제 저런 모습이 되었는지 참 낯설다.' 본인의 감정조차 들여

다볼 여유 없는 사람. 세상과 반대 방향으로 달리는 거울 속 저편에 있는 사람이 누구인지……

"배고파!" 잠깐 정신을 놓고 거울 속을 쳐다보고 있던 나를 아버님의 목소리가 깨워주었다. 늘 고마운 아버님이다.

오늘 겪은 해프닝에 대해서 집에 돌아온 어머니와 남편에게 말했다. 그들은 별로 귀담아 듣지도 않고 내게 시킬 일과 자신들의 복잡한 생각을 말로 쏟아낸다. 내가 겪었던 정신없었고, 힘겨웠던 상황들을 보지 않은 사람들에게 아버님과 나의 지나간 사건은 허공에 떠돌다 만다. 또 다른 벽을 마주한 것이다. 세상에서 고립된 둘만의 사건들은 누구의 귀에도 닿지 않으리라. 각자 자신의 손끝 가시가 더 아프니 경중을 따질 수 없으리라. 상대가 가족이라 하더라도.

배고파요~
메누리가 밥 안줘요!

✳

초기 몇 년은 돌발행동과 오르락내리락 하는 감정기복에 어찌할 바를 모르고 쩔쩔맸다. 형제들은 내가 가출하기 전까지 간혹 두 분에게 점심을 사드리러 왔다. 처음엔 정기적으로 오더니 이런 저런 일이 생겼다며 뜸해지기 시작했다. 남편은 주말 한나절 나들이를 정해서 부모님을 모시고 나갔다. 이 외에는 남편의 귀가시간이 늦고, 아이들은 대입을 앞두거나 고등학생이었다. 어머니는 점점 더 감정을 담아두지 못하고 힘들어하며 토해냈다. 나는 아버님의 돌발행동을 감당해야 했고 어머니의 감정 쓰레받기 역할을 해야 했다. 모두 고스란히 받아내야만 하는 아이들과 내 몫이었다.

아버님의 사업장 정리가 연기되는 문제로 장기요양등급 신청도 미뤄지게 되었고, 아무 도움을 받을 수 없었을 때 아버님의 돌발행동은 극에 달했다. 끊임없는 폭식과 설사를 반복하셨다. 괴성을 지르고 "컥! 컥!" 소리는 늦은 밤 열린 창문으로 튕겨나가 메아리쳤다.

어쩌다 조용하다가도 아버님은 어머니에게 "돈 내놔! 왜 내 돈을 안주는 거야!"라며 소리를 지르는가 하면, 여기저기 아프다고 하고, 소파에 앉아 어지럽다며 거실 천정이 빙글빙글 돈다고 하루 종일 소리를 질렀다. 이석증으로 이비인후과 치료를 받아 봤지만 치료 이후에도 어지럽다는 말씀은 계속되었다.

음식을 드신지 5분도 안돼서 또 드시기를 반복했다. 그날도 수시로 드시고 설사를 반복하는 중 이었다. 이러지도 저러지도 못하고 걱정하다가, 대답할 타이밍을 놓쳐 잊어버리셨기를 기도하고 못 들은 척 하기도 했다. 그러나 아버님은 그것만큼은 결코 잊지 않고 끊임없이 보챘으며 오로지 아버님의 뇌는 '밖으로 나가자!'와 '음식생각'으로 가득한 것 같았다.

"야, 밥 좀 줘!" 그러면 처음 듣는 것처럼 "아이쿠, 아버님! 배고프세요?", "그래 배고파 죽겠어. 넌 귀가 먹었냐?"

아버님이 이야기하는 동안 잊어버리길 기도하며 계속 화

제를 바꿔보려고 했다.

"그래, 빨리 줘, 넌 왜 또 쓸데없이 말장난이나 하고 말이야!"

탁자를 손가락으로 두드리며 흘겨보신다. 내가 욕을 먹더라도 말장난하는 동안 소화라도 시켜드려야 하니 시간을 끌수밖에 없었다.

"아버님, 누가 그렇게 굶겨요?"

"누군 누구야, 메누리지."

"거참! 그 메누리(며느리) 참 나쁘네요. 그 메누리가 누구 길래 그렇게 못됐어요?"

"누군 누구냐, 바로 너잖아"

"하하하! 우리 아버님 천재네요!"

"좌우지간 밥이나 내놔." 손을 펼치신다.

"그 메누리 이름이 뭔데요?"

"000이지 누구야."

내 이름은 절대로 안 잊으신다. 쓸데없는 것 묻지 말고 내놓으라고 어김없이 손바닥을 펼치신다. 내 손바닥을 아버님 손바닥 위에 올리고 악수하며 "마마 영광 이옵니다." 여세를 몰아 "마트 가서 아버님 좋아하시는 것 찾아볼깝쇼?" 그래, 내 몸이 힘들더라도 차라리 나가자, 이렇게라도 버티면 이시간이 지나고 오늘 하루해가 저물겠지.

아버님은 기분이 좋을 때는 존댓말을 하신다.

"좋습니다!"

식사를 매번 잘 드시는 것은 아니다. 아버님의 식사패턴에는 기복이 있다. 어머니가 좋아하는 반찬과 반대의 취향이라서 우리 집의 반찬 가짓수는 많은 편에 속했다. 대부분 7~10가지 이상의 반찬을 식탁에 차린다. 어머니는 반찬을 적게 차리라고 처음엔 말하지만, "00없냐?, 난 감자 졸인 거 싫어. 이건 아버지가 좋아하잖아. 감자를 기름에 볶아야 먹지." 이런 식으로 반찬의 가짓수는 늘어나게 된다. 그러나 아버님은 밥보다는 한 가지 반찬에만 집중하실 때가 더 많고, 그 음식만 해드려야 한다. 며칠을 계속 드시다가 질려버리는 시점부터 다음 타겟의 음식을 정하실 때까지 전혀 안 드시려고 한다. 그렇다고 그냥 보고만 있을 수는 없다. 결국 2차 3차 후보들을 정해두고 안 드실 경우를 대비해서 내놓아야 한다.

노인은 한 끼를 안 드셔도 그 타격이 크기 때문에 거르지 않고 드시는 게 중요하다. 어느 해 여름엔 통 식사를 안 하셔서 여러 방법을 찾다가 다행히 사흘이 멀다 하고 영양제 수액을 맞혀 드려서야 기력이 회복되셨다.

식사를 드릴 때 준비가 다 되면 처음엔 스스로 드실 수 있게 기다려 드린다. 결국 한두 숟가락 뜨시고 아예 수저를 내려놔 버리고, 음식을 애처롭게 쳐다보고만 계신다. 이럴 땐 떠드려야 한다. 식사를 몇 번 받아 드시다가 입을 꾹 다물 때는 다 드시면 간식을 드리겠다고 어르고 달랜다. 그것도 안 통할 때는 아버님이 좋아하시는 반찬을 오른 손으로 넣는 척 하다가 왼 손에 먼저 떠놓은 밥숟가락을 재빨리 넣어드리고 난 뒤 다른 손에 들고 있던 좋아하는 반찬을 넣어드린다. 그러면 아버님은 속았다는 듯 흘겨보신다. 그럼 나는 "깜빡 속았죠 아버님? 하하하" 아버님을 웃겨가며 고비를 넘기면 몇 번은 받아 드신다.

아버님은 전쟁을 겪은 분이다. 보릿고개나 배고팠던 시절이 있었기 때문에 아버님의 절약하는 습관을 이용할 수도 있다. 입 앞에 숟가락을 대고 있어도 꾹 다문 채 안 드시면 "어? 어? 떨어진다!"를 외치면 본능적으로 황급히 입을 여신다. 행여 밥알 한 톨이라도 무릎에 떨어지기라도 하면 그것을 주워서 드시는걸 보고 생각해낸 방법이다.

너무 과하게 드시면 끝내 식탁이나 바닥에 뱉어버리신다. '한계'에 다 달았다는 뜻이다. 잘 드시면 욕심이 생겨 한 술이라도 더 드시게 하려고 하니 아버님도 더 이상 거부할 방법이 없기에 뱉어버리는 것이다.

아버님이 식사를 안 하실 때 이유는 대략 몇 가지이다.

치매약이 바뀐 뒤의 부작용이거나, 당뇨약의 양이 늘어서 입맛이 없거나, 식사 직전 다른 음식을 드셨거나, 대변이 마려운 경우다. 그러나 어머니가 계실 땐 말을 아껴야 한다. 내 확신이 있어도 어머니 뜻에 따라야 한다. 말과 행동을 조심하지 않으면 역효과를 가져오기 때문이다.

"아버님, 아까 많이 드셔서 대변 마려우세요?", "마렵긴 뭐가 마려워! 먹은 게 뭐가 있다고! 어서 믹여!(먹여). 믹여 옆에서 밀어 넣어!" 때로는 (전날 많이 드셨음에도) "한 숟갈도 안 먹고 자기 죽을 거야? 차라리 죽어 버리던지!" 라며 소리를 지른다.

어머니의 심리상태는 온 가족의 분위기를 좌우한다. 이런 방법이 아버님에게 좋을 리가 없음을 몇 번 얘기해도 소용없다. 아니, 오히려 미움만 살 뿐이다. 이런 날엔 아이들도 방에서 안 나온다. 어머니가 외출하고 나서야 아이들은 하나 둘 나오기 시작한다. 가끔 밖에서 아이들과 따로 만나 밥이라도 사주며 시간을 가졌는데, 아버님이 치매를 앓는 시기와 맞물려 아이들은 연달아 수험생이 되었고 바빠졌기에 그나마도 못하게 되어버렸다.

네이버에 물어봐

2015년 메르스가 돌고 있을 때였다. 예약했던 부모님의 병원도 혹시 모를 우려에 모두 연기하거나 취소했다. 아버님의 외출 길이 모두 막혀버린 것이다. 아버님은 마스크를 씌워드려도 소용없는 분이다. 씌워드리면 어느새 벗어버리니 매번 나와 실랑이 한다. 달리 방도가 없어서 목에 스카프를 둘둘 말아드리고 마스크를 해 드렸다. '이러면 절대 아래로 못 내리시겠지.' 그런데 내가 겉옷을 입으러 간 사이에 눈을 지나 이마까지 위로 마스크를 올려버리곤 개구쟁이같이 히죽 웃고 계셨다. 역시 아버님은 천재다. 모든 교통수단도 남편이 운전하는 차 이외엔 타지 않았고 부모님 건강이 염려되어 매일 메르스에 대한 뉴스를 검색하고 있었다. 결국, 밖에 나가지 않는 대신 실내놀이를 했다. 그림 그리기, 퍼즐 맞추기, 오목이나 알까기로 집중력과 협응력을 강화하고 음악을 틀어놓고 아버님과 같이 3·3·7 박수를 치면서 희망적이고 긍정적인 구호도 만들어 외치며 시간을 보냈다. 역시 대화를 많이 하면 그만큼의 효과를 보았다.

그러나 현실은 한숨이 나오도록 많은 일이 쌓여 있었다. 퇴근을 해도 고통을 피해 밖으로 도는 남편에게 섭섭했고, 남편과 내가 감당하기 힘겨운 어머니는 생각할수록 더 막막했다.

사건이 터지고 힘든 문제가 생길 때마다 난 검색을 했다. 하다못해 고민거리조차 검색한다. 혹자는 정확하지도 않은 검색을 왜 하느냐겠지만, 주저앉아 지켜볼 수만 없는 노릇이었다. 고민할 시간을 절약해주고, 돌아다니며 해결할 수 없으니 최선의 선택은 아니더라도 가장 빠른 방법일 수밖에. 특히 아버님 관련해서 많이 검색했다.

아버님이 보채시면, "잠깐만요, 네이버에게 물어 볼까요?"라며 능청을 떤다.

그럼 아버님은 하나의 놀이로 받아들이고 참고 기다려 주신다. 이때, 인지 치료의 기회로 삼고 더 많은 이야기로 가지를 뻗어 나간다.

이를테면, "오늘 눈 오냐?", "잠깐 만유~ 누구한테 물어 볼까요?" 한다. 검색하는 과정을 보여드린다. 모든 것이 아버님에게 뇌 자극이 되길 바라면서……

아버님은 씨익~ 웃으면서 "네이버에 물어봐~!" 어깨를 으쓱하며 활짝 웃으신다.

아버님에게 결과를 보여드린다. 귀가 어두운 대신 시력이 좋아서 안경을 쓰지 않고도 글씨를 보실 수 있다. 어느 한 능력이 퇴화되면 다른 능력이 강화된다는 말을 아버님을 보면서 느끼게 된다. 그러면 "눈 올 때는 뭘 드시면 맛있을까요?" 하거나, 겨울 옷차림 사진을 보여드려 이야기의 꼬리를 단다.

컨디션 좋은 날에는 아버님의 옛이야기를 끌어낼 때도 있고, 그때의 차림이나 추억을 꺼내보기도 한다. 바로 지금, 현재에 집중한다. 아버님만을 바라보고 모든 것을 잊는다. 고통스럽고 힘겹더라도 일상에서 많은 대화 주제를 찾을 수 있고, 치료의 기회로 삼을 수 있게 된다. 아버님이 아닌 주변의 다른 여러 사건들이 동시에 더는 겹치지 않기만을 바라면서.

지성, 야성, 실성

　중고생 때는 교복 자율화 덕분에 사복을 입고 등교했다. 덕분에 고등학생인지 대학생인지 알 수 없는 외모의 학생들이 늘어나기 시작했고, 생활지도 하느라 선생님들도 바빠지게 되었다. 그 당시 선생님이 하신 말씀이 생각난다. 그 선생님은 학생들에게 인기 많은 국어 선생님이었다. 다른 시간엔 웅성거리던 학생들도 이 시간엔 마법에 걸린 듯 모두 집중했다. 옷차림 얘기를 해도 재밌게 유도 하시니 우리 마음을 사로잡았다. 단추를 다 채우라는 잔소리 대신 농담으로 시작해 주의를 집중시키고 행동의 변화로 이끄셨다. 그때의 이야기를 아버님께 적용해보기로 했다.

아버님은 옷을 답답하게 입는 걸 싫어하신다.

산에 다니실 때도 손수 티셔츠를 사와서 답답한 목덜미 부분을 가위로 숭덩숭덩 잘라버리셨다. 추운 겨울에도 항상 셔츠의 단추를 두세 개 이상 풀어버려서 나와 옥신각신한다.

그러다가 시간에 쫓기고 아버님이 이기게 되면 그대로 밖으로 나간다. 아버님의 바지는 대부분 검정, 진한 남색, 쥐색 정도의 어두운색이다.

손가락으로 콧물을 쓰윽 닦아버리고 다시 그 손가락을 바지에도 닦아버린다. 순식간이다. 이것이 마르면 하얗게 얼룩이 져버린다. 바지엔 온통 콧물 자국이 선명하다. 바지를 갈아입혀 드려도 30분만 지나면 콧물 범벅이 된다. 수시로 닦아드리고 손수건이나 휴지를 손목에 매달아 드려도 소용없다.

우리가 지나갈 때, 일부 동네 사람들은 우리를 '도마'에 올려놓고 말한다. 인사를 하면 답례 대신, "아이구! 추운데 저렇게 옷을 헤벌리고 다니게 하네… 쯧쯧, 마스크라도 해주지……" 매번 상처를 안 받으리라 다짐 하지만, 몸도 마음도 지친 상태에서 속도 모르는 말을 들으면 더 아프다. 자세한 사정을 모르는 사람들은 혐오스럽게 보는 게 당연할 것이다. 왜 이렇게 바지가 더럽냐고 물어보면 "지금 입혀드렸는데 그러네요.

하하하." 웃으며 지나갈 뿐이다. 직접 겪어보지 않은 사람에게 구구절절 설명해 무엇 하랴!

모두 그런 것은 아니지만, 일부 동네 사람은 늘 누군가를 도마 위에 올려놓고, 재미 삼아 말놀이를 한다. 많은 이야깃거리 중에서 그날의 주인공이 우리 집이 되기도 하는 것이다.

군중심리, 편견, 자존감이 없어 상대를 깎아내리며 얻는 우월감과 교만, 그런 분위기는 너무나 익숙하면서도 아주 특별하다. 순식간에 동네가 연극이나 드라마의 무대로 돌변한다. 있는 그대로의 사실에 살이 붙고, 옷을 입히고 장신구를 달아주니 실제의 이야기와 전혀 다른 내용의 소문이 돌곤 했다. 사람이 모두 모이는 만큼 감당해야 할 것들이다. 시어머니는 그것을 일명 '여편네들의 입방아'라 칭했다.

그런데 비단 우리 동네뿐만 아니다. 모든 치매 가정의 주 보호자는 동네 사람이나 주변 사람들의 입에 오르내리고 때론 공동 책임을 져야 하는 핏줄로 이어진 사람들 사이에서도 그런 일은 벌어진다. 얽히고설킨 그물 속에서 생각 없이 뱉는 말로 서로 할퀴고 상처받고, 주 보호자는 그 상처를 잊지 못하고 자신의 상처를 보고 또 보며 아파한다. 특히 내 경우는 주간 보호센터를 이용하지 않고 대가족이 있었음에도 한동안 독박 간병으로 고통을 더 안고 산 것 같다. 가족이든 이웃이든 치매 환자나 보호자를 향한 무책임한 말로 앞서는 경우가 너무 많다. 간섭하는 것이 당사자에게 상처가 되는 말인지도 전혀 의식하지 못하는 것이다.

특히 직접 간병하는 주 보호자들은 자신의 미래를 포기하고 자신의 삶을 기꺼이 던진 이들이다. 보호자는 최소한 누려야 할 것조차 해결하지 못하며 아파하고 있는데 주변의 '입방아'는 독화살이 되어서 꽂혀버리고 온 마음에 퍼진다. 몸과 마음은 연결되어 있기에 몸 마저 병들게 되는 것이다. 덕분에 대중 속에서 시달리는 연예인들의 마음을 조금이나마 이해할 수 있게 되었다. 나 역시 모든 악재가 동시에 펼쳐졌을 때 같은 마음으로 통곡했기에.

'아버님의 윗옷 풀어 헤치기'를 예방하는 것은 여러 방법을 써보다가 학교 때 국어선생님의 방법을 써보기로 했다.

"아버님! 단추 하나 푸르면 지성! 두 개는 야성! 세 개는?" 그럼 아버님은 평소 습관대로 "맹성!"이라고 한다.

자꾸 맹성 이라고 하시기에 검색을 해봤다. 사전에는 '매우 깊이 반성 한다.'는 뜻이다. 매번 알려드려도 그렇게 답하시는 걸 보면 아버님의 무의식속에 그 단어가 떠오르시나보다.

"땡! 실성 이래요, 실성!" 아버님이 '실성'이란 단어에 기분 나빠 하실까봐 퀴즈 풀듯 하는 것이다.

"아버님 단추를 세 개 푸르면 실성이래요. 아버님은 지성이 넘치시잖아요?", "그렇지 나는 지성 빼면 시체지." 이러면 아버님과 실랑이 없이 단추를 채워드릴 수 있다.

또 잊고 손이 올라가려고 할 때, "아버님 단추 하나 푸신 아버님은 어떤 분 이게~요!"

"지성!"

오늘은 정신이 맑으시다. 기억하시니 고마운 날이다.

기·승·전 '콧물', 기·승·전 '변'

도대체 왜 이리 '똥' 이야기 '콧물' 이야기가 많은 거냐고 묻고 싶을 것이다. 경험을 안 해본 사람은 어떤 의미인지 잘 모를 것이다. 이것이 중요한 문제인 이유는 치매 간병의 가장 큰 어려움 세 가지 중 하나이기 때문이다.

세 가지 어려움은 돌발행동, 대소변의 조절 불가능, 가족 해체인데, 대소변은 일반적인 대소변이 아니라 무방비 상태에서 돌발적으로 닥치는 대소변처리를 말한다.

준비를 하면 되지 왜 '무방비'냐고? 간병하는 보호자에게 물어보라. 준비를 철저히 안하는 보호자는 단 한 명도 없을 것이다. 무방비라 함은 준비했음에도 예측불가한 일들이 터지기 때문이다. 잠자는 도중 한밤중에 깨서 깔끔하게 처리되면 무난하게 넘어가는 거고, 돌발적인 상황에(대변이 묻은 기저귀를 아버님이 만지거나 뜯어내서 이불이 범벅이 되는 등) 그리고 외출 시 그 두세 가지가 동시다발로 일어나거나 밤사이 그런 일이 생기는 것을 말한다. 가장 어려운 점은 '예·측·불·가'라는 것이다.

게다가 아버님은 코를 사용한 '물총'이 있는데, 그 파워는 막강하다. 속도 또한 총알 같다. 아버님은 코가 간지러우신지 콧물 때문인지 수시로 코를 푸시는 거다.

치매 가정엔 변 얘기며 온갖 지저분한 얘기로 가득하다. 그야말로 기·승·전 '콧물'과 기·승·전 '변'이다.

이전의 아버님은 이런 일을 상상도 못 할 정도로 깔끔했던 분이었다. 맑은 콧물은 이비인후과에서 비염 치료를 했어도 마친 가지였다. 코가 답답하시면 거실이나 방바닥이던 장소 불문 한다. 재빠르게 휴지를 대 드렸지만 그럴수록 더 하신 것이다. 그때 '감히 내 콧물이 뭐가 더럽다고 유난을 떨고 휴지를 갖다대냐!' 라는 듯의 아버님의 눈빛을 보면 예전의 목소리가 들리는 듯하다.

어느 순간부터는 아버님의 '콧물 총'을 포기하게 되었다. '반응을 하지 말자, 기다리다가 안 보실 때 바닥을 닦아보자'

마음 편히 생각하기로 했다. 무 반응하니 아버님이 10번 푸실 것을 8번으로 줄어드는 것 같았다.

이런 모습에 인상을 쓰고 잔소리를 한다면 환자와 보호자 사이엔 벽이 생기고 만다. 아버님과의 시간들을 통해서 많은 것을 배웠다. 치매를 통해 인내심의 한계를 높이고, 많은 고민을 하게 되었다. 아버님 덕분에 그리고 벼랑 끝의 고통 덕분에 감사한 것이 많아지게 되었다.

삶의 절벽에서 고통 속으로 떨어졌더니 비로소 날개가 달려있음을 알게 된 것이다.

'효부'라는 굴레

오늘은 어머님의 친구분들이 많이 오셨다.

평소와 달리, 굳이 아버님을 모시고 내려오라고 한다.

평소의 곗날에는 어머님이 아침 식후 일찍부터 내려가서 새벽차 타고 오는 친구분들과 담소를 나누고, 나와 아버님은 따로 점심식사를 했다. 그러나 오늘은 달랐다.

어머니는 다른 분들 앞에서는 불쌍한 배우자로 비춰지길 원했다. 친구분들이 끊임없이 위로해주기를 바랐다. 늘 받아도 받아도 허기진 위로를 받기 원했고 친구분들 중에서 주인공이 되고 싶어 했다.

어머니는 오늘따라 더 재촉한다. 아침부터 여러 번 시도

했지만 아직 까지 대변을 안 봐서 위태롭다. 어쩔 수 없다. 닥치면 그때 가서 대응해야지.

언제부턴가 억지로 안 되는 일에 애쓰지 않게 되었다. 오늘 하루만 버티면 된다. 오늘 하루만 무사하면 된다. 내일이 오면, 내일 하루 아무 일 없이 지나가길 바라면 되는 것이다. 일이 터지면 그때 가서 버티자. 나에게 계획도 미래도 무의미하니까.

아버님을 어머니에게 맡기고 나갈 수도 없고 어르신들 얘기 속에 섞여 놀 수도 없는 노릇이었다. 어머니와 친구분들은 인원이 모이면 근처 식당으로 이동하기 때문이다. 이렇게 일정이 꼬여버리면 아버님도 나도 애매한 상황이 된다. 내 일상의 주체가 당사자 아닌 또 다른 권력자에게 이끌려 가면 마음은 시끄럽고 평화롭지 못하게 된다.

그 분들은 얘기하다가 화제가 끊기면 "효부야 효부!"
그 얘기가 싫다. 효부는 누가 만든 단어일까? 도대체 지금 이 시대에 어떤 사람이 효부일까?
어머니 눈치를 봐가며 남편에게 맡기고(그날만큼은 남편이 일찍 와주었다.) 주 1회 두 시간 합창단에서도 나에게 효부상을 주어야 한다는 말을 했다. 그분들도 좋은 뜻으로 하는 말이었겠지만, 정작 나는 마음이 괴롭다. 마치 나에게 '계속 효부가 되어야만 한다.'는 말로 들린다. 그 말은 나 같은 입장에 있는 어느 누구도 듣기 싫어하는 말일 것이다.

어머니는 다른 자식에겐 수고했다, 고맙다는 말을 잘 하셨다. 밥 한 끼 사드리러 오는 자식에겐 매번 했던 말. 나는 그 말에 갈증을 느낀 것 같다.

늘 그 말을 듣고 싶었지만 들을 수 없던 지나 가버린 시간들이 떠올랐다. 그 말 한마디를 듣고 싶어서 여기까지 온 걸까?

내가 느끼는 좌절감과 고통은 형제나 어머니를 향한 것이 되면 안 된다. 머리로는 안 된다는 것을 잊지 말라 하고, 가슴에서는 반대로 솟구친다. '효부'라는 단어...... 마치 구덩이를 파헤친 땅속에 나를 넣고, 한 삽씩 흙으로 덮고 있는 느낌이 든다. 죽을 때까지 효부로 살아야 한다는 숨 막히는 압박감.

순간, 나를 고통 속에서 꺼내는 아버님의 목소리가 들린다.
"똥 쌌어!"
이럴 땐 노랫가락 같은 고마운 소리다. 아버님 덕분에 더 이상 '효부'라는 말에 무의미한 인사치레를 안 해도 된다.

자동으로 일어나 기저귀를 확인한다.

허리춤까지 밀려 올라와 있다. 앉아 싸셔서 그렇다.

오랜만에 설사다. 한동안 변비라 걱정했는데 역시 많이 드시니 효과가 있다. 그래서인지 양도 많다.

아버님을 모시고 화장실로 간다.

뒤통수에서 누군가 말한다. "세상에 저런 며느리가 어디 있어. 저 봐. 급하니까 저 맨손으로 똥 주무르는 것 봐!"

그 말을 받아서 어머니가 말한다. "재는 맨날 코가 막힌대요. 그래서 냄새도 안 나나봐. 그러니까 저렇게 주무르지. 난 구역질나서 못해." 물론 어머니의 존재감과 고귀함을 강조하고 싶은 과장이다.

난 바닥에 떨어진 똥을 주무르지 않고 손가락으로 훑어 얹어 가고 있었다. 주무른다는 표현이 거슬린다. 누구라도 할 수 있다. 안 하려는 것뿐이다.

이왕 이렇게 된 거 못 들은 척하며 떠든다.

"냄새 안 나요. 우리 아버님은 고기를 싫어하시니까요.", "그래, 난 초식동물이라 냄새도 안나.", "화장실로 가실까요?"

다시 할머니들의 친목계가 이어진다.

아버님의 신기하고도
처절한 초능력

아버님의 어깨는 목 라인 보다 올라와 있고, 움츠려 있다. 목근육이 경직 되어있다. 늘 긴장하기 때문이다. 나도 어깨가 불편하니 안 보려고 해도 내 일처럼 눈에 들어온다. 건강하셨을 때의 아버님도 산에서 하시던 봉사 때문인지 그 전부터 어깨가 불편하셨던 것 같았다. 항상 몸을 쓰다듬는 손길이 필요한 어머니와는 달리 아버님은 빈 소주병에 양말을 씌워서 스스로 어깨를 두드리곤 하셨다. 며느리 입장에서 안마를 하기도 안하기도 어려워서 빈말이라도 여쭈면 늘 괜찮다 하셨다. 그땐 어머님에게 해드리는 안마만으로도 벅찰 때였으니, 아버님의 대답에 안도의 숨을 내쉬고는 뒤돌아서서 미안했다.

그런데 아버님이 치매를 앓기 시작하고 겁이 많아지셨다. 몸이 불편하다고 할 때도 많아서 등을 두드려라 어깨를 두드려라 발등을 긁어라 발바닥을 긁으라는 얘기에 정신없이 온몸을 긁고 두드려 드려야했다. 치매인 아버님은 몸이 불편한 것이 아니라 뇌가 아프다는 것을 알고 있었고, 그럼에도 멈추지 않고 긁고, 두드려야 했다. 그것은 아버님의 눈빛만 봐도 당신에겐 간절한 것임을 알 수 있었다.

언젠가 아버님 손을 잡고 계단을 내려갈 때였다.

두 사람이 손과 난간을 잡고 내려갈 때면 좁은 계단에 다른 사람이 지나갈 여유 공간은 없다.

이럴 때, 아버님은 내게 없는 초능력을 발휘하신다.

계단을 내려가다가 갑자기 꼼짝 않고 서 계실 때가 있다.

내가 둔한 것일까? 전혀 느낌이 없는데 아버님은 인기척을 느끼고 내 손을 꼭 잡고 멈추라는 신호를 보내신다. 그럴 때 뒤를 돌아보면 역시, 급한 사람이 머뭇거리고 좌우를 엿보며 빨리 가려고 한다. 난 아버님 낙상을 예방하기 위해 아래 계단으로 한 계단 내려선다. 뒷사람을 먼저 보낸 뒤 아버님 옆자리로 다시 옮긴다. 신기한 일이다. 뒷사람은 전혀 소리내지도 않고 내려오는데 아버님은 어떻게 느끼셨을까? 전에는 이것이 치매 진행 이후 생긴 결과라 생각했다. 달리 생각하면 아버님의 주변 곳곳에는 위험요소가 있다는 걸 온 몸으로 느끼고 계신 거다.

치매환자는 본능적으로 겁이 많아지게 되고, 긴장을 하게 되기 때문이다. 긴장하기 때문에 어깨는 움츠러들었고, 타인의 작은 움직임에도 민감했던 것이다.

"나는 귀가 먹어서 안 들려!" 하시고 귀 덕분에 다른 감각기관이 예민해진 것이다. 예를 들면 지금도 안경 없이 활자를 읽으실 정도다.

왜 초능력이 있을까?

이유에는 가슴 아픈 사연이 있다.

잠을 주무실 때 자주 깨는 것도, 끊임없이 고개를 돌려 주변을 살피는 것도, 음식마저 꼭꼭 씹는 것의 이유는 모두 불안감 때문이다. 늘 긴장하고 계시기 때문에 에너지 소모량도 많고 음식을 많이 드시지만 몸이 마르는 이유가 여기에도 있다.

외출이라도 하면 알 수 없는 이정표에 지나가는 사람들 또한 많으니 더욱 겁이 난다.

특히 아버님이 차를 타고 나가시면 절대 눈감고 조는 일이 없다. 늘 자세는 한결같다. 한쪽 팔은 창문 위의 손잡이를 잡으시고 다른 팔은 좌석의 팔걸이를 잡으신다. 가끔 차창 밖으로 요양원이나, 요양병원의 간판을 보면 가만히 응시하신다.

아버님의 마음을 안다.

그곳으로 버려질까 무서우신 것이다.

'버려진다'는 표현...... 어느 자식에게나 거북한 표현이다. 아버님은 치매진단 받으시기 1~2년 전부터 자주 그 말씀을 하셨다. "저거저거, 요양원에 넣는 거 부모 고려장 시키는 거야!"라고. 아버님의 그 시선은 그때의 말을 기억한다는 뜻일까? 당신은 그걸 미리 알고 계셨던 걸까? 치매가 닥칠 거란 걸 본능적으로 아신 걸까?

그런 아버님 앞에서 어떻게 거친 말을 할 수 있단 말인가!

어머님은 불평불만 소리를 한다. 아버님은 고개를 푹 숙이고 계신다. 난 내 입술에 손가락을 대고 "쉿!" 하면 어머니는 잡아먹을 듯 나를 노려본다. 어머니의 심정을 이해 못하는 것은 아니다. 그러나 이미 아버님은 환자이자 약자이며 당신이 직접 케어하는 것도 아니니 마음 관리를 하고 말을 아껴야하지 않겠는가. 우리 또한 늙고, 병들고, 어쩌면 같은 일이 닥칠지도 모르는 한치 앞을 볼 수 없는 삶인 것이다. 어느 누가 아무리 병들고 정신이 없다 해도 주변의 냉대를 받길 원하겠는가!

모르는 사람들은 보호자만 고통스럽지 치매 환자는 어린아이와 같으니 당사자는 '행복하다'는 말을 하는데 그 말은 전혀 맞는 말이 아니다. 치매환자가 어린아이가 된다는 말에는 동의 하지만, 어린아이의 즐거움과 행복은 어른이 바라본 시각일 뿐이다. 어린아이에게도 어른 못지않거나 훨씬 더 큰 두려움과 공포감이(약자이기 때문에) 있다는 것을 간과해서는 안 된다. 어린 시절을 돌아보면 잠에서 깨거나 엄마가 보이지 않았을 때 길을 잃었거나, 낯선 타인과의 관계 속에서 두려웠던 기억이 있을 것이다. 치매 환자 역시 애매모호한 어린아이가 되어서 주 보호자의 고통만큼 혹은 그 이상의 고통과 혼란을 겪고 있는 것이다. 매일 다가오는 새로운 사건과 상황에(기억을 못하기 때문에 늘 낯설고 두려운 환경이다) 대한 적응과 고통을 겪고 있는 걸 나는 아버님을 통해 읽을 수 있었다. 그것을 통감하고 있던 나조차도 수시로 감정의 소용돌이에 휘말리곤 했다.

　아버님의 감정기복은 시시때때로 달라졌고, 나는 그것을 알기 위해 책을 찾으며 검색하고, 달라지는 걸음걸이나 보폭의 이유를 찾고, 표정과 행동의 특징을 찾아 헤맸다. 그 이유를 하나씩 알게 되고 해결방법을 찾아보고 난 뒤에는 아파하고 절망했다.

요양사, 어머니 그리고 나

many 많은 기저귀를 사용해 보고 아버님한테 맞는 기저귀를 발견했다. 여러 제품을 사용해 보고 난 뒤 선택한 것이다. 테이프 형태로 된 것은 기저귀를 갈기 위해 뜯다가 함께 찢어져 버렸다. 카네이션 매직테이프 특대형으로 해보니 가격대는 비싸지만 소변양이 많은 아버님께 딱 맞았다. 그런데 어느 날 갑자기 공장에서 안 만든다고 했다. 나는 다른 도소매점으로 전화를 걸어 남아있는 것들을 확보해 놓았지만 금방 바닥나 버렸다. 다시 판매되기까지 여러 날이 흘렀다. 그사이 치매 가족 카페에 글을 올려 문의하고 조언을 듣고 다른 제품을 사용해보고 여러 정보와 도움을 받았다.

특히, 낮에 앉아 계시거나 산책 하실 때는 견딜 수 있었지만 주무실 때가 문제였다. 그때만 해도 밤사이 몇 개의 이불을 갈아야했고 기저귀는 한 번의 소변만으로도 언제나 새기 일쑤였다. 처음 몇 년은 밤 요양사를 고용하지 않았고, 나는 아버님을 케어하는 일에 서툴렀기에 더 힘들었다. 낮에는 내가 도맡아도 밤만큼은 어머니가 교대로 해보자 말했다.

"너는 초저녁만(밤 12시까지) 하고 새벽엔 내가 할 거니까 둘이 같이하면 돼."(어머니는 낮잠을 자주 주무시고 저녁 8~9시경 잠들어서 새벽에 깨면 이후엔 잠을 못 이루셨다기에 가능할 것 같았다.) 어머니는 밤에는 며느리가 잠을 자야 한다며 나와 교대한다고는 말했지만 결국, 안정제를 드시기에 밤새 그대로 주무시거나 혹은 그나마도 얕은 잠을 자던 나는 젖어서 무거워진 기저귀 던지는 소리에 깜짝 놀라 깨어날 수밖에 없었다. 이전에는 밤새 많은 이불을 적시고 더는 깔아드릴 이불이 없어서 우리 이불까지 동원해 깔아드렸다. 젊은 우리는 아파도 금방 회복되지만, 아버님은 쇠약하기에 감기에 걸리시면 큰일이기 때문이다.

무슨 일이 있어도 젖은 즉시 옷과 이불을 갈아야 한다. 아버님은 주무시다가 옷이나 이불이 젖거나 뭔가 불편하실 때, '후', '쉬' 소리를 내거나 침대난간이나 바닥을 손으로 계속 치셨다. 나는 그것을 기저귀를 갈아야 하는 신호로 듣게 되었다. 아버님은 본능으로 하시는 거였지만, 그 시점엔 기저귀에 일을 보셨거나 잠에서 깨어나신 거다. 이후에 어머니는 아버님의 '후~', '쉬~' 소리가 듣기 싫다면서 당신 침대를 사업장으로 옮기라고 했고, 어머니는 그곳에서 주무셨다. 결국 당신이 시켜서 옮겼지만, 날씨가 더워지자 에어컨으로 인한 전기세를 아끼기 위해 '더운데 답답한 곳으로 내 쫓겼다.'고 주변인들에게 말했다. 나는 이런 반복되는 억울함에 가슴이 멍들어갔다. 육체적인 상처도 고통스럽지만 반복되는 '없는 말'로 상처를 받게 되면 마음 깊은 곳에 영원한 상처를 남기게 된다.

몸이 아파서 약을 먹고 깊은 잠에 빠졌을 때는 옷이나 이불이 젖고 침대 방수포를 지나 아래로 흘러서 방바닥에 소변이 흘러버릴 때도 있었다. 젖은 옷은 당연히 몸에 착 달라붙어 벗기기 힘들었고, 더구나 독한 소변 때문에 몸을 씻겨드려야 할 정도로 젖어버려서 깊은 잠에 빠진 아버님을 깨워야 할 때도 있다. 아무리 마르셨다고 해도 잠들어서 축 늘어진 몸은 하룻밤에 몇 번씩을 감당할 수 있는 무게가 아니었다.

몸을 씻기다가 완전히 잠에서 깨버리시면 그때부터 아버님과 나는 뜬눈으로 밤을 새야 한다. 아버님의 정신이 맑아지면 끊임없이 배고프다고 하셨고, 30분마다 밥을 차리고 치우기를 반복했다. 차려놓으면 당연히 배가 부르니 쳐다보기만 하고 안드셨기에……

처음 2년 정도는 나 혼자 감당하다가 장기요양보험공단의 지원으로 3~4시간 바깥나들이 시켜드리는 요양사님이 오게 되었다.

처음엔 아버님이 남자분이기에 요양사를 고용하는 문제에도 여러 가지 불협화음이 생겼다.

걱정이 많은 어머니가 바라는 요양사는 위험한 꽃뱀처럼 사악하지도 않고 무던하게 시키는 일만을 잘하고 상냥하며 세심한 남자요양사였다. 그러나 세상이 당신 입맛에 맞춰 주지 않으며, 뜻대로 돌아가지 않는다는 걸 모르는 듯했다. 자식이야 어머니를 맞출 수밖에 없지만, 남이 당신 입맛에 맞출 수는 없는 것이다. 센터의 말은 남자 간병인은 드물고 사실, 어머니 뜻에 맞는 여자 요양사도 구하기 어렵다고 했다. 게다가 한집에서 많은 식구와 생활해야 하는데 쉽지 않은 결정이었다.

요양사에게 직접적인 잔소리는 오히려 해가 된다는 것을 모르시는 것뿐만 아니라, 고용하는 것을 주종관계로 인식하는 분과 전문가라는 자부심을 가진 요양사의 사이에서 번개가 칠 것은 불 보듯 뻔한 것이다.

다행히 어머니 뜻대로 남자 요양사가 오기로 결정되었다. 첫 요양사는 남자, 그 뒤엔 여자로 계속 바뀌었다. 그럴 때마다 나는 아버님의 증상과 상황 그리고 어머니의 요구사항을 전달하며 처음부터 다시 반복 설명하고 살펴야 했다. 도중에 등급제가 세분화 되어서 방문 요양사의 시간은 한 시간이 줄었고, 3시간으로 바뀌었다. 요양사가 바뀔 때마다 아버님의 병세도 바뀌어갔다. 사람과 사람간의 몸과 마음 그리고 감정이 함께하는 일이기 때문이다.

어린이집을 운영할 때였다. (어린이집 이야기가 자주 등장하는 이유는 치매 케어와 비슷한 점이 많기 때문이다. 치매 케어는 사람을 대상으로 하는 매우 조심스런 일이고 주 업무는 따뜻한 대화와 케어이기 때문에 비슷한 점이 많다.)

새로 채용한 교사가 며칠 근무했을 당시였고 나는 교사를 유심히 관찰하게 되었다. 낮 시간 동안 아이들의 부모 역할을 해야 하는 이곳에서의 시간이 정서적인 안정과 교육도 필요하기에 때로는 필요 이상의 관심을 가질 수밖에 없었다.

그날은 화장실 문이 조금 열린 틈으로 오랫동안 물소리가 나서 혹시 아이들이 추운데 물장난을 치는 것은 아닌지 살펴보기 위해 조금 열어봤다. 나는 내 눈을 의심할 정도로 기막힌 광경을 보았다. 새로 채용한 교사는 청소용 빨간 고무장갑을 끼고 4살 아이의 연약한 엉덩이를 씻기고 있었다. 너무나 화가 났다. 전혀 죄책감을 느끼지 못한 채 '대변을 봐서 씻기는 중'이라고 당당히 답하는 모습에 결국 함께 일할 수 없겠다고 했다. 지금은 그냥 나오는 교사자격증도 아니며, 다양한 검증 절차를 거치니 그나마 다행이다. 자격증을 갖췄다고 모두 전문가는 아니다. 대부분 신뢰감을 주는 전문가이지만 요양사도 황당한 분도 간혹 겪었다.

결국엔 나도 어머니도 버티기 힘들어 일 년 정도 더 있다가 밤에만 기저귀를 갈아줄 분을 찾게 되었고, 처음 온 요양사는 아버님의 소변 나오는 부분을 비닐봉지로 묶어 통풍이 전혀 안되도록 하였다. 묶는 것도 꽉 묶어 피가 통하지 않을 것만 같았다. 아기들의 기저귀도 통기성을 따지는 시대에 이 방법은 혈액순환도 안 될뿐더러 습진까지 걱정됐다. '침대에 누워만 게시는 와상환자도 아니고 아버님은 많이 움직이실 텐데 저렇게 하면 다 새버릴 것 같아.' 물론 연세 드신 요양사 분께 얘기는 못하고 걱정만 하고 있었다. 다행히 다음날 끊임없이 뒤척이는 아버님 덕분에 그분의 노력은 수포로 돌아갔다. 묶은 비닐봉지 사이로 역류한 소변으로 이불까지 다 젖어버린 것이다. 요양사도 아버님 같은 분을(소변문제로) 처음 겪어봤다며 얼마 뒤 그만두었다. 여러 가지 대안을 찾아봤고 수정을 거쳐 지금의 방법으로 바꿨다.

일자 기저귀 한 장이나 종이타월 6~7장 겹쳐 기저귀 안에 채우거나 일자 기저귀의 방수 부분에 칼집을 내서 (때로는 일자 기저귀로 감당 안돼서) 팬티 기저귀에 흡수가 되도록 해야 했다. 여러 방법을 써보니 이게 가장 좋았다. 그러나 어떤 방법이건 어머니의 허락을 받아야 했다. 어머니가 주도하는 방법 이외엔 허락하지 않는 반복되는 말들에 힘겨웠고, 부대낌 안에서 해결방법을 찾아야 했다. 치매환자 간병뿐만 아니라 내가 신경 써야 하는 크고 작은 마찰들이 더 고통스러웠다.

심할 때는 밤새 기저귀를 7~8개 갈아야 할 정도로 소변을 많이 보셔서 힘들다는 것도 이유가 되었다. 밤새 횟수를 줄일 방법이 없지는 않았지만 어머니가 싫어하는 몇 개를 겹쳐 채워드리는 방법이라 "그렇게 편하게 하면, 요양사는 와서 하는 일이 뭐냐고." 하는 바람에 어쩔 도리가 없었다. 문제를 해결하는 방식에 초점을 맞추는 게 아니라 어머니의 심기에 초점을 맞추다 보니 나를 비롯한 주변사람들은 판단력이 흐려

지기 일쑤였다. 요양사가 바뀔 때마다 어머님은 이 사람은 이 래서 저 사람은 저래서 라며 평소에 안하던 신경을 쓰셨고 잔소리는 날로 늘어갔다.

대부분의 요양사는 사람을 쓰는 이유가 뭐냐며 돈을 들여 사람을 쓰면 전문가에게 맡기라 하며 어머니와 부딪혔다. 간섭하지 말라는 요양사와 그래도 내 남편이니 내가 더 잘 안다는 어머니와의 전쟁을 말리는 일, 그야말로 쓸데없는 에너지 낭비와 언쟁에 지치곤 했다.

그 와중에 어머니는 계속 말했다. 그 여자는(어머니는 늘 요양사들을 '그 여자'라 칭했다) 밤에 핸드폰만 본다. 또 다른 여자는 밤새 잠만 자러 왔나보다. 요양사가 아버님을 돌보러 왔으면서 책을 빌려 달라며 잘난 척을 한다는 여러 가지 이유가 있었다. 수시로 방에 들어가서 어떻게 하는지 살펴보고 당신에게 보고 하라며 당신도 밤새 거실의 침대에서 가부좌를 틀고 앉아 주무시지 않았다.

나는 아버님과 요양사 그리고 거실에 있는 어머니 사이를 오가며 잠을 잘 수도 안 잘 수도 없는 상황이었다. 그러나 아버님에게 만큼은 웃는 모습 평화 가득한 표정이어야 했다. 무슨 일이 있어도 아버님을 간병하는 중에 나는 웃는 모습이어야 했으며 희극 배우가 되어야 했다. 아버님은 환자였기 때문이라는 나의 강박이 자동으로 반응했던 것이다.

　나는 일련의 반복되는 과정들에 지쳐 갔고, 내 분노의 방
향은 다른 곳을 향하게 되었다. 나 말고 따로 사는 가족들은
행복해 보였다. 내 앞에 펼쳐진 고민과 그들 앞에 있는 고민
의 종류가 다름에 분노했다. 그들은 누리고 있음과 나는 허덕
이는 일상에 대한 나의 어리석은 피해의식은 날로 커져갔다.
개인적인 일 때문에 어머니에게만 연락하고 못 오는 것과 자
신의 일상을 과장되게 엄살 부리는 것들에, 나는 더욱 분노
했다. 나의 중심은 나에게 있지 않았고, 부모님에게 있었으며
나는 그 의무에 집중하느라 그들의 의무와 권리가 비정상적
으로 보였다. 나는 그들의 단점을 쏟아내고 모든 탓을 그쪽으
로 돌렸고, 결국 그것은 또 다른 죄책감이 되어서 나를 더 숨
막히게 했다. 내 마음속의 송곳이 가슴을 헤집고 다니도록 나
를 사랑하지 못하고 버려두었다.

2 장

가깝지만

너무 먼 그들

이상징후

전에 없이 아버님은 인상 깊은 책을 읽으시면 친구분께 선물로 보내라고 내게 인터넷 주문을 청했다. 점점 그 횟수가 많아졌고 미안하신지 한번은 돈 10만 원을 주시며 "네가 이것보다 더 쓰는 건 알지만 내 마음이다. 이것도 안 받으면 적어서 안 받는 거다." 그것으로 고급재료를 사와 요리들을 해드렸다. 어디서 그런 힘이 솟았는지 모두 집에서 만들어 드렸다.

맛있게 드신 음식이 있으면 상대편이 한사코 거절해도 배송을 하라고 했다. 신문의 광고나 기사에 식품, 영양제, 도서할 것 없이 신제품 광고를 보시면 주문해서 그것 또한 친구분 댁에 보내라 했고, 감사의 전화를 기다리는 재미로 사셨다. 몇 년간 배송시켜 드신 냉면 100개를 주문하라고 했다가 양을 늘려라 줄여라를 번복하고, 이미 주문했다고 해도 다시 반으로 줄이라며 아버님 것과 친구분 것을 반씩 주문하라고 도 하셨다.

하루에도 마음은 몇 번씩 바뀌었고(이전에도 두 분의 이리저 리 기우는 마음에 춤을 춰야했지만), 오래되어 절판된 책을 찾아 내라고도 하셨다. 온라인 오프라인 할 것 없이 수소문하고 전국의 개인서점까지 연락하고 찾으러 다녀도 없자, "넌 그 것 밖에 안 되냐!"며 벌컥 화를 내기도 했다. 전에도 그러셨 지만 치매 직전엔 더하셨고 뭔가에 몰입하면 사정없이 파고 드셨다.

그때, 서울에서 두 곳의 지방을 수시로 오가며 밭농사를 지을 때였다. 닭을 키우고 약재가 될 만한 나무와 꽤 넓은 밭 에 배추, 깨 그리고 콩 농사를 짓고 있었다.

난 새벽부터 운전해서 세 시간을 달려왔다.(당시에는 터널이 생기기 전이었고, 난 운전면허 초보였다. 내게 운전면허를 따라는 이유 를 뒤늦게야 깨닫게 되었다.) 아버님은 차에서 내리자마자 곡괭 이와 삽을 둘러매고 나와 아이들에겐 톱, 낫 그리고 호미와 여러 가지 장비가 담긴 가마니를 들고 올라오라며 앞섰다.

밭은 가파른 언덕을 지나 산 위로 조금 올라가야 있으니까. 도중에 점심밥을 하라고 해서 겨우 내려와 오두막집으로 향했다. 십분도 안 된 것 같은데 아버님이 내려와 소리를 지르며 "배고파! 아직도 안 된 거야?" 내 손놀림이 빠른데도 전보다 더, 더 빨리 해내야 했다. 그야말로 번갯불에 콩 구워 먹듯 화내셨다.(한치 앞을 예측할 수 없는 분위기여서 번갯불에 콩 구워 먹는다는 말을 어머니도 노상 말했다.) 부모님 식사가 끝나면 나는 시중드느라 수저도 들지 못했건만 빨리 산으로 올라가 일하자고 재촉했다.

그날은 천둥 번개가 꽝꽝대고 장대비가 퍼붓는데 나와 아이들은 가파른 경사 수로와 웅덩이의 밑바닥 모래와 자갈을 삽으로 퍼서 가마니에 담아 날랐다. 물속의 흙은 파도 끝이 없었고 물과 함께 무거워진 삽을 겨우 들어 올리면 흙은 이미 물길에 흘러 내려갔고 자갈만이 남았다. 날은 점점 어두워지고 이 헛된 삽질이 끝날 것 같지 않다는 생각을 하며 둑 위에 서 있는 아버님을 올려다봤다. 장대비가 올려다보는 내 얼굴 위로 쏟아지고 있었다. "하하하! 이게 행복이 아니겠느냐!" 그때 아버님의 눈빛은 무엇에 홀린 듯했다. 그 눈빛이 두려워졌다. 아버님 옆에 앉아있던 어머니는 아버님이 호르몬제나 자양강장제를 과용해서 미쳤다며 화내고 욕을 하며 산을 내려가 오두막으로 들어가 버렸다.

나도 도망가고 싶었지만 산골에서 그 일을 끝내지 않으면 아이들과 나는 벗어날 방법이 없었다. 나에겐 아무런 결정권이 없었으며, 내 삶의 주도권은 시부모에게 있음으로 포기하고 체념했다. 그날 한 끼만을 먹고 화장실도 못 가고 단 1분의 쉴 틈도 없이 일하다가 해가 진지 한참이 지나서야 굽어진 허리를 바닥에 대고 누울 수 있었다. 그렇지만 두려움에 잠들 수 없이 뜬눈으로 밤을 새고 말았다.

치매 얘기가 나오기 몇 개월 전이다.

아버님은 짐차에 넣을 짐이 있다면서 '스페어 키'를 가져오라고 했다. 그 키는 이틀 전에 드렸다. 난 뚜렷하게 기억했기 때문에 분명히 드렸다고 말했다. 두 분은 절대로 받지 않았다고 했다. 부모님을 모시고 살면 예기치 않게 이런저런 사건들로 피가 마르기 때문에 난 예방책으로 부모님이 외출했을 때 무조건 눈에 잘 띄는 컴퓨터 모니터에 테이프로 단단히 붙여두는 방법과 붙일 수 없는 물건은 모니터 앞에 두고 메모를 크게 써 붙여 두었다. 어머니가 컴퓨터로 카드게임을 하기 때문에 그곳을 절대 지나칠 리 없었기 때문이다.

그랬음에도 며칠 뒤 이런 일이 자주 생겼다. 참 많이. 모든 일을 내 탓으로 돌릴 때(당신이 한 것도 나에게 뒤집어씌우기 일쑤였다.) 초인이 되고자 노력했음에도 그럴 때마다 내 얼굴은 열에 달아올라 빨개졌고 미쳐버릴 듯 했다. 그날은 무더운 여름이었고 이미 찾아본 집을 다시 뒤지며 온몸은 땀으로 범벅이 되었다. 끝내 해결 방법을 찾지 못하고 망설이다가 "아버님, 사업장 책상서랍 한번만 찾아볼게요."했더니 "넌 내가 받았으면서도 거짓말 한다 이거지! 니 멋대로 해!" 거칠게 일어나며 의자를 넘어뜨렸다. 이미 두 분은 스스로를 통제 할 수 없을 정도로 흥분했다. 늘 일이 순조롭지 않으면 엉뚱한 곳으로 불똥이 튀어 내 탓으로 돌아왔으며 전혀 없던 일을 창조해 단정 짓고, 제 삼자에게 조차 그렇게 믿도록 하니 그럴 때마다 점점 지쳐갔고 모든 것을 내려놓게 되었다. 종류만 달랐고 사건들은 늘 반복되었지만 늘 힘들었다.

책상을 열겠다고 한 이유는 이 때문이었다. 나 때문에 잃어버렸다는 지청구를 듣기 싫었다. 온갖 비난은 다 껴안아 듣고, 그러다 어느 날 찾게 되면 언제 그랬냐는 듯 '아님 말고' 식으로 넘어가는 분들인데, 그 많은 상처와 시간과 에너지 낭비는 아무것도 아닌 것이 되는 일은 허다했고, 덕분에 내 자존감은 더 아래로 아래로 가라앉았다.

서랍을 열고 안쪽에 손을 넣자 차키 특유의 플라스틱이 만

져졌다. 순간, 난 몇 시간을 오르내리며 시달렸던 생각에 "여기 있네요!" 퉁명스럽게 말하고 손을 펼쳐 보였다. 그 순간, 최악의 더한 사건이 벌어지리라곤 예측도 못했다. 아니 알면서도 그랬는지 모르겠다. 치매 이전이었음에도 두 분의 매일이 예측불가능한 날들이었지만, 그날은 더한 고통이 닥칠 줄 상상도 못했던 것이다. 아니, 왜 치매인 것을 의심하지 못했을까? 평소에도 감정 기복이 있는 두 분이셨으니 별 의심을 못했다.

아버님은 내 말을 기다렸다는 듯이 펄펄 뛰며 소리 지르기 시작했다. 한여름의 평일 오후였다. 이 시간은 점심식후 노곤해져 눈이 스르르 감기고 상인들의 거리도 잠시 조용해질 때다. 온 동네가 나른한 시공간에서 벼락같은 소리가 울려 퍼지고 있었다. 동네 떠나가라 열린 문으로 소리는 퍼져나갔다. 특유의 표정으로 이빨을 드러내고 소리 지르고 으르렁 거렸다. "저 x이 시부모가 깜빡했다고 xxx을 떠네! 저x이 죽으라고 고사를 지내는구나! 깜빡했다고 우리가 죽어야겠어! 죽어버리랜다!" 입으론 거친 욕을 뱉고 손으론 자신이 입은 얇은 여름옷을 입은 채로 찢는 것이다. 어느새 동네 사람들은 사업장 주위에 모여들어 우리 문 앞을 둘러싸고 있었다. 옆에 있는 어머니는 신이난 듯 "x년, xx년!" 추임새를 넣고, 그때만큼은 두 분이 한마음 한 뜻이 된 것 같았다.

현실이 아닌 영화같았다. 악몽같은 영화 속에서 도망치고 싶었다. 귀가 먹먹하고 두 분 앞에 던져진 난 영혼과 분리된 것 같았다. 왜 우린 주위 사람들의 주목을 받고 살고 있을까? 남들처럼 조용히 있는 듯 없는 듯 살 수는 없을까? 결혼 기간 동안 수많은 비슷한 사건들이 그나마 나를 지탱하던 것들과 멀어지고 끌려가는 이 모습에 내 머리는 점점 굳어지고 무뎌 지게 되었다.

취미 생활이라고 했던 두 곳의 농사일은 두 분에게 중요했 다. 겨울을 제외한 봄, 여름, 가을 사이에는 큰일이 난 것처럼 이삿짐 나르듯 트럭 두 대에 짐을 가득 싣고 온 가족이 떠나 는 진풍경이 벌어졌다. 그러면 두 분은 동네 사람들에게 자랑 하느라 묻지도 않은 질문에 대답하기 바빴다. 취미라고 하기 엔 너무 큰 밭일을 위해 먼 거리를 매주 혹은 그보다 더 자주 달려야 했다.

어떤 날은 고집스럽게 두 분만 가신다고 출발하더니 얼마 지나지 않아 전화가 와서 병원으로 달려갔다. 양분 썩힌 물 을 1톤 트럭의 짐칸에 가득 싣고 가시다가(우린 종종 동물이라 고 해도 믿을만한 구더기가 가득하고 악취가 나는 찌꺼기와 물을 양손에 페인트통에 담아 들고 밭에 뿌리는 작업을 하고 밭을 일구었다.) 커브길에서 대형교통사고가 났다. 그날은 짐칸에 액체만을 담았고, 너무 무거운 데다가 커브길이니 액체가 출렁거렸고 차가 중심을 잡지 못한 것이다. 아버님도 초보운전이었으니 전복 사고였지만 다행히 어머니는 전혀 다치지 않았고, 아버님은 팔을 꿰매는 정도였다. 안전벨트가 두 분을 구한 것이다. 그 상황에 어머니는 우릴 보자마자 밭에 올라가서 배추를 뽑아 차에 실어놓으라고 했다. 어머니에게 전복된 교통사고는 밭에서 자라고 있는 배추보다 더 중요한 것이 아니었다.

그 뒤 아버님이 회장으로 역임한 모임에 문제가 생겨 많은 스트레스를 받게 되었고, 덕분에 나는 그 모임 문제로 인한 아버님 마음에 따라 수시로 바뀌는 문서 타이핑을 하고 수정하고 복사하는 심부름을 하기에 바빴다. 부모님의 개인적인 문제들은 나와 아이들의 스트레스로 공유되었고 그 일에 매달려야 했다. 건강검진을 받다가 암이 발견되어 수술(다행히 초기였기에 수술만으로 끝날 수 있었다.)을 받게 되었고 더욱 정신없는 나날들이 되었다.

드디어 겨울이 다가와 김장을 마지막으로 서너 달은 농사를 짓지 않게 되자 나는 한시름 놓게 되었다며 안심하게 되었을 때였다. 그런데 아버님은 식사를 드셨음에도 늦은 밤 아이들이 들고날 때 마다 같이 앉아 드시고 끊임없이 허기져 하셨다. 식욕이 왕성해진 것으로 알고 잘 드시니 좋을 거라는 생각만 했다. 그리고 책을 읽은 뒤 했던 말을 또 하고 마치 처음 하시는 것처럼 조사 하나 안 틀리고 매번 반복했다. "자기 것을 만들려면 알고 있어도 남에게 반복적으로 설명해주면서 나의 장기기억장치에 새기게 되는 거다." 아버님은 평소처럼 읽은 책 내용을 되새김질 하시는 줄로만 알았다. 그런데 점점 횟수와 빈도가 거듭되었다. 아버님은 어머니와 달리 심하지는 않았는데 이즈음, 지독한 억지스러움과 화를 내는 감정기복이 주체를 못할 정도였다. 진단을 받고 나니 그때 일들이 하나하나 떠오르며 이해가 되기 시작했다.

왜 몰랐을까? 난? 아들인 남편은? 어머니는? 당시 수시로 드나들던 형제들은? 이제 와 원인을 찾으려고 해도 어쩔 도리가 없었다. 아버님은 당신의 기억창고가 점점 비워지는 것에 불안하신지 더 바쁘게 돌아다니셨다. 내가 따라나서면 거부하시고 가까운 곳이니 안심하란 얘기만 하고 도망가셨다. 알츠하이머병이라고는 하지만 초기엔 약간의 기억력 문제와 감정기복 이외에 별다른 증상이 없었고 어머니조차 그냥 두라고 오히려 따라 나가려는 내게 일을 시키기에 당신이 따로 요구하지 않으면 지켜볼 수밖에 없었다. 그때는 폭발하는 아버님의 감정기복이 더 큰 문제였다. 가뜩이나 어머니의 널뛰는 심기에 아버님까지 그러시니 24시간을 함께 있는 나와 아이들은 지뢰밭을 걷는 심정이었다.

시간이 지나 아버님이 걱정되기 시작한 어머니는 외출이 못 미더우니 아버님 몰래 뒤를 밟으라고 했다. 다행히 멀리 가지는 않으셨고, 동네 마실 다니는 정도였다. 문제는 사업장 문을 잠그지도 않고 열쇠를 주머니에 넣은 걸 모르고 나가실 때다. 당시엔 나도 열쇠가 없었으니 어머니가 수영장에 가고 없을 땐 내가 사업장을 지키고 있어야 했다. 만일 작은 것이라도 없어지면 내가 탓을 들어야 했다. 그 사이 아버님의 행방은 알 수 없었고, 난 아버님이 지나실만한 곳의 골목 상인들에게 물었다. 다행히 짧은 시간 내에 찾을 수 있었다. 하지만, 동네에서 잠시 잃어버리는 것은 사실 아무것도 아니었다. 병원이나 외부에서는 손을 놓치면 잃어버리는 아찔한 순간들이 생기기 시작했다.

불안증과 우울증

하루 일을 정리하고 늦게 잠들면 나는 잠시 눈을 감았다가 뜬 것 같은데 아침이었다. 그러나 치매 진단 이후에는 무슨 일이 생길까봐 신경이 곤두서서 악몽을 꾸거나 깊이 잠들 수 없었다. 서너 시간 깊은 잠을 잘 때면 몸이 회복되는 것 같았지만 밤새 아버님의 슬리퍼 소리와 현관 앞 미닫이문을 여닫는 소리가 들리면 그것이 꿈인지 생시인지 모를 악몽이 반복되었고, 그것이 현실이 되어 소스라치게 놀라며 잠에서 깨어났다. '벌써 새벽이구나!'

전엔 밤에만 아버님의 슬리퍼 소리를 들었는데 어머니의 외출시간이 길어지고 그 횟수가 거듭되자 낮에도 그럴 때가 많았다. 어머니가 시누이와 여행을 가거나 수술로 입원해서 한 달 혹은 2주간 입원했을 때 보다, 집에서 함께 생활할 때 아버님의 불안이 더 심했다. 어머니는 연락 없이 늦거나 돌아와서도 곧바로 다시 외출하고 나면 아버님은 그런 상황이 예측 불가능하여 불안하신지 거실과 베란다 아버님 방과 우리 방, 아이들 방 순으로 번갈아 다니면서 끊임없이 반복하셨다. 그렇지만 살펴보는 게 아닌 초점 없이 그쪽에 시선을 두고 헤매는 것 같았다. 마지막 종착지는 현관이다. 현관에서 가족의 신발이 있는 것을 하나하나 확인 하시곤 다시 문을 닫는다. 그리고 처음부터 또다시 반복해서 돌아 다녔다. 단 몇 초도 쉴 새 없이. 또 화장실에서 나오지도 않는 볼일을 보겠다며 들어가 기저귀를 입히고 벗기라고 반복시키셨다. 나는 무릎을 굽혀 기저귀를 열었다 입혔다를 반복했다. 열 번도 좋고 스무 번도 마치 처음인 것처럼 벗기라 하셨다.

많은 음식을 드셔도 살이 찌지 않은 것에는 이런 끊임없는 걸음과 밤잠을 못 주무시는 것도 한몫했다. 체력소모가 크니까 수없이 배고프다는 얘길 하고(드신 것을 잊어서이기도 하지만) 나는 최대한 작게 나누어 음식을 수시로 드시게 했다. 아버님을 안정시킬 유일한 방법은 오직 음식이었다.

화장실이 급해서 현관문을 이중삼중으로 잠그고 화장실문

도 완전히 닫지 못한 채 일을 볼 때였다. 화장실에서 나와 보면 숨겨둔 드링크제를(카페인이 든 박카스를 너무 많이 드셨다.) 찾아 한 병을 벌써 마셔버리고, 주머니마다 곳곳에 몇 병을 숨겨두실 때도 있었다. 어느 날 계단을 오르는데 유난히 힘들어하시기에 축 쳐진 주머니를 살펴보니 각각의 주머니에서 4병의 박카스가 하나씩 나왔다. 숨겨둔 드링크제가 너무 무거워서 계단을 못 오르신 거였다. 때론 내가 화장실에 있는 사이에 신발도 안 신고 밖으로 나가버리실 때도 있다. 잠긴 현관문을 여는 방법을 알게 되어버린 천재 아버님. 그날은 옷 속에 내의 한 장에, 한쪽이 뒤집힌 상태에서 입어 꽈배기처럼 꼬여버린 등판의 가디건만 걸치고 계단을 내려가버리신 거다.

아버님의 불안증은 가족이 함께 나들이 가서도 계속되었다. 차에 앉은 자세는 잠시도 편안히 뒤로 기대지 않고 오른손이나 왼손은 창문위의 손잡이를 단단히 부여잡고 다른 한 손은 팔걸이를 붙잡고 계셨다. 뒤돌아보면 잠시도 눈을 붙이거나 쉬지 않고 바깥을 내다 보셨다. 마치 경치를 보는 게 아니라 안전을 확인 하는 것 같았다. 아버님이 그토록 싫어하는 요양원이나 요양병원에 가는 걸까? 걱정하시는 듯 했다. 건강하셨을 때도 늘 그 얘기를 하셨다. 딱한 아버님. 내가 요양원을 얘기하지 않고 모시던 이유가 여기에 있었다. 이런 모습을 매일 봤기에 도저히 그 방법을 택할 수 없었다. 그러나 그것은 결국 내가 내 발등을 찍은 결과가 되었다.

아버님은 말수가 점점 줄었다. 고개를 15도 각도로 숙이고 어깨와 등은 축 쳐진 모습이었다.(나는 아버님의 그런 모습이 마음 아파서 한계에 다다를 때까지 참았던 것 같다.) 잠시도 그런 시간을 견디기 힘들어서, 아버님이 좋아하시는 노래를 크게 틀고 가르쳐달라고 졸라대기도 했다. 가사를 적어두고 사이사이 괄호를 치고 그 안에 들어갈 가사를 알려달라며 기억을 더듬게 했다. 열에 다섯부터 시간이 흘러 열에 아홉은 괄호 넣기를 못하는 횟수가 점점 늘어났고, 아버님의 기분에 따라 시도를 못할 때도 많아졌다. 그럴 때마다 우울증인 것 같아 의사에게 물었다.

의사는 혹시 넘어진 적이 없느냐고 오히려 내게 물었고. 딱 한 번 계단에서 구르셨다. 그 이야기는 아버님이 넘어진 것과는 상관없는 얘기지만 의사의 진단에 영향을 주어버렸다. 그는 마음의 준비를 하란 듯이 앞으로 자주 넘어질 것이라고 경고했다. 의사는 기계가 아니므로 보호자가 그런 사건들을 얘기하면 그쪽에 진료의 초점을 맞추게 되어버린다. 어느 병이든 마찬가지겠지만, 보호자가 증상을 얘기할 때 주의

해야 할 점은 그 증상이 일시적이었는지 몇 회 반복되었는지 그때 여러 가지 상황은 어땠는지를 다각도에서 자세히 얘기해 주는 게 좋다. 우울증 약을 처방 해주며 잠자는 약을 줄여주었다. 또다시 진료를 받았을 때는 내게 경과를 묻고 좀 활기를 되찾으신 것 같다고 말했더니 아버님의 병세가 점점 악화될 것이라고 말했다. 의사는 마치 정해진 수순을 밟을 것이라는 예고를 하는 '일기예보관'처럼...... 넘어질 것이고, 약을 늘려야 하고, 그러면 누워만 계시게 될 것이라고 말했다. 마치 법정의 선고와 같이.

의사는 말한 대로 인지 검사결과가 더 악화 되었다며 새로운 약을 더 처방했다. 아버님은 그 약을 1회 복용만으로도 만 하루를 잠에서 헤어나지 못했고, 음식을 거부하고 비틀거리기 시작했다. 두 번 다시 그 약을 드릴 수 없어서 바뀐 약을 끊어버렸다. 대신 퍼즐과 놀이를 통해 인지활동을 하고 공놀이로 협응력을 되찾게 하고 산책을 하면서 끊임없이 방법을 찾았다. 아버님은 다른 약을 끊은 채 아리셉트만을 드시고 다시 활기를 되찾고 음식양이 늘게 되었다. 아버님의 기분이나 활동이 줄면 나의 걱정도 함께 늘고 증세가 좋아지면 내 주름살도 사라지는 듯 했다.

오이를 거꾸로 먹어라

"○○집 며느리래. 어이구, 세상에 요즘 시대에 서울 한복판에서 웬 한복이람."

시장에 가면 내 귀에도 다 들리는 속삭임을 들을 수 있었다. 지금보다 더 어려웠던 새댁 때였으니 집 앞을 나서면 내 귀는 있으되 들리지 않고, 내 입은 있지만 닫고 있어야 했다.

결혼 후 신혼여행에서 돌아오자마자 그날부터 한복을 입고 다녔다. 밥하고 청소와 빨래를 하면서도 한복을 입었다. 아버님은 최소 두 달 이상 한복 입으라고 했다. 그 모습은 온 동네의 시선을 끌기 충분했다.

아버님은 내가 결혼하는 시점부터 집안 재정비에 돌입하

신 것 같았다. 이미 시집살이 각오를 하고 들어왔는데 끊임없이 이 집안 며느리 품위(?)를 강조했다. 정성껏 식사를 차리고 다 드실 때까지 식탁 옆에서 시중을 들었다. 엄한 분위기가 힘들어 부엌으로 가면 불러서 식탁 앞에 세워두셨다. 밥뚜껑을 여시면 요란한 소리를 내며 구르다가 빙글빙글 돌고 스스로 멈출 때까지 그대로 지켜보고 계셨다. 밥뚜껑이 마음의 대변인이라도 되는 것처럼. 큰소리에 떨고 작은 소리에 마음 졸이며 어찌할 바를 몰라 나는 더 안절부절 했다. 그때 두 분은 오십대였다.

생선은 가시를 발라서 살만 올려놓을 것, 식초가 들어간 음식은 절대 만들지 말 것, 두부는 얇게 썰어 넣을 것, 어머니 옷은 하찮은 것도 모두 손빨래 할 것, 옥상에 올라가 자라는 야채에 물을 주고 테라스 화초에 물을 줄 것, 현관은 잠그지 말고 열어두고 언제든 수시로 들어오시는 부모님을 맞이할 수 있도록 할 것, 친구를 사귀지 말 것, 동네 사람들과 말을 섞지 말 것, 시장에서 물건 값을 깎지 말 것 등이었다. 두 분의 예방차원의 말은 순진하기만 했던 내 입을 닫고 표정은 굳게 되었다. 물건 값을 깎지 말라는 시아버지와 깎아야 한다는 시어머니 사이에서 '고래싸움의 새우'가 되기도 했다.

아버님은 "너희 집에서 오이를 똑바로 먹었더라도, 내 집

에서 거꾸로 먹으면 너도 따라서 그렇게 먹어야 한다." 신혼
여행에서 돌아와 절을 올린 뒤 고쳐 앉는 내게 한 첫마디다.
그런 그림을 그리기까지 수많은 준비와 연습을 하신 것 같았
다. 두 분은 나를 부를 때 손가락을 까딱이고 턱으로 물건을
가리켜 지시했다. 설명을 먼저 하기보다는 "이리와, 저거(턱이
나 손가락으로 가리키며) 이리 (탁자를 치며)놔."라는 말을 사용했
다. '그래, 벙어리 3년, 귀머거리 3년, 장님 3년 해보자, 그러
다보면 나도 자식처럼 예뻐해 주시겠지.' 생각했고, 두 분의
말씀은 곧 하늘의 말씀으로 그리고 더욱 더 착하고, 속 깊고,
지혜로운 며느리가 되기 위해 스스로를 채찍질 했다.

　거친 행동과 말투는 나의 진심을 테스트하기 위해 그런 거
라 여겼고, 또 무언가 깊은 가르침일 거란 생각에 존경으로
성심껏 모시면 언젠간 인정받을 것이라고 생각했다. 그날이
언제가 될지는 모르지만 테스트가 끝나면 그때는 가족으로
인정받게 될 것이라고 생각했다. 그러다 가끔 '내가 뭐가 부
족해서? 내가 뭘 잘못했기에? 지금 이 시대가 어떻게 되고 있
는데? 다른 집은 어떻던데?' 그러나 인내심을 키우는 게 덕을
쌓는 것이라 생각했다.

　《5백년 명문가의 자녀교육》,《엘리트보다는 사람이 되어
라》,《섬기는 부모가 자녀를 큰사람으로 키운다.》 등을 읽으

며 부모에게 최선을 다하고 효도하면 아이들이 뒷모습을 보고 잘 자랄 것이라고 참고 참고 또 참았다. 한 해, 두 해 노력은 하면 할수록 내 위치는 아래로 아래로 낮아졌고, 섬기면 섬길수록 형제들 앞에 나는 더욱 하찮아졌으며, 내가 해야 하는 일의 가짓수와 그 영역은 넓어지기만 했다. 혈육 중에서 이모나 여자형제 없이 자란 난 조언을 들을 수도 비교대상도 없었고, 어리석고 무지했다.

아버님이 건강했을 때였다.

"너는 어떻게 내 말이 떨어지기 무섭게, 동에 번쩍 서에 번쩍 나타나서 문제를 해결 해주냐?" 난 뒤늦게 당신 친구분들 앞에서 자랑하는 얘기란 걸 깨달았지만, 당시만 해도 뭘 모르던 나는 내 칭찬을 하시는 줄 알았다. 상황이 종료되어 손님들이 가시면 다시 훈련 교관이 되어 싸늘해지고 무서운 모습이 되는 걸 몇 번 겪고 나서야 알게 되었다.

이런 날도 있었다. 친구분들 앞에서 나는 마치 그 자리에 없는 사람 인 듯 "이래야 얘가 신나서 더 열심히 하겠지. 하하!" 그럴 때마다 난 동물원 우리 안의 동물이나 물건이 된 듯한 기분이 들었지만 대꾸하고 싶은 마음을 누를 수밖에 없었다. '그래야 당신의 권위가 서는 것 같았을까? 친구분들은 무슨 생각을 하며 날 쳐다볼까? 며느리를 잘 훈련시킨 아버님을 부러워하는 걸까? 아니면 나와 아버님을 딱하게 여기실까?' 마치 남들 앞에서 막 대하며 며느리로부터 극진하게 대접받는 것을 즐기는 것 같았다. 친구분들의 날카로운 눈빛은 아직도 내 기억 한편에 각인되었고, 그날 난 하루 종일 묘한 기분이 되었다.

아이들이 곤히 자는 자정이 넘은 시각, 벽에 못을 당장 박으라고 하면 그렇게 했다. 플라스틱 처마 지붕에 올라가 임시방편의 수리를 원하면 사다리를 벌벌 떨며 올라가서 시키는 대로 했다. 장마철엔 지하로 흘러드는 물을 퍼서 나르고 겨울엔 동파되어 터져 나오는 물을 발이 빨갛게 얼도록 퍼 날랐다. 어머니도 그렇게 살았다며 나도 그렇게 살길 원하는 것 같았다. 그래야 어머니의 한이 풀리는 것처럼. 흙이 담긴 커다란 도자기 화분을 탁자로 옮기라 해서 안간힘을 써서 옮겼더니 마음에 안 든다며 원위치로 다시 두라고 했다. 깨지지 않게 조심히 하라고 했고, 옮기고 뒤도는 순간 또 마음이 변했다며 또 다른 장소로 옮기라고 했다. 처음 몇 년은 어리둥절해서 그렇게 했고, 이후엔 입술 깨물며 그분의 마음이 하루

빨리 편해지길 기도하면서 옮겼다.

늘 그 순간에 남편은 없었다. 남편이 없었던 게 먼저였는지 어머니가 그런 순간에 시켰는지는 모르겠다.

우리가 큰일을 앞둔 시점, 예를 들면 출산하는 날 연락하면 기다렸다는 듯 뜬금없는 일들을 만들어서 남편에게 일을 시켰다. 부모님 동네의 가까운 관공서를 다녀오라고 한다든가 또 다른 무언가를 종일 시켰다. 그런 일은 산부인과 병원보다 부모님 위치에서 거리상으로도 더 가깝고 손쉽게 해결할 수 있는 일이었다. 늘 모든 진통을 혼자 겪고 아이를 낳은 한참 후에야 남편은 밤늦게 나타났다. 부모님은 마치 그런 일을 시킴으로써 '아버지'로서의 역할이 아닌 '자식'으로서의 역할이 더 중요함을 상기시켜주고 싶은 듯 했다.

병원 가는 날의 풍경

꿰

아버님 스케줄에 맞춰 내 하루도 시작되고 마무리된다. 나에게 하루 세끼는 사치였다. 두 분 서로 다른 입맛에 맞는 반찬을 해드리고 시중을 든 뒤 식탁에 널려있는 반찬을 그대로 두고 병원으로 출발한다. 당연히 내 입에 들어갈 밥은 물론이고 씻지도 못한 채 겉옷만 입고 간다.

아침을 거르고 때론 점심까지 건너뛰면 밤에 폭식을 하거나 맥주를 먹고 싶었다. 아이들이 자라서 대학갈 때까지 술을 마시지 않았던 나는 톡 쏘는 맥주가 내 목줄기를 타고 내려가면 살 것만 같았다. 게다가 10시 넘어 늦은 밤에 먹는 '제대로 된 식사'를 먹고 나서야 잠을 청할 수 있었다. 건강은 더욱 망가져 가는걸 느꼈다. 걸을 때 무릎을 완전히 펴거나 굽히지 못하고 골반이 아파서 보니 좌우 대칭이 맞지 않았고 이상하게 걷고 있었다. 게다가 이미 사십대에 팔을 올리지도 못할 정도가 되었다. 목구멍엔 구슬이 막고 있는 듯 했고 심장은 터질 듯 답답했다. 절뚝절뚝 걷는 내 체형이 변형되어가는 것을 보다 못한 남편은 나를 위해 운동 치료를 할 수 있도록 등록시켜줬다. 아버님이 요양사와 나가신 뒤 어머니에겐 말도 못하고 50살이 되어서야 운동을 다니기 시작했다.

그런데 지나놓고 보니, 나와 남편이 끙끙 앓고 있던 것들이 따로 사는 형제들을 위한 배려인줄 알았는데 그게 아니었다. 내 배려가 지나쳤고 상대는 그것을 권리로 알았다.

아버님 역시 치매 진단을 받고 난 뒤 몇 개월 후부터 이상하게 여기저기 아프다고 하셨다. 당장 아파서 꼼짝도 못한다던 팔은 다른 방식으로 유도하고 장난치면 번쩍 올리셨고 걱정하고 있던 나는 그런 모습을 보고 판단했고 안심했다. 아버님의 '아픈 뇌'가 하는 말이니 아버님의 모습을 유심히 살펴야 하는 것이다. 이미 약이나 치료를 남용하는 것이 어떤 결과를 초래할지 지나간 '어깨치료'를 경험으로 알게 되었기 때문이다. 비명 소리를 지르며 어깨가 아프다고 해서 어깨를 고쳐드릴 생각만하면 큰일이 벌어질 수도 있다는 것도 알게 되었다. 어깨관절에 주사를 맞으시면(뒤늦게 스테로이드 주사임을 알게 되었다.) 혈당이 치솟았던 것이다. 결국 당이 내려갈 때까지 입원하셨고, 병 한 가지를 치료 하려면 또 다른 부작용이 생기는 걸 감수하거나 미리 알아보아야 한다는 걸 알게 되었다.

금식검사가 있는 날엔 새벽부터 배고프다 노래를 부르시는 아버님을 2~3시간동안 달래가며 검사준비를 하고 덩달아 나도 굶고 병원으로 향한다. 이 시간에 어머니는 요일별로 실버센터에서 취미생활을 위해 나선다. 남편은 우릴 차에 태워 어머니를 실버센터에 먼저 내려드리고 아버님과 나는 병원에 내려주고 떠나면 진료를 마친 뒤에는 택시를 타고 이동한다. 매번 겪는 일이지만 어른을 모시고 다닐 때는 최소한의 동선을 짜고 우왕좌왕 할 일을 사전에 예방해야 한다. 연로하신 분들은 조금만 걷게 되거나 힘들게 되면 심리적 육체적인 고통이 뒤따르기 때문이다.

초기에는 진료와 치료보다는 여러 과에서 따로 반복되는 검사를 했다. 부모님은 계속 여기저기 아프다고 하시는데 병명은 못 찾고 계속 또 다른 꼬리에 꼬리를 물고 진료과를 추가해 나간다. 치매노인에게 검사는 많은 고통과 번거로움이 따라온다. 검사 후 바로 식당으로 내달아 병원 식당에서 아침진지를 사드린다. 식사를 주문하면 다른 손님들 식사하는 모습을 빤히 쳐다보시고 배고파 난리가 나셨던 분이 막상 밥을 앞에 두면 안 드신다. 때론 다른 사람의 식탁에 있는 메뉴를 원하셨다. 음식이 나오기 직전 또 다른 테이블 위 쇼핑백에 있는 팥죽사진을 보고 내놓으라 하시고 안 드실 줄 알고도 원하는 팥죽으로 바꿔드린다. 메뉴를 세 가지를 시켜드린 셈이다. 그런 날은 결국엔 안 드신다. 한 손은 아버님을 부축하고 다른 한 손에 포장한 짐 보따리를 들더라도 어쩔 수 없다. 치매노인으로서는 이유가 있기 때문이다. 마음이 불편해서도 몸이 불편할 수도 있기에 이런 일을 모두 겪더라도 이유를 찾아야 한다. 이것이 또 다른 병의 원인이 되는 것을 막고 사전에 예방하는 것이 낫기 때문이다.

전에는 어머님의 병원도 모두 내가 모시고 다녔다. 그 당시에는 두 분의 모든 병이 초기였던 시점이라 두 분 모두 검사도 많았고 다른 과의 협진도 많았다.(신경과, 정형외과, 재활의학과, 내분비내과, 외과, 소화기내과, 비뇨기과, 가정의학과 그리고 타병원 안과, 이비인후과였다.) 게다가 치매 초기 몇 년은 사라진 돈타령 때문인지 아버님이 '아프다'는 말로 어머니의 공격을 '철벽방어'를 하시는 것 같았다. 그럴 때마다 원인을 찾기 위해 일곱 군데의 진료과를 다니며 검사하고 치료받기를 반복했다. 어머니는 진료 과목명 마다 다른 병원을 다녀서 항상 이동시간에 쫓겼다. 초기엔 병원 경비 전부를 우리가 감당하다가(그때는 국가의 병원비지원도 없었고 검사도 많았다.), 점점 불어나는 진료비로 한계에 다다름을 남편에게 말해 부부싸움으로 연결 되었다. 남편은 '부모'라는 말로 처음과 끝을 맺었고, 나는 남편말도 맞지만 연달아 대학입시를 치르던 세 아이의 부모라며 각자 자신의 고통에만 초점을 두고 끝없는 언쟁을 했다. 결국 내입을 통해 말을 하게 되었고 그 뒤부터 형제들은 일 년에 두세 번 송금을 하였다. 부모님이 따로 살게 된 뒤로는 이전의 몇배 되는 것을 출생 서열의 비율대로 매달 모아서 시누이가 관리하게 되었다.

후회 되는 것은 육체적인 것, 경제적인 것 모두를 끌어안기보다 좀 더 일찍 우리의 부담을 덜었어야 했다. 우리가 겪은 것들을 말을 안 해도 알아차리기 바랐지만, 그들의 관심 밖 문제였기에 가족이기 이전에 그때의 일을 알려고 하거나 알고 싶어 하지 않는다는 것에 더 놀랍고 아팠다. 그러나 고마워해야 할지도 모른다. 만일 내 생일에 짧은 축하문자나 알량한 위로의 말이라도 가끔씩 했다면 나는 착각하고 아직도 열심히 하며 그들에게 헌신했을지도 모르겠다.

10년 집순이 휴가 가기 대작전

정신적 경제적 여유 있는 부부가 아니면 여행을 다니기 쉽지 않다. 나는 아이들 앞에서 술 한 방울 마시지 않고 동요 이외의 음악과 영상물은 접하지 않았다. 혹자는 자식교육이 지나치다 하겠지만, 난 부모님에게 쏟는 대부분의 시간을 생각하면 아이들에게 짧더라도 좋은 환경을 만들어 주고 싶었다.

나와 남편은 시부모님께 드나들 때마다 하루 몇 번씩 보고를 하고 다녀야 했다.(분가해 살 땐 매일 새벽 5시에 전화하라고 했다) 잠시라도 말없이 나가면 어머니는 어디 갔냐며 소리 지르고 화를 냈다.

여행을 간다는 것은 교육비, 세금, 공과금, 부모님의 좋은 식재료비가 지출의 전부였던 우리 부부에게 큰 사치였다. 사정을 모르는 주변 사람들은 그 큰살림을 왜 혼자 하냐며 시부모님의 생활수준과 상반되는 우리 부부의 생활수준에 의아해 했다. 아이들의 옷은 물려입히거나 중학교 저학년 때까지 중고물품점에서 사다 입혔다. 애들은 고맙게 아무 말 없이 잘 입었다. 유일하게 해준 것은 교육비다. 책은 원하는 만큼 사주었고, 아이들의 교육이나 심리상담을 위한 것에는 꼭 쓰고 싶었다. 주위에서는 넉넉한 집으로 시집왔는데 왜 이러고 사냐는 말을 했지만 나는 전혀 체감하지 못했고 세금을 위한 대출이자와 세금에 허덕이고 생활은 늘 빠듯했다. 그러나 그다지 신경 쓰지 않고 일회용기도 씻어 쓰며 절약하고 살았다.

그런데 하루는 남편이 뜻밖의 말을 꺼냈다.

3년 동안 여행을 가기 위한 적금에 가입했었다며 통장을 보여주었다. 믿기지 않았다. 여름휴가 한번 제대로 가본 적 없던 나에게 여행이라니! 그런 꿈같은 일들이 정말 내 앞에 펼쳐질까? 나는 농담반 진담반으로 믿기지 않는다며 꼭 여행 서약서를 써달라고 했다.

부모님 집으로 들어가 산지 15년, 결혼 25년간 여행 비슷한 것이라도 한 날을 꼽으라면 늘 어머니의 빨리 오라는 독촉전화를 받으며 잠시 잠깐씩 다녀왔다. 길가나 관광지 주차장에 봉고차를 세워두고, 그 안에서 다섯 명이 쪽잠을 자고 버너에 밥해먹은 기억뿐이었다. 추울 때는 차량 히터의 온기에 의지하며 아이들이 숨이라도 못 쉴까봐(뉴스에 한겨울 사고들이 생각나서) 수시로 확인하며 뜬눈으로 밤을 지새웠다. 부모님과 합가 직전, 오사카에 다녀온 것 말고는 여름휴가 한번을 제대로 가본 적 없던 우린 이번에 사고를 제대로 치게 된 것이다.

어머니의 성격을 알고 있는 남편은 여행 떠나기 이틀 전까지 형제들에게조차 '함구'하라고 했다. 나는 아버님을 돌볼 동서에겐 미리 말해야지 않겠느냐고 했지만, 성격상 곧바로 어머니 귀에 들어갈 것이라고 했다. 남편의 말을 듣고 보니 미리 얘기하면 절대 갈수 없는 '분위기'였다. 어떤 일이 벌어질지 모르지만 이집에서는 충분히 가능한 일이 벌어질 것이다. 잠시의 외출도 못마땅해서 전쟁을 치르던 반복적인 사건들로 지나간 많은 기회들을 포기했었고, 견디다 못해 종국엔 남편이 이런 일을 '저지르게' 된 것이다. 그야말로 첩보영화를 찍는 듯 했다.

짐은 우리의 작은 방 장롱 옆에 여행 가방을 숨겨놓고 준비했다. 당당히 여행 짐 하나 못 싸고 왜 숨겨 두냐고 하겠지만, 그분들을 겪어보지 않으면 모르는 일이다. 짬짬이 가방을 싸던 그 순간의 행복을 평생 잊지 못할 것이다.

드디어 출발 이틀 전 어머님께 얘기했더니 예상대로 취소하라며 분노했고, 내가 대답을 안 하자 일정을 축소해서 가라고 했다. 뿐만 아니라, 그동안 간병하느라 고생 많았으니 잘 다녀오라고 말할 줄 알았던 동서까지 놀라운 반응을 보였다. 내게 섭섭하다고 말을 했기에 난 어이가 없었다. 결국 어머니와 동서의 욕을 먹어가며 여행 전날 저녁에 최종 결정을 하게 되었다.

그날 저녁 식사 시간, 어머니는 나를 불렀다. 고무줄로 돌돌 말아 감은 돈을 주었고 안 받겠다고 실랑이 하는 나에게 "너는 이래서 짜증나. 다른 자식처럼 주는 거 감사하다 애교 떨고 받으면 얼마나 좋냐!"라며 억지로 내 주머니에 밀어 넣었다.

어머니가 이렇게 말하는 데에는 이유가 있다. 그분은 항상 자신의 권력을 돈으로 확인했다. 어느 날 군대에 간 아들이 휴가에 복귀하는 날, 할머니가 주는 십만 원 수표를 식탁에 올려놓으며 '할머니가 주시는 돈은 감사한 마음이 생기면 그때 받겠다. 죄송하다.'고 말하며 군에 복귀했다. 어머니는 부들부들 떨며 분노를 주체하지 못하다가 차로 2~30분 거리의 시누이에게 전화해 불러들였다. 전쟁이 시작되자 막내는 그 돈을 안 받는 심정(할머니로부터 따귀를 맞고 아빠에게 말하지 말라며 돈을 준 사건)을 이해하지 못하는 고모와 할머니에게 눈물로 호소했다고 한다. 오빠를 위해 대응하던 애꿎은 손녀를 보니 딱했는지 치매이신 할아버지가 거실을 돌며 듣다가 "애들 말이 틀린 말은 아니야."라는 웃지 못 할 일화를 말해주었다. 어머니는 당신 돈을 거부하는 것은 어머니를 향한 '도전'이었다.

나는 고무줄에 돌돌말린 돈을 들고 이러지도 저러지도 못하고 통곡했다. 평소 어머니 같으면 있을 수 없는 일이었다. 부모님으로 부터 이런 큰돈을 두 번을 받았다. 한번은 입맛 까다로운 두 분의 식재료비, 공과금, 병원비를 많이 쓰던 내게 미안해서인지 치매 초기에 주머니에 오백만 원을 무조건 찔러주며 남편에게도 말하지 말라는 부담을 주었고(그러나 그 말은 당신 입으로 요양사 귀에까지 전해지게 되었다.), 또 한 번은 이 돈이다.

난 여비를 아껴 쓰고 돌아온 뒤 모든 짐을 끌고 백화점(면세점이 더 싸지만 까다로운 어머니 선물인데 면세점은 선물포장도 안

되고 캠핑카 여행 중에 뒹굴게 되니까)에 가서 어머니가 준 것에 백만 원을 추가해 더 비싼 명품가방을 샀고, 동서에겐 좀 더 싼 브랜드의 가방을, 시누이것은 지갑을 사다줬다. 난생 처음 면세점과 백화점의 고가 소비였다. 이 선물을 준비하기 위해 우린 먹고 씻고 쓰는 것을 최소한의 비용으로 다녔다. 당연히 내 것은 하나도 사지 않았고, 가족에게 줄 화장품 선물을 사며 받은 샘플만으로도 좋았고, 아이들 선물도 초콜릿으로 끝냈다. 심지어 동전 넣고 3~5분 내로 샤워하는 곳에서 두 명이 한꺼번에 들어가면 할인된다는 '코인샤워'를 했고, 남섬으로 가는 배에서는 객실비 오만 원을 아끼기 위해 의자에 앉아 쪽잠을 잤다.

그런 마음도 모르고 동서는 싸늘한 표정으로 선물은 거들떠보지도 않고 빨리 부모님을 모셔가기를 재촉했다. 두 분의 수발을 들기 힘들었는지 어머니 앞에서 나에 대한 불평을 늘어 놓았다고 한다. 결국 어머니의 심기를 건드려 "걔가 뭔 죄를 져서 여행가면 큰일이 난다고 이 난리야! xx아! 그동안 그 고생을 혼자 했는데 여행 좀 다녀오면 큰일 나? 니가 그런 말할 자격 있어?" 어머니는 어른 밥해주기 싫어 푸대접 하는 것 같아서 화가 났다고 한다. 물론 손 많이 가는 부모님에게 밥만 해드렸겠냐마는, 내 상황을 좀 알았으면 했다.

동서는 젊은 시절 함께 살아봐서 고충을 알고는 있다. 학생신분에 아이를 낳았으니 한동안 생활비를 받아서 살아야 했고, 입덧 간식에 미용실 머리하는 비용까지 받아서 썼다고 토로했었다. 골치 아픈 상황이 싫어서 나의 괴로움을 모른 척했을 수 있겠다. 그때 난 따로 살았던 죄로 수시로 이해할 수 없는 화풀이를 하는 동서 눈치를 보며 맏며느리의 죗값을 톡톡히 치러야만 했다.(함께 살고 있지 않는 죄책감. 그렇다. 며느리의 사주를 품고 다니며 연구하셨던 당신들은 자식들을 잘 이용할 줄 아는 분들이었다. 자식들에게 떳떳하지 못함과 미안함의 상황을 만들고 죄책감을 갖게 하고 자연히 따라오는 피해의식을 키우고 자식들의 질투가 원동력이 되어 부모에게는 경쟁하듯 효도하게 하려는 큰 그림을 뒤늦게 깨달았다. 훗날의 부작용은 생각지도 못하신 듯하다.)

여행 중 동서와 문자를 주고받을 때마다 끊임없이 미안하다면서도, 그간의 일들이 떠올라 서러웠기에 몸은 여행지에 있어도 마음은 힘들었다. 아무리 좋은 경치를 봐도 눈에 들어오지 않았고, 연락이 닿을 때마다 나는 바늘방석이 되었다. 게다가 갑자기 딸이 아파서 응급실에 갔다고 하니 모든 일정을 취소하고 가야할 상황이 되어버렸다. 아들이 수업 중에 달려가 동생을 응급실로 데려가 간호했다고 한다. 뒤이어 어머니의 성화에 동서도 죽을 끓여주었다고 했다.

나는 여행이고 뭐고 다 그만두고 집으로 가는 게 급했다. 복잡하게 뒤섞인 걱정으로 밤을 지샜다. 도로변에 차를 세워 짬짬이 졸던 남편은 여행을 포기하고 돌아가야 한다는 것에 대해 불평하기 시작했다.

　다음날, 새로 사놓고 맛도 보지 않은 연어와 식료품을(하필, 연락오기 직전에 마트에서 일주일치 장을 보았다.) 현지인에게 주고 떠날 준비를 했다. 캠핑카는 북섬에서 빌렸지만 최대한 빨리 가려면 남섬에 반납하고 비행기도 예정과 달리 남섬에서 탑승해야했다. 비바람 부는 날씨까지 따라주지 않았으니 내 속은 타들어만 갔다.

　얼마나 운전을 했을까? 올 것이 오고야 말았다. 무사히 돌아가길 바란 게 욕심이었는지…… 다혈질인 남편이 갑자기 화가 폭발하며 소리를 지르고 급브레이크를 밟아 위험천만의 순간이 시작되었다. 캠핑카 안의 살림이 차안에 나뒹굴고 안전띠는 맸으나 차의 천정과 벽에 얼굴과 머리가 부딪혔다.

　난, 벨트를 붙들고 눈을 질끈 감고 숨소리도 죽였다.

　남편은 비행기 티켓이며 일정 변동으로 인한 손해가 사오백만 원 정도며 굳이 지금 가서 상황이 달라질게 뭐가 있냐는 것이다. 맞는 말이지만, 만에 하나 응급실의 아이가 어찌될지 모르는데 여행이 즐거울 리 있겠는가. 남편과의 벽앞에서 막막했다. 그럴 때마다 숨이 멎을 것 같았다.

결국 시어머니와 동서에게 사정 얘기를 하니 남편의 성격을 아는지라 포기하는 것 같았다. 돌아가는 것이 무산되고 발이 묶이게 되었지만 마음은 불편했다.

문자를 확인할 수 있을 때마다 아이와 연락했고, 다행히 딸은 내가 걱정할까봐 그런 건지 회복되고 있다며 절대로 오지 말라고 했다. 다른 아이들에게서도 연락 와서 '엄마 오랜만에 어렵게 간 여행인데 아무 걱정 말고 즐기고 오세요.' 아이들의 문자를 보는 순간 눈물이 왈칵 쏟아졌다.

경직된 분위기에서 힘들어하던 아이들이 자라서 어른보다 더 어른 같은 말을 하게 된 것이다. 그 환경 속에서도 아이들은 안간힘을 쓰며 자란 것이다.

남편은 아무 일 없었다는 듯 경치에 감탄하며 운전하기 시작 했다. 그의 옆얼굴을 바라 보았다. 항상 화를 내며 폭발하고 상처 준 사람은 아무렇지 않았고, 상처받은 사람만이 아파했다. 어머니와 아버님도 늘 그랬다. 그것이 당연한 것처럼 학습된 남편이지만, 끊어내지 못하고 반복되는 분위기는 매번 겪을 때마다 힘들었다.

아이가 회복되었다는 소식을 들으니 경치가 조금씩 눈에 들어왔다. 그동안 경험한 세상과 여행지는 완전히 달랐다. 남섬과 북섬을 다 돌아보기 위해 하루 15시간을 운전하는 남편도 뭐 그리 좋은지 행복해했다. 분가했을 때는 아이를 연달아 낳고 키우느라 정신없었고 부모님과 함께 살면서 주종관계의 삶을 버티다가 맞이하게 된 얼마만의 시간인지......몇 시간씩 아무생각 없이 호수를 바라보는 시간을 갖게 되다니! 다른 세상에서 한적하게 보내는 시간은 처음이었다.

무사히 여행을 마치고 선물을 들고 가니 어머니는 여행 소리 다시는 꺼내지도 말라는 불호령이 떨어졌다.

어머니의 한마디는 오히려 내 마음에 불씨가 되었고, 여행의 맛을 들이니 또 가고 싶어졌다. 아이들 다 키운 오십 넘은 나이에 부모님이 무섭다면서도 내 손가락과 내 눈은 여행 앱을 살펴보는 것만으로도 행복했다. 두 아들을 6살과 8살에 싱가포르에 보냈고(당시 아이들만 보내는 서비스가 있었다) 시부모를 모시고 있으니 당연히 내가 함께 간다는 상상은 할 수도 없었다. 그땐 딸이 어려서 못 보냈더니 아이는 그 이야기를 꺼냈다. 막내의 서운함도 이해되지만 여행하고 일 년 뒤또 여행을 간다고 말하면 어머니와 동서는 난리가 날 것이

뻔했다. 격노할 어머니의 얼굴이 떠올랐다. 그러나 할머니 앞에서 쩔쩔매는 엄마로 비치는 모습을 딸에게 보이기 싫었다. 내 모습을 보고 딸까지 같은 삶을 살까봐 몸서리치게 두려웠다. 될 대로 되라는 심정으로 딸에게 항공권을 예약하라고 큰소리쳤다. 그런데 놀랍게도 어머니는 다녀오라고 했다. 여행 기간동안 나대신 부모님을 돌봐야 할 동서도 이번엔 별다른 말 없이 다녀오라 했으니 모든 것이 순조롭게 진행 되는 것만 같았다.

허락했어도 수시로 변하는 어머니 심기에 짐 싸는 모습을 보이면 또 상황이 뒤바뀔지 모르니 늦은 밤 아이방에서 짐을 챙겼다. '그래, 현실이 어떻든 닥친 일만 걱정하자. 3박4일 동안 모두 다 잊는 거야!'

그런데 여행가기 전날 아침, 평소처럼 아버님께 좋아하시는 반찬을 얹어 떠드려도 꾹 담은 입을 안 여시 길래 왜그러시냐고 물었다. "왜그러긴 왜그래 억지로 먹여야지! 어젯밤에 찰떡 한 덩이만 먹었는데…… 자기 굶었잖아!" 소리 지른다. 나는 휴대폰을 꺼내들었다.

사업장의 CCTV를 돌려본다.

항상 하는 말이니 정말인지는 모르겠지만 도둑맞았다고

하던 시점부터 내가 서둘러 CCTV를 신청 했다.(늘 뭔가 없어 졌다고 해도 제자리에 있었고, 다 찾았었다. 그럴 때마다 무언가를 찾는 것에 시간과 체력을 허비하며 지쳐갔다.) 이후 CCTV를 유용하게 쓸 수 있었다. 밥을 안 드시면 원인을 알 수 있었고, 점심밥을 가지고 갔는데 문이 잠겨있으면 다시 무거운 쟁반을 들고 오곤 했는데 이젠 상황을 보고 난 뒤에 가져갈 수 있게 되었으며, 어머니가 안계시면 무거운 짐을 들고 계단을 오르내릴 헛걸음을 안 하게 되었다. CCTV를 돌려보니 어제 사업장에 친구분이 오면서 떡을 가져오셨나보다.

'아! 내일 내가 여행가지!' 어머니의 억지가 왜 또 시작되었는지 이해되었다.

'그런데 찰떡 손바닥 반만한 것이면 10센티 정사각형, 밥보다 훨씬 더 많은데......'

게다가 아버님은 찰떡을 좋아하시니 급하게 드셨을 게다. 나는 어머니께 대꾸도 하지 않고 모든 경우의 답을 유도하는 질문을 해댔다.

"어디 아프세요? 배부르세요?", "배는 뭐가 불러! 아부지, 어제 한 숟갈도 안 먹었는데!"

"대변 마려우세요?", "똥은 무슨 똥이야! 그래도 먹여야지!, 먹고 싸! 빨리 믹여!(먹여)"

어머니의 짜증스런 목소리를 무시하고 나의 생각을 총동
원해서 이유를 찾으려 했다.

이상했다. 아버님은 민감하신 분이라 조금이라도 변의를
느끼면 안 드신다. 그런데 화장실에 가도 대변을 못 보시는
거다. 섬유질도 많고 대변을 볼 수 있게 하는 게 뭐가 있을까
하다 망고가 생각났다.

"아버님 좋아하시는 망고 있어요! 망고 좋으시죠?", "망고,
좋지……"

이상하다. 평소의 망고를 영접(?)하시는 모습이 전혀 아니
다. 한입 베어 무시고 베란다로 가버리신다. 창문에서 뱉어버
리고 뒤돌아 베란다에서 또 구토다. 얼굴색도 안 좋다.

"아버님 왜 어디가 불편하세요?"

"나는 간다!"

"네? 어머니 가정의학과 약 타러 대학병원 가시는 날이에
요. 이따가 실버센터로 모시러 갈게요" 대답도 없다. 내가 아버
님을 상대하는 사이 어머니는 꽃단장을 벌써 마치셨나보다.

어머니의 신발을 신겨드리고 인사했더니 그제서야 뒤돌
아보며 부른다.

"야!", "네?"

"아가씨한테(시누이) 집으로 오지 말고 실버센터로 차 가지

고 오라해. 거기서 곧바로 병원에 갈 거야.", '역시 그래서 대답을 안 하셨구나. 다행이다. 몰랐으면 또 아버님 씻기고 챙겨서 어머님 찾으러 다니고, 그렇게 하루를 헤매며 또 헛걸음할 뻔 했구나.'

그사이 아버님은 베란다에 또 토하고 변기에 앉으셨다.

얼굴이 까맣다. 옷은 땀에 젖어 몸을 못가누고 계셨다. 땀을 안 흘리시는 분이 이런 적은 처음이다. 당장 아버님이 어떻게 될 것만 같아 눈물이 쏟아지고 겁이 더럭 났다. "왜우냐?" 나도 모르게 울고 있으니 힘든 중에도 말씀하신다.

아버님을 붙들고 안아 일으키려 해도 꿈쩍 안 하신다. 119에 전화를 했다. 남편에게 전화해 응급실로 바로 오라고 했다.

화장실에서 겨우 일으켜 안고 부축하여 나왔다.

구급차는 10분내 도착이라고 했고 아버님을 주무르고 손을 딴다. 뒤에서 아버님을 안고, 가슴에 주먹을 대고 위로 올려 역류하도록 해봤고, 입에 손가락을 넣어 구역질을 유도했지만 소용이 없었다.

다행히 구급차에 타고 가는 동안 정신이 드셨는지 "너는 왜 자꾸 우냐?"라고 하신다.

병원에서 응급처치를 하고 검사 후 대기한다. 그사이 급체한 것이 내려갔나 보다. 퇴원해도 좋다는 얘길 듣고 손을 잡고 걸어 나온다. 나오는 길 병원 로비에서 어머니 진료를 마친 시누이와 어머니의 모습이 보였다.

　이곳에서 난리 난 사이에 어머니의 실버센터 발마사지와 진료가 끝났나보다. 그들의 평온한 모습은 딴 세상 사람들 같았다.

　난 어차피 욕먹을 각오를 했고, 여행 운을 띄우니 어머니는 "아버지가 저모양인데 너 미쳐도 단단히 미쳤구나!" 한다. 또 다른 복병이 나타났는데 동서의 전화다. 시동생의 당뇨가 더 심해졌으니 이젠 약도 안 되고 인슐린을 맞게 되었다고 한다. 모두가 다 밉고 화가 난다고 말한다. '아! 또 25년의 패턴대로 반복하는구나.'

　나도 아버님 당뇨관리를 해서 알고 있다. 시동생의 당뇨는 하루 이틀도 아니고 평소에 관리했어야 한다. 저이들은 여행도 수시로 다니고 여유를 누려가면서 살아왔다. 요양사도 없던 시절 아버님을 내게 맡기고 시누이와 어머니 둘만의 여행도 난 기분 좋게 잘 다녀오라며 짐을 싸줬다. 동서가 직장 다니던 내게 자신의 막내를 맡기고 캐나다 미국여행을(자신의 두 아이가 유학중이었다) 가도 돌아올 때까지 조카아이를 데리고 출근하면서도 성심성의껏 돌봤다. 아버님도 병원에서 괜찮다했고 원인을 찾으면 상황상 억지로 떠먹이라는 어머니 때문에 악화된 것인데, 어떻게 저럴 수 있을까? 배려가 반복되면 권리로 안다더니, 그들은 내 약한 마음을 알고 있었다. 이런 상황에 부모가 물려주는 재산을 충분히 받고도 저울질하던 그들의 모습들이 생각났다. 그럴 때마다, 남편과 난 늘양보했다.

여행을 모두 취소하고 나니 기가 막혔다.

입장이 바뀌었다면, 어머니는 동서나 시누이 여행도 이렇게 막았을까? 그들은 아버님에게 어떤 케어를 하고 있지? 아버님이 내 남편인가? 어머니 남편인가?

생각이 꼬리를 물고 맴돌았다.

여기가 부산이라고?
여기가 일본이란 말이지!

여행이 취소되었다니 남편이 난리다.

그럴수록 더욱 기를 쓰고 갔어야지 여우들에게 당하는 '미련 곰탱이'라고 한다. 평생을 이렇게 살다 죽을 거냐고 한다. 맞는 말이다. 어차피 이전엔 내 인생을 포기하고 살았고, 하루하루를 무사히 조용히 사는 게 목표였다. 그래도 마음은 헛헛했다. 가장 힘들어 할 사람은 아직 소식도 모르는 딸이다. 생각 끝에 아이에게 할머니 할아버지와 같이 부산을 갔다가 일본 대마도를 가자고 했다. 딸의 답은 걸작이었다.

"할아버지를 핑계로 작은 아빠를 핑계로 못 가게 붙잡는 사람들이?"

"아~! 가겠다. 충분히 뒤집을 테지. 분명히 간다고 하겠다! 분명히 가겠다고 할 거야!"

"네가 많이 힘들까봐 걱정되는데 괜찮겠어? 네가 캐리어 두 개만 끌고, 내가 두 분 손잡고 등짐은 들게. 너만 괜찮다면?"

내말이 채 끝나기도 전에 어머니는 당장 여권 찾으라고 소리치고 장롱 문을 열어 옷을 챙겼다. 아버님을 핑계로 가지 말라던 분이 전에 없이 손수 짐가방을 꺼내고 부지런히 움직이셨다. 결국 3박 4일의 두 명의 여행은 1박 2일의 네 명의 여행이 되었다.

여행을 하면서도 많은 사건 사고가 있었다. 끝없는 어머니의 잔소리를 듣다가 캐리어를 잃어버리기도 했다. 사건사고야 멀쩡한 사람이 가도 생기는 법, 그래도 아버님을 위해서는 도전하길 잘했다. 온갖 짐을 메고 끌던 딸과 등에 배낭을 메고 두 분 손을 잡고 걸어야 했던 나를 생각하면 아찔했지만...... 그래도 무사히 다녀왔다는데 의미를 둔다.

당연히 일본에서는 입국심사도 아버님 혼자 할 수 없었다. 내가 함께 라인에 들어가서 설명을 해야 했다. 어디든 사람 사는 곳이고 게다가 그곳은 노령인구 많은 일본이 아니던가! 까다롭지 않게 통과시켜줬다. 부모님을 모시고 길 찾는 것은 엄두도 못 낼 것 같아서 관광버스 안내를 예약했다.

　버스 안의 젊은 분들에게는 많은 민폐를 끼쳤지만······

　사실, 민폐만 끼친 것은 아니다. 상황은 언제나 뒤바뀔 수도 있다는 것을 뒤에 알 수 있게 되었다. 차에서 내려 점심식사 장소로 이동하는 동안 우린 당연히 늦게 도착해(부모님 걸음이 느렸으니까) 식사를 다 마친 다른 여행객들을 기다리게 했다. 음식을 먹는데 눈치 보일 정도였다. 그분들은 우릴 노골적으로 지켜보고 가이드는 서두르는 기색이 역력했다. 처음에는 미안하다는 말로 양해를 구했지만, 너무 노골적인 눈빛에 난 미친 척 큰 소리로 혼잣말을 시작했다. "여기 부모 없는 사람 어디 있어, 혼자만 하늘에서 뚝 떨어졌나?", "평생 젊을 줄 알지? 다 늙고 병들어!", "아버님 체하시겠어요! 천천히 드세요!"

　수군거리는 소리가 들렸다. 욕을 먹어도 어쩔 수 없다. 눈치 챈 두 분까지 장단을 맞춘다. 우리는 식사를 마치고 일어났다. 그런데 웬일인가? 가이드가 다가오더니 아버님을 함께 부축하는 것이다. 미안하고 부끄러웠지만 어쩔 수 없었다.

　하지만, 상황이 바뀌어 우리가 도울 기회가 있을 줄은 꿈에도 몰랐다. 그것은 내게도 감사한 기회가 되었다. 버스가 이동한다. 한 30분 정도 이동하는데 관광객 중 한 명이 안색이 좋지 않다. 가이드에게 비상약이 있는지 묻는다. 가이드가 내미는 약이 마음에 안 드는지 다시 자리로 돌아간다. 기회라고 생각했다.

두 분을 모시고 다닐 때는 비상약통을 깊숙이 넣고 당장 먹을 약은 크로스백에 챙겨서 다닌다. 돌발 상황에 대비한 소화제도 챙긴다. "여기 캐리어에 약이 있으니 다음에 멈추면 꺼내 드릴게요!" 덕분에 그 분은 곧 회복되었다.

역시 좋은 일과 나쁜 일은 함께 짝을 이루었고, 도움을 받았다고 보답할 기회가 없는 것도 아님을 알게 되었다. 이후의 시간은 그분들 덕분에 아버님께 후회 없는 여행을 시켜드리게 되었다.

아버님은 여행 내내 "여기가 부산이란 말이지!", "여기가 일본이란 말이지!", "(이미 여러 번 다니셨음에도 기억을 못하시고) 내가 일본에 왔단 말이지!" 라며 감격하셨다. 나는 순간 고되고 힘든 기억을 다 잊고 "네! 아버님, 담엔 도버해협 가요! 아버님 소원이던 도버해협이요!"

"좋지!" 그때의 아버님의 눈빛과 표정은 내 마음과 머릿속에 각인되어 버렸다.

그러나 그날 새벽 승선하기 전 택시 짐칸에 캐리어를 두고 내려 잃어버렸다가 찾았고 덕분에 딸에게는 여러 가지 미안한 일들이 생겼다. 나는 각오했지만, 케어위주의 여행이다 보니 딸에게는 여행 기분 일 수 없었다. 그때 딸은 고맙게도 여행 중 불평 한번 하지 않았다.

다만, 도착한 다음날 조용히 말했다. 이젠, 혼자나 둘만의 여행을 하고 싶다고……

어머니는 여행 후 처음이자 마지막으로 어떻게 해낼까 걱정 했는데 "참 장하다."는 말을 몇 번이나 했다. 결혼 후 처음 듣는 말이었다. 그렇게 듣고 싶었던 칭찬을 들으니 묘했다. 그 말은 어머니 입을 통해 형제들에게도 전해졌다. 그들은 '부모님의 행복한 여행'을 있는 그대로 기뻐하는 대신, 의외의 표정이 되었다. 그 반응을 보고 놀라웠다. 부모님의 기쁨이 '함께 행복함' 아닌 '경쟁'의 구도로 받아들이는 본능에 앞으로의 미래가 짐작되어 가슴 아팠다. 결국 어머니가 처음으로 말했던 진심어린 찬사는 본의 아니게 '이간질'이 되어버렸다.

두 분은 알츠하이머 말고는 두 분이 그림 그렸던 것처럼 우리의 날개를 꺾어 놓으면 당신들의 노후가 편할 것으로 생각하신 듯했다. 나는 이것을 뒤늦게 깨달았다. 내가 경제활동을 하지 않고 부모님의 수족이 되어 오로지 부모님의 안위만을 생각하며 살길 원하신 것이다. 아버님의 모든 대화의 주제는 남의 집 며느리에 대한 이야기였고, 나는 아버님에 걸맞은 며느리가 되려고 최선을 다했다. 두 분은 우리가 조금이라도 모으면 내놓으라고 하거나 세금고지서를 주며 내라고 했고, 우리가 모았던 것을 드리면 땅을 사거나 집을 사곤 다시 되팔며 성과와 흔적을 없앴고 우릴 당신의 손과 발이 되도록 훈련시켜 나갔다. 두 분의 편안한 노후를 위해서는 그분들에게 당신들의 눈빛과 숨소리에도 반응하며 순종하는 자식을 하나(!) 정도는 만들어야만 했다. 딱한 이기심이다.

재개발로 인해 어린이집을 그만두고 일을 찾으려 할 때, 어머니는 남편을 따로 만나 '절대로 못하게 해라!'던 이유를 뒤늦게 알게 되었다. 두 분의 노후를 위해 함께 늙어가는 아들, 며느리가 당신들의 수족으로서의 역할만 원했던 것이란 걸 생각하니 분노로 잠을 못 이루었다. 그제서야 '가방끈 짧은(고졸)' 며느리를 원했던 이유를 알게 되었다. 맏며느리를 수족으로 부려야 하니 그나마의 학력도 탐탁지 않은 거였다. AI시대인 20세기말과 21세기에 시대를 거슬러 올라가던 집에서 나는 시부모님의 종으로 훈련되어갔다.

그렇다고 넋 놓고 신세한탄만 할 수는 없었다. 나에겐 아이들이 있었고, 과거의 아버님이야 어쨌건 이제는 기억도 할 수 없는 불쌍한 노인이 되어 나를 보고 있었다.

세상 사람들은 바쁜 와중에도 바뀌는 계절을 만끽하는데 치매가정인 '우리'라고 못 즐길 이유는 없었다. 나는 힘들 때면 더욱 더 아버님을 모시고 밖으로 나갔다. 스스로 맹세했던 것 때문이다. 약자인 아버님을 '감정의 쓰레받기'로 만들지 않기 위함이었다. 가깝고 좋은 곳도 많고 하다못해 외식이나 공원이라도 두려워 말고 도전하자. 만일 돌발 상황이 닥쳐도 어떻게든 지나가게 마련이다. 돌발 상황은 여행지뿐만 아니라, 집안에서도 일어날 수 있다. 때로는 피하지 않고 '부딪히는걸 선택'하는 게 또 다른 발견을 맞이하기도 한다.

요즘은 치매가정이 늘어 사회인식도 조금씩 달라지고 있으니 일단 저지르고 주변에 도움을 청하자. "어떤 분은 건강하시라고, 자신이 깨달을 수 있는 기회가 되었다."고 좋은 말씀을 해주신다. 기업도 단독 이익을 추구 할 수 없는 시대다. 함께 돕고, 도움 받고, 아파하고 나눠야 한다. 왜 남에게 민폐를 끼치냐고? 그렇지 않다. 강대국의 갖은 핍박에서도 지금의 우리나라가 된 것은 부모들이 애쓴 결과이기 때문이다. 사회가 나누어야 하며 누구에게나 부모라는 뿌리가 있는 것이다.

간혹 "집에나 있지. 뭐 하러 나와서 민폐냐."는 이들도 있지만, 그들은 운 좋게 이런 일을 '아직은' 못 겪었을 테고, 운 나쁘게 '한 치 앞을 못 보는 자'일 뿐이다. '남의 작은 일'이 '나의 큰 사건'으로 성큼 다가올지도 모르는 시대라는 걸 아직 모르는 것이다.

서비스센터

치매 이전이라면 아무것도 아닌 작은 일처리가 이젠 큰 일이 되어버렸다. 준비하는 틈을 못 견디시고, 내의만 입고 맨발로 나가버리는 아버님의 안전을 위해 시간을 벌어야 했다. 급하면 강요 아닌 강요가 되어버렸고 통제해야 했다. 아버님의 수염을 깎고, 닦아드리며 옷을 입히고 준비를 마친 뒤 의자에 앉혀서 간식이나 관심 끌 만한 것을 챙겨 드린 뒤 아버님의 짧은 집중이 끝나기 전에 나는 빠르게 옷을 입고 소지품을 챙겨야 했다. 급히 서두르다가 짝짝이 양말을 신거나 옷을 뒤집어 입고 앞뒤를 바꿔 입는 날도 허다했다. 남들의 내차림에 대한 눈빛은 아무래도 신경 쓰지 않았다. 내겐 그럴 시간도 마음도 여유도 없었다.

가장 힘들 때는 아버님과 함께 장을 보거나 무거운 짐을 들고 다닐 때다. 장 볼 시간이 거의 없기 때문이다. 아버님을 부축해야 하기 때문에 사실상 아무리 싼 필수품이나 식료품을 발견하더라도 짐을 드는데 한계가 있었다. 그때는 지금처럼 다음날 배송되는 쇼핑 앱도 없을 때였다. 아버님은 배불리 드셔도 늘 배가 고팠고, 눈에 보이는 음식 중 마음에 드는 것은 무엇이든 내손의 장바구니에 척척 넣으셨다. 한 손은 아버님의 손을 잡은 채 다른 한 손은 이미 감당할 수 없을 만큼 무거운 짐을 들고 움직여야했다.

그날, 핸드폰이 고장 났던가? 아니, 청소기를 수리하려고 했던 것 같다. 구형 모델의 청소기는 무겁다.

당연히 아버님을 모시고 청소기까지 들고 가는 것은 무리다. 마침, 시누이가 어머니와 마사지 받으러 간다고 했으니 이왕 오는 시간에 30분~1시간 정도 일찍 와주면 뛰어가서 서비스센터 일을 볼 수 있을 것 같았다. '그 정도는 해주겠지.' 기대하며 연락했다. 그런데 그녀는 묘하게 말을 돌려 본인과 엄마의 점심밥은 알아서 먹을 테니 준비하지 말고 서비스 센터는 다녀와도 좋고, 언니랑 아빠는 일정대로 움직이라, 모녀는 그들 일정대로 움직이겠다고 했다. 그 순간 허탈한 웃음으로 넘겼고, 애써 아무렇지 않은 척 했다. 그런데 샘솟듯 억울함이 솟아올랐다.

나는 30분이면 될 일을 한 손엔 청소기를 한 손은 아버님 팔을 잡고 택시를 타고 위험한 찻길을 건너서, 두 번의 화장실 대소변을 처리해 드리며 3시간에 걸쳐 일을 마치고 집으로 돌아와야 했다. 아래는 그날과 비슷한 대부분의 일과를 남겼다.

2015. 3월 어느 날

월요일 어머니가 수영장에 가야할 시간, 평소처럼 11시 20분에 아버님 옷을 입혀 모시고 내려가니 내가 서두르지 않아서 늦어버렸다며 안 가버리겠다고 소리 지른다. 나도 화가 나니 지금 안 늦었는데 왜 그러느냐 12시부터 12시50분까지 강습 아니냐고 거리가 먼 곳도 아닌 데 왜 또 그러시냐고 물었다. 결국엔 갈 것이란 걸 나도 안다. 어머니가 가신 뒤 나는 사업장에서 아버님의 진지를 드리고, 그사이 아버님은 요양사님이 도착해서 차를 타고 3시간 정도의 드라이브를 다녀오신다. 아버님을 보내드리고 난 1시 30분까지 어머니를 기다리며 사업장에 있어야 한다. 길에서 누굴 만나서 마실 다녀오셨다며 연락 없이 한두 시간을 더 늦게 오실 때도 있다. 사실 사업장을 열어두는 것은 이젠 의미가 없다. 그래도 열어두어야 한다.

어머니는 들어오자마자(내가 어디 도망이라도 갈까 두려운지) 즉시 일거리를 만들어 붙들어놓는다. 어머니 머리 염색이다. 2시가 넘어간다. 내게 남은 시간은 2시간이 채 안되어 아버님이 돌아오실 것이다.

염색 후에는 또 다른 일을 시키신다. 밭에서 수확한 과실(몇 개월 전 항아리에 담갔던 효소)들을 체에 걸러 액체만 병에 옮겨 담는다. 아깝다며 있는 힘껏 꾹꾹 눌러 짜라고 한다. 나는 조심조심 깨지지 않게 항아리 가득 물 받고 닦기를 반복. 이것은 다시 엘리베이터 없는 계단으로 6층 높이의 옥상에 올려다 놓는다. 3시를 넘어 4시가 다 되어 간다. 이미 내게 남겨진 시간은 사라졌다. 온통 끝없는 일만이 나를 기다린다. 당연히 바닥 대청소. 왜냐하면 온통 설탕물로 바닥이 난장판 이니까…… 아버님이 돌아오셨다.

다시 서류를 주면서 어서 마감되기 전에 아버님 모시고 가서 일처리 하라고 시킴. 아버님 모시고 아파트 등기 심부름 때문에 손을 잡고 동사무소 갔다가 서류 떼서 다시 조합사무실로 갔다가 다시 아버님 병원행.

진료 전에 초밥 사달라고 하셔서 사드리고 돌아왔더니 기가 막힌다. 아버님 모시고 다녀왔더니 어머니 당신은 하고픈 것 다하고 컴퓨터 게임하고 있으면서 수고했단 말은 커녕 느닷없이 아파트 명의를 아버님으로 하지 말고 어머니 앞으로 해달라고 말하지 왜 안 바꿨냐고 한다.

어이가 없었다. 늘 이런식이다. 미리 말해도 불가능 한 것을. 어깃장이다. 누가 이 시대에 원하는 대로 아파트 명의를 바꿔주나! 그것도 조합사무실에서! 왜 하루 24시간이 부족하게 부려먹으면서 나를 화풀이 대상으로 삼고 있지? 느닷없이 메주를 만들어야 하니 콩을 삶아라, 찧고 모양을 내서 띄워야 한다고 한다. (메주 찧는 것은 매년 밤에 찧고 만들었다.)

난 지쳐서 다음에 하자며 표정이 썩 안 좋았더니 인상 쓴다고 화를 버럭 내며 일 많이 해서 죽은 사람 없다고 한다. 또 군기 잡기 시작... 막내딸의 학습지 선생님이 수업하는 방문 앞에서 욕을 하며 "XX! 고꾸라져 죽던지 해야지! 내가 다 뒤집어엎을까. 다 부셔 버릴 거야!"

선생님은 수업이 불가능한지 도중에 나와 넋이 나간 표정으로 신발을 신는다. 고개를 들 수가 없다. 매일 매일...... 하루라도 조용히 넘어갈 때가 없다. 그럴 때마다 머리에선 자동으로 형제들의 얼굴들이 하나하나 떠올랐다.

　농사지은 작물을 다듬고 잠을 줄여가며 담근 김치와 음식들, 제사와 명절이면 잔뜩 음식을 해서 싸주던 것은 나의 기쁨이었다. 아니, 그렇게 생각하려고 했지만, 마음먹은 것처럼 쉽게 되지 않았다. 이런 노력으로 노후에는 형제들과 행복할 줄 알았다. 그랬기에 많은 것을 양보하여 어머니에게 '바보냐' 소리까지 들었다. '간병하지 않는 죄책감을 덮으려하는 과잉방어'로 싸늘한 냉대를 받으면서도 속없이 웃어대던 내 모습이 오버랩되었다.

　세상엔 나름의 가치관을 가진 다양한 사람들이 있다. 그들이 잘못되었다고 생각하기에 앞서 나와 다른 그들을 있는 그대로 볼 수 있어야 한다. 그들은 나와 같을 수 없다. 언젠가는 이 고통이 아물 것이며 가끔 마음 한편이 아릴 것이라 믿는다.

주 보호자에 대한
공감과 소통

알츠하미머 진단이 나오기 직전, 선별검사에서 이상소견
이 있어 MRI와 펫시티 검사를 했다.

뇌 수축이 생겼단다.

집에서는 어떤지 증상을 묻는다.

아버님의 감정 기복과 눈에 띄는 기억력 감소를 얘기했다.

의사는 이런 일을 많이 겪은 듯 사무적으로 앞으로의 상황
을 말하고 있는데, 청천벽력같은 말을 들으니 꿈을 꾸는 것
같았다. 아버님이 옆에 계신데도 의사는 아무렇지 않게 거북
한 얘기를 술술 뱉는다. 특히 감정 기복에 관해서는 아버님
앞에서 말하기 힘들었다. 이제 아버님에겐 자존심과 존엄은

끝났다는 판결을 내리는 것 같았다.

당사자인 아버님은 "내가 알쯔하이머라고?" 믿기지 않는
듯 "허허, 알츠하이머라." 같은 말만 되풀이했다.

얘기하는 동안엔 막막하여 검색해서 이미 알고 있는 헛된
문답만이 오고갔다. 아버님의 암 수술과 모임 회장 자리에서
고생한 시점을 말했다. 치료는 되지 않는 병이란 것을 알려주
고, 약 처방만 받을 뿐이었다. 진료실 문을 나서자 참았던 눈
물이 쏟아졌다.

몇 시간이 지났을까? 시누이한테 전화가 온다.

동서한테도 전화가 온다. 안 받았다.

어머니가 병원 다녀온 후에 전화했나보다.

왜 전화 안 받냐고 화내는 동서에게 기가 막혀 대꾸도 안
했다.

나에게 어떤 상황인지 설명을 요구한다.

'한명, 한명 따로따로 저들이 안하던 서비스를 내가 해야
하나......'

병원 가서 무슨 말을 했는지 의사는 어떤 수준의 믿을 만
한 의사인지 꼬치꼬치 캐묻는다.

'나는 심문받는 죄인이 아니다. 어떻게 저럴 수 있지?', '내
가 얘기해봐야 듣고 싶은 대로 골라 듣는 귀들, 함부로 말하

는 입들……' 난 그들을 알기에 다음 진료에 의사를 직접 만나러 가자고 했다.

"모시는 주 보호자가 케어 하기 달렸네요."

"매일매일 산책운동 열심히 시켜드리면 되겠네요."

"갑자기 왜 이런 병이 생겼나요. 원인이 뭔가요?"

질문은 의사에게 향했지만 결론은 책임회피였다. 발병의 책임도 내게 묻고 경과도 나 하기 달렸다는 말이다. 기막혔다.

어떻게 가족이 갑을관계가 될 수 있는지 지금껏 나의 노력으로 버텨왔으며 바람 잘 날 없는 부모님 심기를 떠받들며 지내왔건만 왜 내가 이런 대접을 받아야 하는지 이해할 수 없었다.

따로 살며 개인 생활의 침해를 받지 않고 살던 그들에겐 이제 큰일로 다가온 듯했다. 세상 어디든 갑을 관계는 존재한다. 그러나 그것이 가족일 경우에 큰 상처가 된다. 권위의식과 갑을 관계가 있는 한 어떤 가족도 조용할 날이 없을 것이고, 설혹 당장은 억눌러 조용할지라도 언젠가는 곪아 터지고 만다는걸 알아야 한다.

방관자들

장기요양등급을 신청하지 않은 상태였을 때는 하루를 어떻게 보내야 할지 아침에 눈을 뜨면 까마득했다. 일주일이나 3~4일의 스케줄을 미리 짠다. 아버님과의 외출시간은 스트레스 받는 어머니를 위해 밖에서 최대한 길게 시간을 보내고 돌아오려는 것이다. 어머니는 바라보는 것만으로도 스트레스인지 '긴 시간 외출'을 다녀오라고 한다. 거기에 미사여구를 붙이지만 역시 내 맘이 서운한 것은 어쩔 수 없다.

치매 환자가 있는 가정을 살펴보면 이전에는 표면에 나타나지 않던 모습들이 아프신 후에 조금씩 드러나기 시작한다.

치매에 걸린 환자 권위가 무너지면서 자연스럽게 권력은 다음 권력자에게 넘어간다. 그것이 지금 이 시대에 가족이란 울타리 안에서도 있을 수 있는 일인지를 뼈저리게 느끼게 되었다. 환자는 이제 이빨 빠진 호랑이다. 발길이 잦던 사람들은 한 치 앞을 바라보느라 환자와의 추억조차 떠올리지 못하고 기민해지기만 한다. '환자가 치매 진단을 받았으면 평소보다 자주 찾아뵐 것이라' 생각했던 것은 나의 착각이었다.

치매 환자와 주 보호자의 현실은 남들 말보다 훨씬 더 외롭다. 한 부모의 자손인 형제자매 안에서도 소외감을 느낄 때가 많다. 함께 사는 자녀와 반대의 경우는 완전히 다른 세상 사람과 같다. 아버님이 아프시기 훨씬 전, 그들은 조카들의 교육을 위해 이사를 가고 조카들이 공부하러 학원 다니기에 바쁘게 되니까 그들이 사는 동네로 생신 장소를 정했고 나는 아버님, 어머님의 생신 모임을 그 동네로 모시고 다녔다. 예전 부모님 같았으면 있을 수 없는 일이다.

어느 날, 동서가 아이들 픽업하느라 모시러 갈 수 없는 상황이니 나에게 부모님 모시고 택시를 타고 오라는 말에 화를 내며 펄펄 뛰던 분들이 이젠 당연한 듯 이끄는 대로 그곳으로 향한다.

그런데 우리 아이들은 가족 모임에 빠지지 않고 참여하도록 했고(나 역시 그래야 하는 줄 알았다), 제사 등의 대소사를 챙기게 했다. 함께 살고 있었기 때문에 분위기가 자연스레 그렇게 흘러갔고, 거부하면 부모님의 막강했던 힘으로 태풍이 일었다. 그것은 부모님뿐이 아니었다. 그 모습을 그대로 이어받은 핏줄도 어쩌면 당연했을 것이다. 아이들은 말한다. 왜 그렇게 본인들에게만 일을 시켰는지……

그들은 중요한 중고생이었고 우리에겐 하찮은 고3 수험생이었냐고 말한다.

가족 모임자리에서는 이야기꽃이 핀다. 평화롭고 화목한 듯. 집에서와는 전혀 다른 모습으로 식사하는 모습은 우아하기까지 하다.

취미얘기, 사업이 어렵다, 몸이 아프다는 말, 본인들의 휴가, 이슈와 관심사, 아이 자랑……

구름 속 저편에서 나와는 전혀 상관없는 딴 세상 얘기가 오고 간다. 치매이신 부모님을 모시고 사는 우리에겐 아무런 공통점이 없는 이야기들이다. 부모님은 그들이 대학졸업 후 기반을 잡도록 모든 사업 오픈 지원을 해줬다. 우리는 정신없는 하루를 보내고 있다. 내 몸? 내 몸이 아픈지 돌볼 겨를도 여력도 없다. 가끔 만나는 형제들은 하나같이 사업하기 힘들다는 말뿐이다. 그러나 사업의 규모는 날로 확장 되는 게 눈에 보였다. 어쩌다 힘들다는 한마디를 하고 싶은 내 입을 막는 용도처럼 느껴졌다. 나는 그들과 소통하는 것을 포기하게 되었다.

음식을 꾸역꾸역 집어넣는다. 그들이 하는 이야기가 부모님이나 우리 귀에 그리 좋게 들리지 않는 것이다. 우린 아버님의 입에 떠 넣어드리고 어느 정도 양이 차시면 아버님의 "똥 나와!" 소리가 나오기 전에 나도 재빨리 먹어치워야 한다는 생각뿐이다. 누구도 아버님의 입에 넣어드리는 시중을 할 리 없다.(내가 가출하기 전까지는 그 누구도 하지 않았다. 오히려 본인 식사가 끝나면 핑계를 대고 자리를 떠났다.) 내 자리는 늘 아버님 옆으로 비워두고 재빨리 그들은 자리를 잡고 앉기 바빴다. 아버님의 걸음이 늦으니 나는 비워진 두 자리 중 한 자리인 아버님 옆에 앉는다. 그럴 때마다 나는 마음속으로 외친다. '진자리 마른자리 갈아 누인 애들은 누구였니? 내가 너희들 부모님 뱃속에서 태어났니?'

머릿속 휘몰아치는 폭풍과는 달리 훈련받은 내 손은 집에서 가져온 농사지은 채소며 김치 싸줄 음식을 잊지 않으려고 머릿속으로 되뇐다. 지난밤 어머니의 성화에 다듬고 만든 것이다.

우리는 그들과 같은 지역에 살지도 않고, 친구들 만나는 여유는 상상할 수 없다. 영양제는 부모님 것만 사면되며 가끔은 아이들 고3시절에 먹이고, 내 입에 들어갈 영양제 따윈 꿈도 꾸지 못하는 상황이었다. 그들과의 대화는 아무런 공통점이 없다. 아버님을 케어하는 일이 내일이라 생각하고 운명으로 받아들였지만, 생각이 틀렸다는 것을 뒤늦게 깨달았다. 그것은 함께하고 진심으로 소통이 오갈 때나 가능한 일이었다. 부모님에 대해서만큼은 형제 모두의 일이며, 분명한 것은 그들이나 내 남편이나 부모님 사랑을 받은 똑같은 자식이란 것이다.

내 딸이 겪은 두 개의 사건이 있었다.

죽을 때 까지 아니, 죽어서도 잊지 못할 아픈 일이다.

식사하고 장소를 옮기게 되었다. 야외로 나간 우린 가슴이 탁 트이는 기분에 날아갈 듯 상쾌했다. 물론 모두 다 간 것이지만 당시 우리 5명이 함께 나온 것이 얼마만이었는지……

그때까지만 해도 분위기는 좋았다.

산책하다가 아버님이 화장실이 급하다고 하신다. 나는 아무 생각 없이 기저귀 가방을 챙기고 아버님과 남자 화장실로 갔다. 딸이 보기에 그 뒷모습이 가슴 아팠는지 한마디 했다고 한다.

"왜 할아버지가 화장실 가야 하는데 자식 중 아무도 쳐다보지도 않고 우리 엄마가 모든 것을 해야 하냐고, 모임에까지 와서 밥도 편히 먹지 못하고 구경도 못하며 할아버지 옆에서 늘 엄마가 챙겨야 하냐"고 했다고 한다.

한마디 했다고 가족 중 누구 하나가 이미 대학생인 내 딸에게 자신의 큰 사이즈의 노트형 휴대폰 모서리로 내 딸의 어깨를 밀치면서 "너네 엄마만 힘드니? 너네 엄마만 힘들어?"라며 어이없는 '짓'을 했다고 한다. 화장실에서 나와 보니 딸은 눈물이 그렁그렁 맺혀있었다. 난 집에 와서야 그 이유를 알 수 있었다. 후에 딸의 입을 통해 그 말을 듣는 것만으로도 가슴이 미어졌다. 딸아이가 폭력을 당할 때 벽 하나를 사이에 둔 자리에서 그들이 하지 않는 일을 감당하느라 진땀을 빼고 있었다는 것에 기가 막혔다. 아이들이 폭력을 당하는 그 순간 난 아이들을 지켜주지 못한 나쁜 엄마를 선택했고 착한 며느리로 산 것이다.

당시 그 사람은 주 1회 교외에서 점심 식사 한 끼 사드리러 오거나 집주변에서 사드리곤 한 시간도 못 채우거나 때로는 그들의 아이 문제를 핑계로 아예 안 오는 주도 허다했다.

가끔 점심 사드리는 것만으로도 억울했나보다. 그 황당한 꼴을 당한 딸은 어이가 없었다고 한다. 딸은 어른이 어른답지 못한 행동을 하니 상대할 가치도 없는 사람이란 생각을 했다고 한다.

그런데, 그 상황에 어머니는 옆에 있었으면서도 손녀딸이 그런 일을 당하는 모습을 보고도 전혀 지켜주지 않았다고 한다. 어머니는 집에서와는 전혀 다른 모습이었다. 모임장소에서나 외부에서는 약하고 자애로우며 교양있는 어머니이고 싶어 했다. 손녀딸이 괴롭힘을 당하는 모습을 보면서도……

그때까지만 해도 나는 '감사하자. 감사하자. 언젠가 함께 웃을 날이 있겠지.' 수없이 되뇌이면서 참았다. 그런데 소중한 내 딸에게 못된 손버릇을 했다는 소리를 듣고 희망의 끈을 놓아버렸다. 그 일이 있고 날이 갈수록 내 우울증은 심해졌다. 몸도 힘든 데다 마음까지 괴로우니 난 더욱 병들어갔다.

그들은 그동안 나와 아이들이 참고 희생했기에 집안이 조용했다는 생각은 전혀 안 했다. 어느 날 산소 다녀오면서 식당에 들러 식사를 마치고 나오던 중 명절마다 먹던 해물탕을 못 먹으니 섭섭하다는 불만을 내뱉는다. 식사 후 대변 처리를 하고 아버님의 손을 잡고 부축하며 걷던 내 옆에서 함께 걸으며 그 말을 하는 그녀의 의도를 도무지 이해할 수 없었다. 기가 막혔다. 조카들이 아무 생각 없이 내뱉은 말이었다고 해도 애들 엄마는 그런 말을 스스럼없이 내게 전했다. 치매간병하는 중에 차례음식도 아닌 해물탕을 끓여주게 생겼냐는 말에 그럴 수도 있지 않냐고 맞받아치는 모습에 기가 질렸고, 어머니 역시 동서의 말에 맞장구를 쳤다. 순간 나는 속 좁은 맏며느리 이상한 여자가 되어버린 것이다.

내가 몸과 마음이 지쳐 큰맘 먹고 떠난 여행에도 불평불만을 토해내던 그들은 도대체 어떤 마음인지 궁금했다. 치매 이후에 평소보다 더 안 오는 그들을 생각해보니 그런 사람이라면 안 올 수도 있을 거란 생각을 했다. 그래도 뒤돌아 생각해보고 사과하겠지 하며 기다렸다. 그러나 사과는커녕 어머니를 중간에 끼워 꼬투리 잡기에 바빴다. 사과할 줄 아는 이들이었으면 애초에 그런 짓을 안했을 것이다.

심지어 결혼 전 출산 뒤 부르는 '00엄마'라는 당연한 입에 붙은 호칭습관에(부모님도 그리 불렀다.) 대한 꼬투리까지 여러 사람의 입을 통해 호칭에 대한 충고를 들어야 했다. 말도 안 되는 이유를 들어 트집을 잡는 것에 난 진저리를 쳐서 가출 뒤 나 또한 몇 번 유치한 트집을 잡아보기도 했지만 그것도 타고나야 한다는 걸 알았다.

수술 후

자궁에 자라고 있던 혹은 더 이상 미룰 수 없이 너무 커졌다고 한다. 더불어 소변을 보기도 불편했다. 의사는 커진 혹이 신장이나 다른 장기를 누르고 있을 가능성이 크다고 했다. "간병이 더 급한가요? 언제 터질지도 모를 난소낭종이 급한가요? 아버님은 당장 나을 수 있는 병인가요?" 낮은 자존감은 나의 모든 것을 지배해 버렸고, 불행과 뗄래야 뗄 수 없는 관계가 되어버렸다. 그 불행을 끊어내려면 내가 스스로 자존감을 찾아야 했다.

가출 이후 난 몇 년간 미루던 수술 날짜를 잡았고 수술 경과는 별로 좋지 않아 퇴원 후 아버님을 곧바로 간병할 수 없는 상황이 되었다. 수술 직전 입주 요양사를 고용한 후에야 아버님이 걱정되던 마음은 그나마 안심할 수 있었다.

퇴원 후에도 요양이 필요한데 시부모님이 계신 상황상 집에서 몸조리는 도저히 불가능했다.

동서와 시누이는 보험회사에서 비용도 지급되니 요양병원으로 가라고 권했다. 난 앞으로 벌어질 일은 상상도 못한 채 그렇게 말해준 그들이 고마웠다. 그러나 내가 사는 곳에서 너무 멀리 떨어져 있었고, 그들이 말한 요양병원은 악성종양이나 장기적인 치료를 목적으로 하는 환자가 아니면 받지 않아서 가지 않았다. 쉴 수 있다면 어느 곳이든 상관없기에 꼭 그런 곳이 아니더라도 좋았다.

퇴원하는 날, 나와 남편은 퇴원준비를 했다. 그날까지 퇴원 후 갈 곳을 정확히 못 정해 막막하던 상황이었는데, 남편의 전화벨이 울렸다. 조용한 입원실에 흥분한 어머니 목소리가 쩌렁쩌렁 울렸다. 내 귀에 너무나 익숙한 화가 잔뜩 난 것을 쥐어짜는듯 억누르는 목소리였다. 수술 후 다른 곳으로 가지 말 것이며 당장 집으로 와서 몸조리하라는 내용이었다. 입원기간 동안 처음 받는 어머니의 전화였다.

내 생애 첫 수술이었다. 찻길 하나를 둔 거리에 장손이 입원했을 때도 마찬가지였다. 더 먼 곳의 취미생활이나 마실을 가더라도 가까운 곳의 장손이 입원한 곳엔 안 갔다.

이번에도 역시 소설을 쓰는 어머니가 딱했다. 호화로운 요양병원에 입원할 것이란 얘기가 어머니의 귀에 흘러들어갔던가 보다. 그 말이 어떻게 어머니 귀에 들어갔으며, 설사 그곳에 간다고 했더라도 어머니의 반응에 더 놀라웠다. 어쩌면 내 남편보다도 나를 가까이에서 보았으면서 몸조리 하는 동안만이라도 편히 쉬었다 오면 왜 안 되는 건지 묻고 싶었다. 그분은 나를 그렇게 취급하고 소유물로 여기면서 당신은 피해자로 비춰지길 바랬다.

내 빡빡한 하루일정은 부모님 중심이었다. 그 순간까지 나는 두 분의 개인병원 예방접종까지 모시고 다니며 수발을 들었다.

결혼 후 첫 수술이었는데 이런 대접을 받는 것에 기가 막히고 서러웠다. 수술 후의 상처보다 더 큰 마음의 후유증으로 회복도 늦어졌다.

참을 인(忍)이 안 통하는 것들

내 휴대폰 배경화면은 몇 년 동안 '忍(참을 인)'이었다. 그렇게 참다보면 하루하루를 넘기고 한 해, 두 해가 지나가 내 삶이 빨리 끝날 수 있을 것만 같았다. 참긴 참는데 왜 참아야 하는지 생각할 겨를이 없었다. 고민 끝에 아이들과 함께 할 봉사활동을 알아봤다. 아이들이 어릴 때라서 학교의 봉사점수가 필요한 시대는 아니었지만 가슴이 터질 듯 답답하여 뭔가 의미 있는 일을 찾고 싶었다. 시간에 쫓겨 뛰어다니면서도 소외된 분들께 반찬봉사를 하거나 재활원의 장애인 돕는 활동이었다. 위로부터 명령과 비난을 들었던 아이들과 내가 주체가 되어서 도움을 줄 수 있다니 몸은 힘들어도 마음은 뿌

듯했다. 또, 봉사를 통해 나와 아이들의 마음에 감사와 풍요로움을 만들고 싶었다. 그렇게 되면 현실을 견딜 힘이 생길 것만 같았다.

그러나 상황은 별반 달라지지 않았다. 설거지하다가 유선전화를 재빨리 못 받거나 작은 실수에도 소리를 지르는 시부모에게 무릎 꿇고 쩔쩔매야했고, 말도 안 되는 억지에도 순종하고 조용히 해야 빨리 끝날 수 있었다. 소화불량에도 잠들 때까지 안마를 해드려야 했다. 새벽부터 시작되는 매일을 버텼고, 따로 살 때나 같이 살 때도 호랑이 시어머니와 시아버지를 정성으로 받들었으나, 육체적인 것뿐만 아니라 감정노동까지 끊임없이 이어졌다. 갓 결혼한 새색시였던 나에게 형제들은 집안 행사며 제사로 모일 때 일하고 있는 내 뒤통수에 '누구네 집 장남 맏며느리가 재산을 독차지했다더라.'는 듣기 거북한 남의 집 얘기들. 그들의 반복되는 공통된 주제…… 그들의 불안을 잠재우려고 나는 더욱 더 노력했다. '나는 그런 사람이 아닌데 왜 저렇게 불안해할까?' 저런 마음이 떠나지 않는 그들의 마음은 얼마나 지옥일까 생각하니 한편으론 딱하기도 했다.

부모님은 갓 결혼 후 수시로 예고한 대로 세 집에 재산분배를 끝냈다. 부동산을 칼같이 자를 수는 없었기에 당신들

나름의 공평의 저울을 기준으로 분배를 끝냈다. 어머니가 다른 형제에게 더 주고 싶어 하기에 그러시라고 한지 얼마 되지 않아 어머니는 바로 실행에 옮겼고 동서는 사실을 안 뒤 내게 전화 했다. "형님이 더 주라고 했어? 왜 그걸 다 주라고 했어! 하나만 줬어야지!" 라는 말을 했다. 신기했다. 세 집 모두 적지 않게 받았고 누구의 것도 아닌 시부모의 것이었다. 어머니의 결정이지 나와 동서는 영향을 끼칠 자격도 이유도 없다는 말로 통화를 끝냈다. 사실 그때 어머니의 요청으로 찻길 건너에 있는 새로 생긴 마트 구경을 다녀오던 중이었다. 양손에는 짐을 들고 있어서 어머니께 앉아서 쉬시라하고 떨어져서 통화를 했다. 행여 동서의 화난 목소리를 듣고 어머니가 속상해 할까봐서다.(동서를 배려했지만 아랑곳 하지 않은 것들이 떠올라 훗날 분노는 활활 타올랐다.)

가출을 하게 된 이유는 이런 괴리감 때문이었다. 그동안 힘든 것들을 버티며 벼랑 끝을 걷는 곡예를 한 것이 한순간에 무너졌다.

'왜 힘에 부칠 정도로 참았을까?'

결국 '참을 인'은 나를 더 옥죄었고 더 지치게 만든 것이다.

나와 완전히 다른 생각을 가진 사람들과 끝도 없는 전쟁을 언제까지 참을 것인가!

이 글을 보는 당신에게 당부하고 싶다. 만일 부모님이 돌봄을 받게 되었다면, 얼굴을 붉히는 한이 있더라도 초기부터 세세한 부분까지 함께 나누길 당부한다. 당장은 마음이 힘들겠지만, 이후에 닥칠 많은, 그리고 더 큰 문제가 발생 되는 것을 막을 수 있을 것이다. 참아야 할 것이 있다면 혼자가 아니라 나눠서 참아야 한다. 그들은 내가 참은 것을 알고 싶어 하지도 않을 것이고 그들의 본능적인 자기방어로 인해 나의 고통을 절대로 모를 것이다. 그것이 분란을 일으키는 것이 아니라 전쟁을 막는 길임을 알게 될 것이다.

아버님이 아프신 후, 두 분은 다른 분들에 비해 연세보다 더 늙게 되었다는걸 해마다 느끼게 되었다. 두 분은 다른 노인들에 비해 스트레스나 걱정거리도 없었고, 타인의 눈치를 볼 일도 없었으며 '갑'의 역할에 충실했다. 그리고 두 분은 사소한 일 하나까지 스스로 해결할 마음보다는 아랫사람에게 시키는데 더 익숙했다. 그것들이 두 분의 노화를 촉진 시켰다는 것을 뒤늦게 알게 되었다. 어머니가 원하면 어디든 동행해야 했으며 시키는 일들을 즉시 해내야 했고, 잃어버리지 않았어도 잃어버렸다고 하는 소지품들을 식당이나 찜질방 은행 그리고 병원으로 찾으러 다녀야했다. 새로운 시대에 맞춰 휴대폰을 바꾸라는 동서의 말을 듣고 어머니는 나에게 휴대폰을 바꿔달라고 했다.(그분은 당시 폴더폰이었어도 서툴다며 문자를 보낼 수도 확인할 수도 없으니 수시로 불러 해결해 달라고 하셨다.) 우려한대로 밤낮없이 불려 다니면서 원하는 즉시 그때마다 문제를 해결해 드려야 했고, 결국 적응하지 못하고 휴대폰을 탓하는 어머니를 위해 또다시 새로운 폴더폰으로 바꿔드려야 했다.(유행에 따라 옷을 바꿔 입으셨기에 기계도 바꾸면 되는 것으로 간단히 여긴 듯했다.)

습관처럼 도둑맞아 없어졌다는 확신으로 발칵 뒤집으면 아닌 것을 알면서도 그 물건들을 찾아 헤매야 했고, 그것을 찾아드리거나 제자리에 있다는 것을 확인시켜드려야 했다. 나에게 분명히 주었으니 돌려달라는 얘기에 그 물건을 언제 어디서 무슨 상황에 돌려드렸다는 사실을 두 분의 기억 속에서 끄집어내야 했고, 24시간 동안 켜져 있던 텔레비전에 문제가 생기면 제대로 나올 때까지 일분일초도 편할 수가 없었다. 그리고 어머니의 수십 번 수백 번의 반복되는 이야기를 맞장구치며 마치 처음들은 듯 응대해야 했다. 그렇지 않으면 눈빛과 말투와 행동이 달라졌고 결국 나와 아이들이 시달렸다. 결국 몸은 더 바쁘고 참으면 참을수록 나와 아이들의 마음은 돌보지 못하게 되었고 두 분의 사소한 일들을 해결하고 어루만질수록 이상하게 상황은 더 악화되었다.

모든 것을 쏟아 부었기에 다른 가족으로부터의 섭섭한 마음은 차곡차곡 쌓여 비워내기 힘들었다. 비단, 치매를 앓고 있는 아버님만의 문제가 아니었다. 치매가 아님에도 불구하고 이런 일은 이미 결혼직후부터 계속되는 일이었다. 어른에게 원하는 것을 주문하고 투정하는 자식과 그 말을 듣고 걱정하는 부모 그리고 다시 떠안고 뒤처리하는 또 다른 자식의 모습은 역할이 정해진 듯 각자의 자리에서 톱니바퀴가 되어 따로따로 돌고 있었다.

3 장

상 처 그 끝 에 서 ...

주홍글씨

계단을 내려간다. 아직도 떨린다.

1층으로 내려섰다. 호흡을 가다듬는다. 고개를 숙이고 휴대폰을 보는 척 한다. 얼굴은 휴대폰을 향하지만 느껴지는 시선은 따갑고 가슴은 뛴다.

오른쪽엔 슈퍼, 그 다음엔⋯⋯

이젠 적응할만할 텐데, 나는 아직도 그들의 시선이 두렵다.

저 사람들은 얼마 전까지만 해도 나에게 입에 침이 마르도록 칭찬을 했었다. '세상에 둘도 없는 효부'라고 했던 사람들이다. 그렇지만 지금 그들은 나를 '세상 둘도 없는 나쁜 년'으로 본다. 남의 일, 남의 말은 쉽게들 한다.

얼마 전 어머니 친구를 신호등 앞에서 마주쳤다.

인사하려고 눈을 맞추니 싸늘하게 고개를 돌려버린다.

또 다른 어르신은 나를 보자마자 위아래로 험하게 훑어보신다. 그분 인상을 보고 놀랐다. 온화했던 기억 속 그분이 아니다. 처음 보는 표정. '착각했나? 다른 분인가?' 그러나 아니다.

견뎌야 한다. 내가 원한다고 상황은 안 바뀐다.

마음속으로 당당하려고 애쓰지만, 잔뜩 움츠러든 나는 큰길로 나서지 못하고 골목길로 숨어든다.

얼마 전 아들과 함께 장을 보러 나갔을 때, 엘리베이터에서 내린 아들이 "대체 저 사람들 왜 저러지? 엄마 바로 뒤에서 손가락질하면서 일행한테 조용하라는 시늉을 하잖아! 왜 엄마가 무슨 잘못을 했다고 손가락질이야! 왜 엄마가 저 사람들 앞에서 고개 숙이고 죄인처럼 다녀야 하지? 엄마가 고생한 걸 저 사람들은 알지도 못하면서 왜 저래?" 한참 혈기왕성한 아들은 펄펄 뛰며 속상해 했다.

"신경 쓰지 마, 시간이 지나면 해결 될 거야. 언젠가는 괜찮을 거야, 버텨 내자."

그러나 그렇게 말했던 난 그날 밤, 잠을 이룰 수가 없었다.

우리 동네에는 어르신이 많다.

이곳 토박이도 많고 아파트가 들어서면서 이사 온 분들도 있지만, 아직 어르신이 많은 비중을 차지한다. 나는 어르신들 사이에 유명인이 되어버렸다.

버티기로 했지 않은가! 안간힘을 쓰고 있지 않은가! 당당해야 한다. 그래야 내 뒷모습을 지켜본 아이들이 상처를 딛고 당당히 일어설 수 있다. 언젠가는 내 스스로 큰길로 나설 수 있는 날이 올 것이다! 내가 원하지 않았을 때도 그들은 나에게 '효부' 명찰을 멋대로 달아주었고, 이제 그들 맘대로 낙인을 찍어놓았다.

나는 어느새 두 분의 며느리이면서 '동네의 며느리'가 되어있었다. 이번에도 내 잘못인가? 늘 그랬다. 내 잘못이 아니었어도 내 잘못이라고 하면 당장 순간을 넘기기에는 편했다.

만일, 저 사람들이 내 하루하루를 알게 된다면 어떤 색깔의 글씨를 새겨줄까? 과연 그런 글씨를 새겨줄 자격이 그들에게 있는 것일까? 머릿속에서 복잡한 생각들이 매순간 충돌했다.

내가 남편과 시부모를 높이면 나 또한 그런 대우를 받을 것이라 믿었다. 착하고 완벽한 며느리, 완벽한 아내로 살기 위해 노력했다. 착한 끝은 있다고 여겼다. 그러나 내가 그들을 받들어도 나는 더 밑으로 밑으로 가라앉았다.

간병기간이 되어서야 두어 번 어머니가 말했다. "내가 너를 얼마나 생각하는지 아니?" 내가 그 분에 대해 말하는 것이 내 눈으로 비춰지는 오해일 수도 왜곡일 수도 있다는 생각을 25년 동안 해봤다. 그것이 나를 압박했다. 그러나 그분을 겪을 때마다 드는 소외감 자괴감 비참함은 사라지지 않았다. 그분은 무리한 일을 시켜서 내가 고통스러워하는 모습을 곁눈질로 보며 웃음을 흘렸고, 혹여 참고 참으며 고통이 내비쳐지지 않으면 인신공격도 마다하지 않았다. 그분의 역사가 어떻기에 그럴까? 그분의 뇌와 마음이 아파서 일거라고 생각하려고 애썼다. 그러면 순간은 참을 수 있었다. 그 자리에 내 몸은 있지만, 나는 거기에 없다고 여겼다. 그러나 마음은 편치 않았고 나 또한 내 마음을 휘젓고 함부로 사용하도록 스스로 나를 놓아버린 것이다.

한톨의 용기 충전완료

이제 그토록 내가 원했던 것에 집중해보자.

나이? 상관없다. 새롭게 태어날 것이다. 마음이 원하는 길을 선택 할 것이다! 이제 스스로 선택할 수 있는 삶이 되었다. 이제는 나의 삶이 시작된 것이다.

벌써 아버님의 간병을 그만둔 지 1년이 지났다. 이제 벗어나도 무방하지만 그들과 비율대로 의무를 지고 그중에서도 나와 남편이 가장 많이 하고 있다는 것에 의미를 두자. 이제는 아이들에게 고통을 전하지 않기 위해 노력해야 한다. 마음이 급해졌다. 말이 아닌 행동으로 성과를 만들어야한다.

나비가 고치를 벗고 나와 날갯짓하고 공기를 가르고 활공하듯, 난 이전의 모습에서 탈피하려고 한다. 내 아이들에게 강한 엄마의 모습을 보여주고 싶다. 이전의 나는 시키는 일을 억지로 하는 노예였다. '노예는 모든 권리를 빼앗기고 남의 소유물로 부림을 당하는 사람. 인격의 존엄성마저 저버리면서까지 어떤 목적에 얽매인 사람'이라고 사전에 나와 있다.(출처. 네이버사전) 어느 것 하나 틀린 말이 없다. '인격의 존엄성마저... 어떤 목적에 얽매인 사람'이란 말이 내 머리에서 떠나지 않고 있었다. 이제 나는 인격을 되찾고, 내 스스로 판단하며 행동한다. 아이들도 그런 삶을 살길 간절히 바란다.

새벽에 눈뜨면 흘러간 세월에 보상이라도 받고 싶은 듯 딸아이가 쓰던 낡은 백팩을 메고 못다한 미래를 위해 도서관으로 아르바이트 장소로 달려간다. 과거에 무언가를 배우려고 등록하고 시도하면 수업을 두 번 이상 받지 못하고 결국엔 어머니의 전화에 쩔쩔매며 집을 향해 뛰어가는 며느리로 돌아갔다. 더는 안절부절하며 살지 않을 것이다.

어느 날, 나는 타라웨스트오버의 《배움의 발견》을 읽으며 통곡했다. 나와 완전히 똑같지는 않지만, 그녀의 마음이 깊게 와닿았기에 한 자 한 자 다가오는 모든 게 아픔으로 소용돌

이쳤다.

1년이 지난 지금은 케이크 디자이너와 제과 자격을 취득했다. 지난 25년을 보상이라도 하겠다는 듯 24시간이 부족하게 내 삶을 내 것으로 만들고 디자인하고 있다. 매일 내 미래의 모래성을 쌓고 허물고를 반복한다.

이 나이에. 만일 아버님 간병을 하지 않았다면 아직도 시키는 일만 하는 노예로 생을 마감했을 것이다. 고통 속에서 바닥을 치고 발버둥 쳐본 뒤 그토록 원하던 남들이 말하는 지루하고 평범한 일상이란 걸 얻게 되었다.

이젠 하루를 온전히 나를 위해 사용하는 날들이 많아졌다. 누군가 내린 결정에 끌려가지 않을 용기와 여유도 생겼다. 소중한 아르바이트 덕분에 아픈 기억도 몰아낼 수 있었다. 남는 시간에는 도서관에서 이 글을 썼고 독서도 했다.

없는 책은 신청하면 새 책을 가장 먼저 빌려볼 수 있는데 그 재미도 쏠쏠하다. 곳곳에 있는 수업과 무료 특강을 찾아다니며 느낀 것은 그사이 세상이 바뀌었고, 찾아보면 여러 가지 기회가 있음에 놀라게 되었다.

지금 이 글을 보고 있는 당신이 치매 간병을 하고 있을 수 있다. 어떤 이유에서든 치매 간병을 하고 있다면, 절망하지도 아파하지도 않길 바란다. 행운과 불행은 함께 온다고 했던 말이 있다. 어떤 불행이든 불행으로 끝나기 위해 닥치는 것이 아니다. 과정은 고통스럽지만 그것이 결과적으로 나와 대면하고 성장시키는 밑거름이 된다. 나를 넘어뜨린 돌부리가 나에게 준 상처를 기회로 만들고 딛고 일어나게 할 것이다. 당신이 젊은 시절에 어떤 모습으로 지냈는지 돌아보지 말고 지금 이 순간 나는 어디에 있고, 뭘 원하고, 어떻게 남은 삶을 살지 생각할 시간을 가지길 바란다. 한 치 앞을 모르는 삶이지만 나와 남을 이롭게 하는 일을 찾으라. 자신과 연결된 타인과 전혀 연결되지 않는 이들을 동시에 생각하라. 결코 그중 하나라도 포기하지 않길 바란다.

전에는 모두를 위한 일을 어떻게 찾아낼 수 있을까 고민했다. 그러나 나 또한 노력하고 찾고 있다. 나와 타인을 위해 노력하는 당신의 일분일초를 소중히 담아내길 간절히 바란다.

이후의 가족관계도

아버님이 치매에 걸리니까 어머니는 급한 마음인 듯 했다. 어머니는 "5년도 못살고 아버지가 갈(?) 것"이란 말을 자주 했다. 나는 그럴 때마다 걱정 말라며 친정의 할머니는 20년 가까이 치매라고 말했다.(2019년 9월 25일 소천하셨다.) 인간의 생명은 예측 불가능하다. 그것은 신의 영역이다.

어느 날 모두 모였을 때 사진을 찍자며 온 가족이 가족사진을 찍게 되었다.

그날따라 유난히 면도해 드리기 어려웠다. 더 멋지게 해드리려고 욕심을 부리니 잘 안 되는 것 같았다. 아버님의 수염은 하루만 깎지 않아도 반짝이며 길게 자라났다. 매일 깎지 않으면 다음날 더 깎기 힘들어진다. 그날은 매일 깎았음에도 이상하게 잘 안되었다. 아버님 피부는 주름이 가득해서 왼손으로 주름을 펴가며 오른손으로 조심히 앞뒤로 밀지 않으면 순식간에 상처가 생긴다. 이때 면도기를 조금이라도 옆으로 밀면 다치게 된다. 게다가 아버님 피부는 얇고 여렸다. 아버님은 면도하는 것을 평소에도 싫어했지만, 그날은 면도기 잡은 내 손을 여러 번 잡아챘다. 그러다가 순식간에 턱밑에 빨간 줄이 생겼다. 사진을 찍어야 하는데 상처가 생긴 것이다. 하필 사진 찍는 날 이런 일이 생겨서 속이 상하고 불안한 마음에 갑자기 서러워졌다.

사진관에 도착하니 형제들 가족은 옷을 입느라 정신이 없었다.

모두 한복과 단체복으로 바꿔 입으며 한껏 멋을 부리고 몇 컷의 사진을 찍을 준비에 정신이 없었다. 그들의 머리 모양은 옷이 바뀔 때마다 손질하기 바빴고, 아버님과 난 그 광경을 구경했다.

나는 아버님에게 오랜만에 양복을 입혀드리면서 눈물이 쏟아져 곤욕을 치렀다. 늘 정갈하게 머리를 빗고, 실크 셔츠나 와이셔츠를 입고 양복바지를 입으셨던 아버님이다. 어머니 말에 의하면 운동복을 극도로 싫어하셨기에 어머니 차림도 단정하게 입도록 잔소리를 했다고 한다. 그렇게 입었던 분이 이제 일상복은 내의가 되었고, 외출복은 운동복이 되었다. 사진을 찍는 내내 아버님은 온화한 웃음을 지으면서도 목소리는 떨리는 듯 "영정사진 찍는 거야?"라는 말만 되풀이 했다. 다들 예쁘게 나오려고 한껏 단장하고 있는데 아버님은 영정사진이란 얘기만 반복할 뿐이었다.

형제들은 시부모님을 모시고 나가서 점심을 사드렸다. 시누이는 아버님의 치매 후 시어머니와 찜질방을 다니거나 마사지를 받으러 다녔다.

어머니가 실버센터 가는 날과 겹쳐 마사지를 못하게 되면 수업이 끝난 어머니를 태우고 오는 길에 치매안심센터를 방문해 수업 끝나는 아버님을 태우고 점심을 사드렸다. 매번 올 때마다 이왕 주차도 했으니 건물 안으로 들어와서 아버님 담당 선생님도 만나고 인사도 한 번 하면 좋으련만 운전석에 앉아서 내가 아버님을 차에 태우는 모습을 사이드미러로 지켜보고 있었다. 어머니도 본인의 기억력 검사 말고는 내가 가출하기 전까지는 치매센터에 들어오시는걸 꺼려했다. 보호자분들 모임에 같이 참여하자고 말해도 생각이 없다며 당신은 실버복지관에서 취미생활하는 게 더 좋다고 말을 돌리셨다. 그럴 때마다 난 여간 섭섭한 게 아니었다.

치매 가족, 특히 주 보호자의 현실은 사회에서 말하는 것보다 훨씬 고립되어있다.

남이 아닌 같은 부모의 자손인 형제자매 안에서도 무인도에 갇힌 느낌이 들 때가 많았다. 같은 자식이어도 함께 사는 자녀와 따로 떨어져 사는 자녀의 상황은 완전히 다른 나라와 같았다. 행여 다 같이 만나 식사라도 하게 되면 부모님과 전혀 상관없는 얘기가 오고 간다. 그들은 그렇게 이전의 부모를 대하듯 투정도 자랑도 넉넉히(?) 했다.

하루는 모임을 끝내고 차에 타는 어머니의 표정이 좋지 않았다. 집으로 돌아가는 차 안에서 어머니는 결국 참지 못하고 자신이 주인공이 되지 못한 자리였던 것에 억울해 했다.

"부모는 밥을 먹는지 마는지 신경도 안 쓰고 지 새끼 자랑만 늘어놔! 못된 것들! 다 키워봐야 소용없어!" 다른 자식들 앞에서는 한마디 말도 못하고 차에 타서야 불평을 하는 어머니를 보니 기가 막혔다.

바로 그때, 아이들 어릴 때 생각이 떠올라 눈시울이 뜨거워졌다. 잠시도 내가 아이들에게 신경을 쓸 틈을 주지 않고 아이들과 경쟁하던 어머니였다. 아이들도 어렸고, 어머니도 어렸다.

　아이들 초등학교 저학년, 어머니로부터 칭찬받아야 마땅한 일에도 부정적인 말을 들어야 했던 가슴 먹먹한 기억이 떠올라 돌아오는 차안에서 내내 눈물을 닦아야 했다.

혼란 속에서 찾은
마음의 평화

가장 고통스런 고문.

배고픔, 졸음, 생존과 관계 된 것 중 무엇이 먼저랄 것 없고, 비교 할 수 없을 것이다. 환자를 모시면 앞에서 말한 두세 가지의 고통을 한꺼번에 겪을 수도 있다.

잠을 못잔 경우 특히 괴롭다. 졸리고 몸은 피곤한데 정신은 못 차려서 실수를 하고, 다치기도 한다.

음식을 만들며 두세 가지 일을 동시에 하다가 끓는 냄비를 쏟을 때도 있고, 엉겁결에 손으로 뜨거운 것을 그냥 잡아버려 화상을 입기도 했다. 칼질하다 다치는 것은 예사였고, 급하게 가위질을 하다가 내 왼손을 베어버린적도 있었다. 동시에 여러 가지 일을 처리하니 위태로울 때가 많았다. 게다가 부엌에 있다가도 아버님이나 어머님의 부름에 거실로 방으로 빨리 달려가지 않으면 마음 상해한다. 이유를 막론하고 늘 당신이 가장 급했던 부모님은 잠시도 기다려주지 않는다.

내가 버틸 수 있는 방법은 대 여섯 잔의 식은 커피를 한 번에 마시는 것이다. 커피를 진하게 타서 마시면 눈물이 핑 돌면서 정신이 번쩍 들었다. 내게 커피는 눈을 뜨게 하고 활력을 주는 약이 되었다.

온라인 관련 카페에 글을 올리신 분들을 보면 안타까울 때가 많다. 어떤 경우는 고등학생이 편모슬하 손자와 할머니가 생활을 하는 보호자였다. 낮에는 학생의 어머니가 생업을 위해 나가면, 하교한 고등학생인 손자가 할머니를 케어 해야 한다. 할머니는 살림을 던지고 학생은 거의 실시간으로 글을 올린다. 지금 이런 상황이 벌어지고 있는데 자신은 어떻게 해야 하냐고 다급하게 글을 올린다.

조회 수는 채 5분도 안되어서 수십 회인데 어른들은 해줄 말이 없다. 그 상황을 알기에 나 또한 다른 분들처럼 눈물짓기만 한다. 직접 가서 돕지 않으면 안 되는 상황이다. 간단한 글로서 해결이 안 되는 것이다.

한창 젊음을 누리고 공부해야할 나이에 여친이나 남친 대신 부모나 조부모와 '생존의 밀당'을 하며 기저귀 가는 방법을 찾아야 한다. "알려주세요! 어떻게 갈아요?" 안타까운 글을 보면 당장이라도 어딘지 달려가고 싶은 심정이다. 세상의 고통이 자신에게만 쏟아지는 줄 알고 있었다. 고등학생에게 한없이 부끄러운 순간이다.

다행히 나에게는 좋아하는 음악이 있었다.

하지만, 어머니 앞에서는 그것도 할 수 없었다. 볼륨을 최대한 올린 텔레비전 소리가 하루 종일 왕왕대는 환경이다. 우리만 그런 게 아니라 어르신의 집은 대부분 그렇다. 어쩌다 부모님이 안 계실 때 말고는 음악을 못 켜놓고 입술을 닫고 들릴 듯 말 듯 '허밍'을 했다. 그렇게라도 흥얼거리면 마음이 한결 편해졌다.

치매 4년쯤 간병을 하게 되었을 때는 견디다 못해 동네 합창단 입단할 시기도 아니었는데 무작정 전화해서 매달렸다. 매주 수요일 저녁식사 시중을 들고 약과 기저귀를 채워드리고 하루의 마무리를 한 뒤 잠자리에 눕혀드리고 나면 그날만큼 일찍 들어오는 남편에게 부탁하고 7시에 가서 두 시간 동안 합창연습을 하고나면 숨통이 트일 것 같았다. 어머니가 알면서도 모르는 척 붙들면 남편은 늦었으니 빨리 가라며 알게 모르게 나를 도왔다. 노래는 못하지만 가서 작은 소리를 합하고 듣는 것만으로도 웃을 수 있었고 위로가 되었다.

유튜브도 좋았다. 그러나 부모님이 계실 때는 '그림의 떡'이었다. 신혼 초, 어머님은 내가 일하며 틀어놓은 작은 라디오소리 조차 용납을 못했다. 어쩌다 텔레비전을 틀지 않은 날 눈치를 보며 라디오를 켰지만 그럴 때마다 어머니에게 들키면 그냥 지나치는 법이 없었다. 아무리 작은 소리더라도 켜놓는 것 자체가 어머니는 도전으로 받아들였고, 짜증을 냈다. 온 집안에 유일하게 당신이 틀어놓은 텔레비전만이 24시간 왕왕대야만 했다.

텔레비전도 어머니 발길 닿는 곳곳에 놓여있어야 했고, 덕분에 방에서는 아버님이 보시는 프로와 항상 열린 문을 통해 거실은 어머님이 보시는 프로가 동시에 서라운드로 왕왕대고 있었다.

아버님과 단둘이 있어도 유튜브를 켤 수 없었다.

음악을 틀어놓으면 아버님 역시 경쟁하듯 텔레비전의 볼륨을 올리셨고 '밖에 나가자, 음식을 달라, 등을 긁어라, 발바닥과 발가락을 긁어라' 로 당신의 마음을 알리고자 했다.

그렇다고 전혀 못 듣고 살수는 없었으니 그 시간은 부모님이 깊이 잠든 8~9시경 부터였다. 두 분은 3~4시간 정도 주무시면 거의 뜬눈으로 밤을 새니까 내 시간을 갖기 가장 좋은 시간은 밤 9시~12시 사이였다.

난 유튜브로 다양한 것을 배울 수 있었다.

주로 마음치유와 멘탈 관리, 케이크 관련 영상을 찾아보았다. 정다원, 김미경티비, 혜민스님, 김창옥 강사의 포푸리쇼, 김새해씨의 사랑한스푼, 이수영 롱테일북스 영어원서대표, 체인지그라운드, 법륜스님 등의 말씀을 검색해서 들으며 마음을 다스리곤 했다.

정다원 원장은 내 고통의 99퍼센트를 차지하는 시월드에 대한 해답을 찾게 하는 유튜버이자 강연자이다. 그분의 강연은 시월드와 맞서지 않으면서 지혜롭게 관계를 풀어갈 수 있는 열쇠를 찾게 해주었다.

한동안 김창옥 강사의 강의도 들었다. 더 많은 지식을 가진 석학들의 강연도 좋지만, 나와 비슷한 상처를 경험한 분의 강연은 가슴을 울리며 나도 견뎌낼 수 있을 거라는 현실적인 희망이 생긴다. 그분은 강의를 전공한 것도 아니고 공업고등학교를 거쳐 성악을 전공했다. 그리고 해병대를 다녀온 다른 강연자와는 공통점을 전혀 찾을 수 없는 생뚱맞은 이력이다. 그러나 그런 발자취가 그분의 자산이 된 것 같다. 삶이 순탄치 않았기에 여자 형제가 많은 환경과 가진 재능이 융합해 멋진 말솜씨와 강의로 승화시켰을 것 같다.

이수영 영어원서전문가도 이미 대학생 시절부터 책을 만들며 사서 고생하고 열심히 사신 분으로 '흙수저' 관련을 검색해서 강의를 듣고 있노라면 도대체 난 젊어서 뭘 했던가 생각하게 될 정도다. 영어뿐만이 아닌 다른 영상을 통해서도 자산관리 경제나 자녀교육, 그리고 삶을 바라보는 자세에 대해 배우게 되었다.

김새해씨 역시 여리여리한 외모와 달리 많은 경험과 고통으로 단련된 분으로 그녀의 거친 손은 지난 삶을 충분히 담고 있었다. 그분의 유튜브 역시 나에게 큰 힘이 되었다. 디멘시아뉴스를 제공해 주시는 분은 내가 가입한 치매가족카페에도 큰 도움을 주시는 고마운 분이다. 우리가 이해하지 못하고 헤매고 있을 때, 이론적인 배경과 원인을 찾게 해 주었고, 마음을 다스릴 수 있는 좋은 말을 해주신 분이다.

이외에도 홍정한TV, 파이팅 이효찬, 세바시강연, 포프리TV, 닥터U 등의 유튜브나 책을 보고 힘을 얻곤 했다. 이분들은 내가 지칠 때 위로와 힘을 주신 분들이다.

주 보호자들은 많은 고통을 겪고 흔들리고 있다. 유튜브라도 틀어놓고, 마음을 다독인다면 조금은 치유를 받고 살아갈 힘을 얻지 않을까? 긴 세월 동안 나를 버티게 해준 것이니 당신의 취미나 관심분야를 검색해서 힘과 위로를 얻게 되길 바란다. 어떤 방법이라도 나와 환자를 위한 것이며 긍정적 도움되는 것을 필사적으로 찾길 바란다.

매일 하루만 버티자고 스스로를 다독이던 난 결국 결혼 25년 만에 난생 처음 가출을 했다.

2018년 6월이던가. 아버님 손을 잡고 치매 센터에서 운동치료(운동치료시간에는 아버님이 아무것도 안 하려고 해서 내가 손잡고 세심히 도와드려야 한다)에 다녀오다가 한 통의 전화를 받았다. 늘 그렇듯 어머니나 남편이 시작만 하고 정작 뒤처리는 나에게 맡겨지는 일들이 순조롭지 않아서 힘들 때가 많았다. 전후 사정 따질 겨를 없이 상대방이 소리 지르고 욕하기 시작했다. 택시를 타기 위해 인도와 차도의 경계에서 전화 받기 곤란할 정도로 위험한 상태였다.

날씨는 더워지기 시작했으며 아버님은 한 손만 잡은 상태라 전화를 당장 끊어야 했다. 휴대폰을 들고 남은 한 손으로만 아버님을 잡으니 넘어질 듯 했고, 택시는 안 잡혔고, 수화기 너머에서는 욕을 하고……

순간, 난 끝닿은 절벽 위에서 떠밀리는 느낌이었다.

그동안 어떻게 참았는지 이해하지 못할 정도로 참았던 울음이 터지면서 무너져 내렸다. 아버님을 모시면서 이날처럼 숨 막힌 적은 없었다.

순간 그날 찜질방과 마사지를 받으러 간 어머니와 시누이가 떠올랐다. 싸늘한 눈빛과 냉담, 그리고 서비스 센터 사건이 생각났다. 그들에 대한 분노를 겨우 누르고 호흡했다.

더 이상 내 미래를 볼 수 없었고, 숨을 쉴 수도 없을 정도로 죽을 것 같았다. 어떻게 도착했는지도 모르게 아버님을 요양사와 3시간의 드라이브에 보내드리고 난 뒤 휴대폰을 꺼내 들었다. 평소와 다르게 주저 없이 남편 번호를 찾았다. 25년간 시부모 눈치를 보느라 남편에게 큰소리 한번 못 내본 나는 전화해서 처음으로 소리 질렀다. 그리고 그길로 옷가지 하나 챙기지 않고 집을 나왔다. 계속 진동하는 휴대폰을 받지 않고 꺼버렸다. 남편과 아이들과만 연락했고, 어리게만 보았던 아이들은 제법 어른스럽게 말하며 그동안 고생 많았으니 마음편히 충분히 쉬라고 했다.

부모님의 안전을 위해 설치한 사업장 CCTV에 비춰지는 어머니의 모습은 불안해하며 아무것도 손에 안 잡히는 것 같았다. 평소와 다른 어머니는 전화를 하거나 누워서 멍하게 천정을 보고 있었다. 아버님은 수염이 덥수룩했으며 두 분은 동서네집에서 주무시고 아침에 사업장에 도착해서 점심은 자장면이나 떡으로 때우고 요양사와 아버님의 외출이 끝날 때까지 어머니는 이전과 달리 그대로 누워 눈만 껌뻑이고 있었다. 주무시는 것도 아니었으며 얼굴에는 근심이 가득했다.

지켜보는 내내 내 마음은 통쾌했어야 했다. 나에게 머슴, 노예, 마사지사, 가정부, 반찬 만들어 피붙이들에게 배달하는 일, 염색하는 미용사, 수리공, 농사꾼, 운전기사, 감정의 쓰레받이, 요양사 역할을 맡기고 아버님까지 맡기고 꽃단장하고 돌아다닌 분. 그런데 폐업한 빈사업장으로 들어오는 두 분의 쳐진 어깨를 보면 마음이 흔들렸다. 미움이 컸지만 이제 아버님은 약자다. 그러나 다시 인간답지 못한 삶으로 돌아가고 싶지 않았다. 집을 나가서도 끝없는 고민 속에 빠졌다.

결국 남편이 말해준 곳에 가서 마음을 진정시키기 시작했다. 개인실에 틀어박혀 꼼짝 않고 웅크리고 며칠 동안 울고만 있었다. 시간이 지나면서 조금씩 뜰 안을 산책을 할 수 있게 되었다. 그곳은 휴대폰이나 인터넷을 사용하지 못하게 되어 있어서 차츰 나를 괴롭히던 고통에서 벗어날 수 있었다. 그나마 다행이었다.

가족심리

사람들의 생김새가 다르듯 가족의 모습도 다양하다. 한 가정을 보면 그 부모와 조부모, 조상 대대로 그들의 살아온 흔적을 보고 현재 자손의 모습으로도 미래를 미루어 짐작할 수 있게 된다.

한 집의 역사가 치매이신 부모님을 케어 하는데 영향을 주기도 한다. 특히 주 보호자가 며느리인 경우 간병을 하면서 가족 역사에 대한 궁금증이 생길 수밖에 없다. 그들의 심리가 궁금해졌다. 왜 저들은 나를 상하관계로 보는 것일까? 왜 그들은 가족의 배려보다는 자신들의 계산만을 떠올릴까?

난 가족 심리 관련 책을 닥치는 대로 읽기 시작했다.

《가족의 발견》,《가족의 두 얼굴》,《항상 나를 가로막는 나에게》,《고민이 고민입니다》 등 최근 내가 읽은 80퍼센트의 책들은 심리 관련 책들이었다. 왜일까?

부모의 양육태도와 형제의 출생 순위까지 밀접하게 관계된다는 걸 알게 되었다. 형제의 출생순위와 양육태도로 인한 경쟁구도가 평생 가족관계를 결정한다고 해도 과언이 아니라는 것을 알게 된 후, 형제 심리에 관한 논문도 찾아보았다.

의문이 조금씩 풀리는 듯했다.

부모님, 남편은 왜 그런 것인지, 형제들에 대해서도 조금씩 이해 할 수 있게 되었다.

어느 날 아버님이 건강했을 때였다. "내가 애들을 키울 때는 동생들이 잘못한 것이 있어도 무조건 장남을 야단쳐야 하는 건줄 알았어. 난 그렇게 키웠는데 라디오에서 전문가 하는 말을 들어보니까 '장남의 자존심'을 세워줘야 한다더라. 그러냐? 너는 어린이집 원장이니 그런 걸 배워서 알고 있지?" 아버님 말을 듣고 나는 가슴이 먹먹해져서 내가 모르는 남편의 과거들을 그려보았다. 그리고 남편의 양육 태도에까지 생각이 미쳤다. 내가 아무리 듣기 좋은 말로 포장해서 답하더라도 아버님은 가슴 아플 것이 분명했다. 그날 난 아무 말도 할 수 없었다.

그리고 이해할 수 없었던 어머니가 딱해지기 시작했다. 이해하고 불쌍하니 잘해드리게 되었다.

이럴 때 더 위험함을 깨달았어야 했다.

문제가 발생했다. 그분은 본능적으로 체화된 대로 나의 약한 마음을 알고 더 많은 것을 요구하는 것이었다. 항상 반복되는 그런 패턴을 끊어낼 수 없었다.

내가 견디다 못해 가출하고 남편 요청대로(남편의 의도는 내가 없는 빈자리를 온 가족이 절감해야 반성하게 될 것이라는 예측이었지만 결과적으로는 빗나갔다.) 가출 뒤에 형제들을 만나는 첫 대면에서 시동생이 했던 말이다. 아직도 나를 뚫어버릴 듯한 날카로운 시선이 잊히지 않는다.

"형수님이랑 조카들은 어머니를 그렇게 싫.어.하.는.데. 앞으로 단 하루도 못살지 어떻게 살 수 있겠어요? 불가능한 일이 아닌가요?" 얘기를 듣고 기가 막혔다. 나는 그들과 소통을 원했지만, 그들은 전쟁을 원한 것 같았다.

내가 부모님과 함께 산 짧은 신혼 기간을 제외하면 16년이다. 그간 지지고 볶으면서 살았던 우리의 노력과 고통의 세월을 그는 감히 같.이.못.산.다. 와 싫.어.한.다.는 말로 평가절하 해버렸다. 고통의 원인에 중심을 둔 것이 아니라 굵고 또 렷한 선을 그어버렸다. 순간 나를 가족으로 생각하지 않았었 다는 것을 깨달았다.

어쩌다 가끔 전화 한 통이나 밥 한 끼 식사로 끝내고 푸념 과 자신의 피곤을 강조하며 쉬겠다고 파장 분위기를 만들던 그가 이런 말을 할 자격이 있는지 의문스러웠다.

부모님을 모시며 일했던 나보다 힘들단 말인가! 난 퇴근 후에도 옷 갈아입을 새 없이 저녁밥 해드리고 어머니의 일들 (내가 퇴근하기만을 기다려 내가 들어올 시간에 딱 맞춰 일거리를 현 관 앞에 벌려 앉아 기다리셨다.)을 뒤치다꺼리 했다. 시부모님의 성화에 주말에는 지방 두 곳의 밭농사를 지으러 다녀야 했 다. 모든 일을 끝내놓고 밤늦었으니 새벽같이 출근해야 하는 내가 좀 자려고 하면 그때부터 또 어머니는 나를 붙들고 나 물이나 야채를 다듬고 김치를 담고 콩을 삶아 메주를 만들게 하거나 신세 한탄을 시작했다. 내 뒤통수에 대고 모진 말을 하고 아이들을 단 한 번도 업어 본적 없던 어머니가 말이다.

외출 전 내 입단속도 확인해야 했다. 취미생활 하러 가면 서도 "아줌마들이 와서 나 어디 갔냐고 물으면 아파서 병원 갔다고 해라." 당부하고 발길을 돌렸다. 한편으로 생각하면 몸은 편할지라도 머릿속에는 아버님을 담고 다녔을 거란 생각에 밉지만 미워할 수만도 없는 여러 마음이 교차했다.

그렇게 말하고 가는 어머니의 뒷모습을 쳐다보는 나는 불쌍한 마음 반 야속함 반의 심정이었다. 집안의 어른이 아프시면 주변인의 아웅다웅하는 파장은 커진다.

전해져 내림이 되어 남편과 내게 전해지고 그것이 아이들에게 전해짐을 깨달았을 때, 나에게도 육체에 이어 마음에까지 병이 찾아왔음을 알았다.

어머니는 작은 스트레스 상황에 놓여도 밖을 향해 풀었다. 그분은 약자인 아이들에게 소리 지르고 욕을 하며 짜증난다는 말을 노래하듯 내뱉곤 했다. 그 짜증은 다시 아래로 아래로 향했고 주거니 받거니 모두를 전염시켜 버렸다. 어른들의 복잡한 세계를 너무 일찍 알게 된 아이들의 표정은 어둡고 지쳐있었다. 아이들의 모습에서 나를 발견하니 내 탓인 것 같았고 가슴이 무너져 내렸다. 부모님과 함께 살았음을 후회하는 게 이 부분이다.

치매 가정이건 아니건, 건강하지 못한 가족의 구성원이 있다면, 그들을 먼저 치유해주어야 한다. 만일 당사자가 치유할 의지도 없고 계속되는 불안정한 정서 상태라면 더 이상 영향을 끼치기 전에 하루빨리 벗어나야 한다.

말뚝에 묶였던 코끼리가 줄이 풀어져도 도망가지 못한 것
처럼 나는 한 곳을 맴돌며 바보놀이를 하고 있었다. 내 몸과
내 마음은 이미 내 것이 아니었다.

마음을 쓰다듬다

인간은 좋았던 과거보다는 나빴던 기억을 더 많이 남긴다고 한다. 어린시절의 난 별로 행복했던 기억이 없다.(물론 좋았던 시절도 꽤 있었을 것이다. 그러나 고통스런 현실 속에서의 난 나쁜 기억만을 되새김질할 뿐이었다.)

이유를 알고 싶었으나 행여 부모님의 마음을 아프게 할 까봐 묻기도 두려웠다.

아버지와 어머니는 빠듯한 살림에 고생했고, 아버지는 대가족을 이끌고 있는 가장이었다. 일본 와세다 대학 유학까지 다녀오신 할아버지였지만 불행이 겹쳤고 병환과 전쟁으로 가세가 기울어 버렸다. 고모들은 결혼했거나 학생이었고 현실적으로 경제활동이 가능한 자식은 아버지뿐이었다.

내 기억에 밑의 고모 두 분이 중고등학교에 다니셨다. 아버지는 최선을 다했지만, 아직도 고모의 대학 뒷바라지를 못한 것에 가슴 아파하고 있다. 그러나 직장에 다니면서도 그 이상의 학업을 마쳐 부모님은 더 미안해하고 고마워했다. 훗날 이 가슴 아픈 친정 사연도 시어머니의 잔인한 말장난 소재가 되었다.(느닷없이 싱크대 앞에서 일하고 있는 나에게 다가와 "니 고모들 막내만 빼고 다 못살지?" 라는 말을 해 어리둥절했다.)

아버지는 걸핏하면 우릴 때렸고, 엄마는 아버지 뒤에서 맞는 우릴 보고 눈물을 글썽였다. 어떤 날은 의자 다리에 고무줄을 묶고 놀고 있었는데 느닷없이 정수리가 깨지는 듯한 아픔을 느껴서 올려보니까 나사를 조이는 드라이버 손잡이로 내 머리통을 때린 것이다. 꽤 큰 드라이버 손잡이는 무겁다. 그리고 아버지는 독한 말로도 스트레스를 풀었다. 나는 당장 죽어야 하며 살 가치도 없었다. 아무것도 모르는 나이에 나는 죽음을 생각했고, 존재할 이유가 없다는 걸 뿌리 깊게 심으며 커갔다. 최근에 우연한 계기로 아버지에게 말로 할 수 없어서 문자를 했다. 그토록 하고 싶었던 말을 꺼낸 건데 왜 참기만 했는지 모를 정도로 쉽게 뱉었고, 아버지 역시 진심으로 사과했다. 민망한 내가 농담으로 끝을 맺으면서 가슴 한켠이 아렸다.

나는 누군가의 평가로 나의 존재 의미를 찾게 되었고, 인정받고 사랑받길 원했으며, 그렇게 착한 며느리 콤플렉스를 키워나갔다.

그것이 결국엔 결혼 후 시월드의 족쇄가 될 줄 꿈에도 몰랐다. 나는 항상 시부모와 남편의 눈치를 보며 살았고, 아이들에게는 최선을 다하는 엄마가 되려고 노력했다. 그런데 칭찬받고 싶었던 내 마음과 달리 늘 그들 밑에 무릎 꿇고 비굴하고 나약한 존재가 되어있었다.

목소리 큰 남편과 싸우면 시부모님이 들을까봐 늘 항상 내가 스스로 잘못한 사람이 되어 전전긍긍하며 입을 닫아버렸다. 늘 나는 시부모님 앞에서 무릎 꿇는 것을 선택했다. 시끄러운 분쟁을 피하고 싶었다. 그러나 그 태도는 나를 더 큰 고통으로 밀어 넣고 있었다.

결혼하면 내 노력으로 행복한 대가족이 가능할 것이라 생각했다. 그러나 시부모님이 원하는 며느리상에 맞추기 위해 안간힘을 썼을 뿐 어느 한 사람의 노력으로 불가능하다는 걸 알았다. 내가 열심히 하면 할수록 결과는 정반대로 향했다. 그토록 노력했던 것들은 모두 '두 분이 원하는 며느리의 모습'이었지 '모두가 행복한 가정의 모습'은 아니었다. 누구나 마음 놓고 쉬고 싶을 때가 있을 것이다. 그러나 집안 어디에서도 마음 놓고 숨을 수 있는 곳이 없었다. 내게 허락된 유일한 나만의 공간은 화장실뿐이었다.

"미래는 여러 가지 이름을 가지고 있습니다. 그것은 약자들에게는 도달할 수 없는 것, 겁 많은 자에게는 미지의 것입니다. 그러나 용감한 자들에게는 그것이 기회입니다."

'빅토르 위고'의 말이다. 이제는 태양이 뜨기 직전 새벽의 칠흑 같은 어둠속에서도 나는 태양이 뜰 것이라 믿고 노력하고 기대한다. 잘못된 삶을 살아왔더라도 돌부리에 걸려 넘어졌더라도 딛고 일어나 다시 걸을 수 있다면 그 기회를 감사히 받아들이기로 했다.

경단녀,[3] 지푸라기 잡고 일어서다

주1회 부모님을 모시고 바람을 쐬드리는 날엔 남편의 목소리에 힘이 들어가 있어서 마치 내가 해야 할 일을 남편에게 떠맡긴 것처럼 내게 죄책감을 요구하는 듯했고, 그의 날카로운 눈빛에 나는 한없이 작아지는 것 같았다.(혼자만의 생각이길 바란다.) 게다가 남편은 내게 이미 '헌신한 지나간 세월은 없어져 버린 것'이란 말을 한 뒤 내 섭섭함은 눈덩이처럼 불어나고 있었다.

그의 말대로 지나간 내 헌신은 사라진 것이다. 더불어 다가온 것은 경제적인 압박이었다. 게다가 우리에겐 많은 대출 이

---

3 경단녀: 경력 단절 여성의 줄임말

자와 오른 세금을 감당해야 했다. 부모님의 생활비와 간병비도 출생순위의 비율대로 분담했다. 어떤 날은 당장 써야 할 만원 한 장도 없어서 쩔쩔맸다. 남편 형제 공동명의로 있던 부동산의 꽤 많은 세금고지서를 어머니는 당시 신혼인 나에게 내밀었고 우리가 그 세금을 내곤 했던 젊은 시절도 증발해 버렸고, 우리가 조금씩 모았던 성과의 흔적도 내놓으라하여 땅으로 집으로 다시 그것을 되팔며 그분들의 큰 그림으로 사라져 버렸다. 장남 부부의 성과를 없애고 날개를 꺾으면 당신들의 손발이 될 거라 믿으셨던 것 같다. 그러나 존중받지 못하고 성취감을 맛볼 수 없던 허수아비 며느리는 그 안에서 더이상 버틸 힘이 없었다.

기억들을 애써 잊으려고 했지만 그것들은 내 기억뿐만 아니라 마음에도 거머리처럼 달라붙어 피를 흘리고 있었다.

결과적으로 내게 남은 것은 작은 해방감과 함께 따라오는 의무뿐이었다. '투잡(two job)'을 뛰면 더 벌 수 있지 않을까 해서 시간을 자유롭게 할 수 있는 일을 찾아보다가 일단 케이크 디자이너를 알게 되었다.

베이킹쪽 일은 젊은이들에 비해 체력, 순발력, 추진력 등 여러 면에서 뒤처지기 마련이다. 우선 돈을 벌어야 했다. 케이크 디자이너의 미련은 있었지만, 상처받은 아이의 심리상담 비용을 대야 했기에 일단 급한 불부터 꺼야 했다. 육체적 언어적 정서적 폭력으로부터 지켜주지 못한 책임 때문이다. 애들 어릴 때도 그랬지만 다 큰 나이에 할머니로부터 뺨을 맞고 뛰쳐나갔을 때 난 부엌에서 부모님 끼니를 준비하느라 무슨 일이 벌어졌는지도 몰랐다. 이제라도 상처받은 아이들을 보듬어야 했다.

무슨 일이든 해야 한다는 압박감에 매일 아르바이트 앱을 열어보았다. 급한 대로 예전과 관련된 일을 찾을 수밖에 없었다. 어린이집에 들어갈 수도 있었지만, 투잡을 위해서는 시간이 자유로운 일이 급했다.

곧 베이비시터를 하게 되었다. 덕분에 예쁜 가족을 만나게 되었다. 몸은 힘들어도 아기들은 예쁘기만 하니 난 누군가를 케어 해야 하는 운명인 것 같았다. 내가 돌보는 아기는 너무 예뻤다. 처음 봤을 때부터 사랑스런 눈빛을 보면 모든 걱정이 사라졌다. 그 예쁜 아기는 하루가 다르게 무럭무럭 잘 자랐다. 몸은 힘들었지만 마음만은 다음날이 되길 기다렸다. 9개월 아기는 말 못할 때였는데도 맑고 예쁜 눈으로 내 마음을 읽기라도 하는 것 같았다. 아기가 원하는 것을 말로 표현

해주면서 반응하고 정서적으로 안정감을 주는 것에 신경 썼더니 덕분에 내가 해주는 것은 뭐든 빠르게 습득하는 것을 보고 나 역시 한없이 행복했다. 모든 아기의 뇌는 스펀지처럼 빨아들인다는 말을 매순간 실감했다. 이 아기가 나와 겪은 짧은 시간을 기억하지는 못하겠지만 이 시간 최선을 다한다면 이 예쁜 아기의 눈과 가슴에 세상에 대한 믿음이 생기고 훗날 흥미로운 것에 집중과 몰입도 쉽게 될 것이란 걸 믿어 의심치 않았다. 충분히 그렇게 될 아기였음이 느껴졌고, 이 작은 고사리손과 가슴에 가장 좋은 것들이 새겨지길 바랐다. 고통과 시련에 넘어져도 손 털고 씩씩하게 일어날 힘이 샘솟길 바랐다.

아기의 부모님 역시 너무나 훌륭한 분들이었다. 감사하게도 나의 '꼰대 같은' 잔소리도 '좋은 가르침의 언어'로 들어 주었으며 무엇 하나 아쉬울 것 없는 부부가 일개 베이비시터인 나에게 '선생님'이란 호칭으로 존중해 주었다. 늘 찬사의 말을 아끼지 않았고 아기가 나와의 시간을 아는 것처럼 기다리고 있다고 말해주었으며 나를 대하는 반응을 보면 신기하고 기쁘다고 부모보다 더 부모처럼 대해준다고 하니 이보다 더 감사한 말이 있을까?

베이비시터 일을 하면서 다른 일도 찾아보았다. 그렇게 하면 조금이라도 더 벌고 원하던 베이킹 일에 가까워질 수 있을 것 같았다. 투잡을 뛰며 시내의 빵집과 베이비시터 일을 하게 되었는데 내 일정에 맞추려니 분명 무리가 되었을 텐데 아기의 부모는 기꺼이 양해해주고 뒷감당까지 감수해 주었다. 이 글을 빌어 그때 너무 감사했으며 미안했음을 전하고 싶다.

앞으로 갈 길이 정해지니 마음이 급해져서 베이비시터 일을 그만둘 수밖에 없다는 얘기를 꺼냈을 때도 응원을 아끼지 않았으며, 헤어질 때도 "선생님 같은 분을 어디서 만날 수 있겠냐"며 눈물로 헤어졌다.(그렇게 헤어진 것이 무색하게 사흘이 멀다 하고 연락하고 만나게 되었다.)

가족도 하지 않는 위로를 타인에게서 받다니……

25년간 가족에게서 느낄 수 없던 것을 어린 아기와 부모와 소통하고 공감하다니 나는 믿을 수 없는 배려에 감동할 수밖에 없었다. 아기와 아기 엄마를 떠올리면 지금도 내 입꼬리가 올라간다. 다음은 헤어지며 받은 편지 내용의 일부이다.

○○선생님♥

부족하고 정신없는 저…도와주시느라 많이 힘드셨을 텐데, 배려해 주시고 늘 이해하는 마음으로 바라봐 주셔서 감사해요. 힘들 때 친언니처럼 위로도 많이 해주시고...평생 잊지 못할 거예요! 선생님께 마음으로 보답해 드리고 싶은데......(헤어지면서 선물까지 챙겨줌 몸 둘 바를 몰랐다.) 만남이 있으면 헤어짐이 꼭 있네요.

이 나이까지도 헤어짐이 익숙하진 않지만...... 그래도 이제 언니, 동생처럼 잘 지내봐요.

그동안 고생 너무 많으셨어요.

OO이를 진심 어리게 저보다 더 많이 사랑 주셔서 얼마나 감사했는지 몰라요. OO이가 말은 못해도 마음속으로 엄청 그리워 할 거예요. 선생님 오시면 OO이가 반기는 것만 봐도 오랜만에 보니까 더 매달리려고 하는 것만 봐도 그동안 OO이를 얼마나 예뻐해 주셨는지 다 느껴져요.(중략)

다시 보는 지금도 눈물을 쏟게 하는 감동의 편지다. 그분은 내가 가장 힘들 때 만난 천사이며 내가 일어설 수 있도록 힘과 마음의 풍요를 선사해 주었다.

폭풍속으로

상처는 샘솟듯 솟아나 소용돌이가 되었고 나는 그 안으로 빨려 들어가 나오지 못하고 있었다. 그것은 피해의식과 자격지심, 열등감이 되어 나를 짓눌렀다. 그 압박에서 벗어나기 위해 무조건 밖으로 나갔다. 한 시간을 두 시간처럼 사용하고 그동안 깎아버린 세월에 보상하듯 더 일분일초를 아끼며 살았다. 놀라운 것은 이전의 일 년보다 최근 나에게 집중한 일 년이 내게 더 많은 성과를 가져다주었다.

한편으론 나의 손에게 어깨에 다리에 발에게 나 자신에게 그리고 내 지나온 시간들에게 미안했다. 모두에게 좋은 사람이 되고 싶었던 나는 좋은 엄마, 며느리, 아내이고 싶어서 열심히 노력했지만 그것은 스스로 노예가 되기 위한 것이었다. 그것이 권위적인 시부모님과 퍼즐조각처럼 딱 맞아떨어졌으며, 긴 세월을 버티다가 곪아서 터져버린 것이다.

남편은 내게 '네가 헌신한 세월은 이미 끝난 것이며 없어진 것'이라고 했다. 물론 자신의 원가족을 감싸려는 의도는 알겠지만, 그들에게 향한 분노에 차단막을 세우기 위함이란 것도 안다. 그리 말하는 남편이 섭섭하다는 생각이 앞섰다. 그는 늘 열 마디 할 말을 한 마디로 표현해서 나에게 오해를 불러일으켜 싸우곤 했다.

지나온 내 삶의 반생이 빠져나가 증발한 기분이었으며, 완전히 달라져 버린 세상 속에 홀로 서 있는 것 같았다. 아이들을 잘 키우기 위해 많은 노력을 기울였음에도 뜻대로 되지 않은 것의 원인인 어머니를 비롯한 형제에게 분노했다. 나는 스스로 폭풍을 일으켜 매일같이 화가 나 있었다.

나는 아르바이트가 끝나도 도서관에서 밤늦게까지 책을 읽어댔다. 그리고 반드시 성공해서, 보란듯이 살 것이라는 말을 가슴에 새겼다. 억울함과 분함이 나를 정복했을 때, 방향을 틀면 열정이 된다는 것을 느꼈다.

이미 늦은 나이에 꿈을 꾸고, 아기를 돌보고, 베이킹을 배우고, 상담을 받고, 심리 책을 읽으니 좋은 경험을 통한 희망이 생기기 시작했다.

남편의 말에 아파할 것이 아니었다. 나는 나였다. 나 스스로 인정하면 되는 게다. 억울한 것도 맞다. 그러나 사실 천대받게 만든 것도 나였고, 원하지 않았지만 내가 그렇게 하도록 나를 던져두었다. 나 스스로 부모님의 노예, 시월드의 노예가 되도록 했다.

밤마다 울며 걷던 나도 안간힘을 쓰려했던 나였다. 나를 내버려 둔 채 자학과 불평만 하지 말고 스스로 나를 구했어야 했다.

어릴 때 아팠던 내면이 성인이 된 후에도, 결혼 뒤에도 그림자처럼 나를 따라다니며 지배했고, 방법을 몰라서 돌고 돌아서 왔으며, 많이... 많이... 헤매게 되었지만, 결국 내 길을 찾게 되었다. 이 집안 어느 누구의 공감과 소통을 받지 못했어도 나는 고생했고 수고한 것이 맞았다.

아버님의 간병은 나를 성장 시켰다고, 이 모든 결과가 내 잘못이 절대로 아니라고... 최선을 다했으니 결코 헛된 것이 아니라고..., 얼마가 될지도 모르는 나의 남은 삶을 이제는 희망으로 바라본다.

아버님은 어쩔 수 없는 병에 걸리셨지만, 해드린 만큼 병의 차도가 지연된다는 것을 내 손과 몸으로 느꼈다. 지금은 전문 요양사가 24시간 같이하고 있다. 물론 어머니와의 불협화음을 겪으면서 입주요양사는 여러 번 바뀌었다. 평소에도 감사인사를 드리지만, 이 글을 통해 그동안 아버님께 성심성의껏 해주신 요양사님들의 도움이 얼마나 감사했고 간절했는지 인사드린다. 아무리 보수를 드린다지만, 소명의식 없이는 절대로 할 수 없는 일이다. 최소한의 예의만이라도 갖춘다면 자신을 위해서라도 지나온 삶과 미래의 삶을 다시 바라보고 지금보다 훨씬 더 칭송받고 찬란하게 마무리 할 수 있게 될 것이라 믿으며, 간절히 기도한다.

나 또한 실패를 경험했지만 '아버님의 치매'와 '가족 쌍방간 소통의 중요성' 그리고 '소중한 가족애'에 대해 생각하게 되었다. 설사 나에게 혹은 남편에게 이런 일이 닥쳐도 '가족애'와 함께 하며 '소통' 할 수만 있다면 하루하루를 감사히 맞이할 수 있을 것이라 생각한다. 내일 세상이 사라진다 해도 끝까지 손에서 놓지 않는 것은 부모와 자식 그리고 가족이기 때문이다.

약자를 사랑하라

마음이란 씨앗에는 신기한 매력이 있다.

서로의 마음을 주고받는다면 아무리 힘들어도 힘들지가 않다. 힘든 환경에서도 진심어린 소통을 한다면 상대방을 믿고 따를 수밖에 없다.

몇 년 전부터 뉴스에 종종 나오는 유명한 이들의 '갑질 사태'가 생각난다. 예전에 누군가 말했던 "못사는 것들은 못사는 이유가 있다."는 말을 듣고 나는 내 귀를 의심하지 않을 수 없었다. 세상엔 다양한 사람이 있고 어쩔 수 없는 환경에 처해진 사람도 있다. 길에서 구걸하는 걸인과 노숙자도 자기만의 말 못 할 역사가 있기에 아무도 손가락질 할 자격이 없는 것이다. 또한 그들이 역경을 딛고 일어나 실제 세상을 깜짝 놀라게 하는 경우도 많다. 자신이 지금 걸인이 아니라고 해서 장애인이 아니라고 해서 뇌가 녹슬어 버린 치매환자가 아니라고 해서 치매환자를 간병하는 입장이 아니라고 해서 사회적 약자가 아니라고 해서 그들을 함부로 대할 자격은 없는 것이다. 의식에서 나오든 무의식에서 나오는 행동이든 타인을 동등한 인격체로 보지 않는 것은 참으로 위험하다. 상대가 약하다고 수단으로 이용하거나 속이고 계산기 두드리며 이용하는 자는 타인에게도 본인에게도 득이 되지 않는 것이다.

하물며 가족이 가족을 그렇게 대하면 주 보호자는 환자와 함께 더욱 외로운 섬에 갇히게 된다. 물질적인 기부, 재능 기부 등의 봉사와 사회 환원을 하는 이유도 여기에 있다. 나의 삶이 아닌 타인의 삶도 돌아보아야 한다. 자신의 이익만을 추구하면 삶의 여행 속에서 얻는 것은 황무지위의 종착역뿐일 것이다.

공감과 소통을 배재한 권력만으로 지배하는 성공은 완벽한 성공이 아니다. 어떤 성공도 이익도 완벽한 것은 없다. 실패도 마찬가지며, 아픈 환자와 가족을 두고 저울질 하는 것은 어쩌면 천벌 받을 짓인지 모른다.

"어떤 감정이입은 배워야만 하고, 그다음에 상상해야만

한다. 감정이입은 다른 이의 고통을 감지하고 그것을 본인이 겪었던 고통과 비교해 해석함으로써 조금이나마 그들과 함께 아파하는 일이다." 리베카 솔닛의 공감에 대한 글이다.

이 글은 치매인 부모를 모시는 주 보호자를 대하는 남은 가족에게 곱씹길 바라는 말이다.

이제는 부모님과 요양사님 이렇게 세분이 함께 생활하게 되었다. 인테리어 공사가 늦어져 예정보다 한 달 넘은 뒤 입주를 하게 되었고, 덕분에 모든 전자제품도 먼저 자리 잡게 되었다. 텔레비전을 바꾸면서 인터넷을 연결하여 블루투스로 텔레비전을 제어하는 기능을 들이게 되었다. 어머님도 신기해하며 "지니야!"를 밤마다 외칠 정도로 재미있어했다.

아무도 없이 아버님과 내가 단둘이 있는 날, (아버님은 내가 아닌 다른 사람이 있으면 참는듯했다.) 갑자기 텔레비전 앞으로 걸어가서 허리를 굽히고 고개를 숙이셨다. 그리고 블루투스 앞으로 고개를 숙이고 "테레비 틀어주세요~" 어머니의 모습을 그대로 기억하고 계신 거다.

초점 없는 눈동자에 전혀 감정도 생각도 없는 듯 했지만 아버님도 타인의 행동을 보고, 듣고, 느끼는 것이다. 기억이 사라졌다고 알츠하이머 환자라고 약자라고해서 없는 사람

취급을 하거나 무시해서 안 된다는 걸 아버님의 행동을 통해 알게 되었다.

상담 선생님이 '분노의 방향'에 대해 했던 말이 생각난다.

상대가 강자여도 약자여도 내가 고통 받은 것에 대한 항의를 해야 하는 상대는 분명히 당사자에게 해야 한다는 것이다. 약자나 다른 이에게 화풀이를 하게 되면 그것은 재앙이 된다고 했다. 특히 '강자에게서 받은 상처를 약자에게 푸는 것은 절대로 해서는 안 될 짓!'이라고 했다. 그것이 가족이 되었을 때는 결국 온 가족이 '만신창이'가 된다는 것이다.

약자, 특히 장애를 가졌거나 어린아이들, 치매 어르신에게도 인격이 있고, 감정과 생각이 있다는 걸 꼭 기억해야 한다!

아버님은 약자다. 부당한 대접을 받아도 치욕스런 대우를 받아도 잊어버리고 만다. 자신에 대한 제3자가 하는 얘기도 들리고 느끼지만 제대로 된 표현도 방어도 못한다. 그러나 잊지 말라. 환자는 순간순간 느낀 감정을 잠재의식 안에 차곡차곡 쌓아놓고 어느 순간에 표출하게 된다! 강자 앞에서는 약한 척 아첨하고, 약자를 짓밟는 짓이야 말로 가장 비겁한 짓이다.

4 장

작 은 도 움 과 함 께

아 픈 당 신 위 로 합 니 다

인지치료

나는 아버님의 인지치료를 진행하고 나오는 결과를 눈으로 확인하고 놀라곤 했다. 아버님이 치매직전 가장 좋아하시던 세종대왕의 한글에서(훈민정음 해례본을 찾아보실 정도로 열정적이셨다.) 힌트를 얻어서 세종대왕 퍼즐과 오만 원을 복사한 돈 퍼즐을 주문했고, 일상에서 가능한 인지치료나 손가락을 많이 사용할 수 있는 방법을 시도했다. 그 결과 아버님의 굽은 왼쪽 손가락은 잠시 펴지는 듯 했고, 처음엔 몇 초도 집중하지 못했던 분이 5분 정도는 집중하게 되었다.

빨래 개기

빨래 개는 것을 통해서도 인지치료가 가능하다.

수건을 활용해 돌돌 말아서 가운데에 공간을 만들어보고 그 안에 탁구공이나 양말 뭉친 것을 빠뜨려 보기도 해본다. 도형모양으로 접어서 두건을 만들기도 하고 모자를 만들어 써보기도 한다.

가장 좋은 것은 무거운 것보다는 탁자 보, 양말, 손수건과 수건 등이다.

혼자 옷을 입어볼 수 있도록 빨래 걷은 것 중 골라서 아버님은 어머니 옷을 입어보게 하고, 나는 남편 옷을 입는 재미난 놀이를 해 볼 수도 있다. 그러면서 누가 빨리 입는지 시합도 해본다. 물론, 아버님의 속도에 맞춰서 아슬아슬하게 져드리는 것은 기본이다. 퀴즈하듯 가족의 옷을 맞혀 보도록 유도할 수도 있다.

수건을 색깔에 따라 교대로 쌓으며 패턴 놀이를 할 수도 있고, 도형놀이를 할 수도 있다.

양말은 짝을 맞출 수 있도록 도와 드릴 수 있으며, 손수건은 가벼워서 아버님의 손에 안성맞춤이다. 그리고 빨래를 활용하면 규칙이나 분류를 통해 인지퇴화를 막을 수도 있다.

콩 옮기기

어린이집을 할 때 했던 것이다.

몬테소리 교육의 하나였던 것으로 그릇에 담긴 콩을 주둥이가 작은 병에 한 알씩 옮기는 것이다. 협응력과 소근육이 무뎌지는 것을 지연시키기 위함인데 아무것도 안 하시면 움직이게 해드려야 한다. 1분도 못 가서 지루해하시면 쟁반에 쏟아 붓고 쌀을 섞어버린다.

"아버님! 애들이 콩 싫어하는걸 깜빡했어요. 너무 바쁜데 콩 좀 골라주시면 안될까요?" 잠시 동안 하다가 다시 허공을 보신다. 그래도 전혀 안 한 것보다는 도움이 될 것이라 믿는다. 도움이 된다면 무엇이든 시도해봐야 한다. 그것이 아버님도 살고 나도 사는 길이다.

때론 식빵에 잼을 바르는 것도 나의 손가락이 아프다는 핑계로 아버님이 발라보시게 해드렸다. 아버님이 만드신 샌드위치를 손주나 어머니가 드시면 기뻐할 거라 했더니 꼼꼼하게 식빵의 귀퉁이까지 잼을 바르셨다.

이밖에도 협응과 대근육, 소근육을 강화할 수 있는 방법은 집안에 널려있다. 자세히 살펴보면 새로운 놀이를 개발하는 소소한 기쁨까지 누릴 수 있을 것이다.

끝 말 잇 기

아버님이 아프기 전에는 한글에 그야말로 '꽂힌 시기'가 있었다. 한글 관련 책을 찾아 구해오라고 하거나 세종대왕 관련 책을 구해드렸다. 《훈민정음 해례본》까지 구해드릴 정도였다. 독일의 언어학자 에칼트, 영국의 제프리심슨 교수, 소설가 펄벅이 극찬 했다는 것도 아버님 덕분에 한글의 우수성을 알게 될 정도였다.

나는 아버님의 퍼즐로 세종대왕을 택한 이유가 여기에 있다. 아무리 치매라도 좋아하는 것 익숙했던 것에 대한 반응은 역시 달랐다. 이는 기자이자 앵커 출신인 메릴코머의 《낯선이와 느린춤을(아주 사적인 알츠하이머의 기록)》에서도 발견된다. (그녀는 남편을 오랜기간 간병했다.) 어머니에겐 대형 오만 원권 퍼즐을 주문했다. 특히 끝말잇기는 말로만 하기보다 적어가면서 하게 되면 아버님의 연상되지 않는 막연한 단어를 현실로 끌어드리는데 도움이 되었다. 안 되는 기억을 떠올리는 것 보다 형상화 한 단어의 모습을 보면서 청각, 시각을 자극하는 것이 훨씬 효과가 있었다.(특히 아버님은 청각보다 시각적 능력이 더 강화된 것에서 힌트를 얻었다.)

내가 적은 단어의 끝에 동그라미를 그리고 아버님이 말하는 단어 첫 글자에 동그라미를 그려서 연결하면 말놀이 기차가 완성된다. 난 아버님과 낱말 기차놀이를 했다. 특히 한글과 세종대왕을 좋아하신 분이기에 아무리 기억이 희미해지고 잊어버렸다고 해도 잠재의식에 충분히 열린 마음이 되어 있을 것임이 분명했기 때문이다.

여러 방법을 써가며 성공과 실패를 거듭했고, 그 중에선 수수께끼나 스무고개는 해가 거듭될수록 막연해 하시는 것 같았다. 아버님은 오히려 영어 단어를 더 잘 기억 하신다. 최대한 아버님이 성취감을 가질 수 있도록 외래어와 외국어 상관없이 끼워 맞췄다. 한글 단어 끝에 말도 안 되는 영어 단어를 갖다붙여 말한다. 끝말잇기에도 "밥을 주오!" 등의 말로 온통 음식 이야기뿐이었다. 그러면 나는 아버님이 좋아하시는 "오드리 헵번!"이라고 한다. 그럼 아버님은 "좋지! 오드리 헵번! 로마의 휴일, 좋았지!"라고 덮였던 기억을 풀어내신다. 그럼 방금 전 드신 밥 달란 얘기가 사라진다. 그 순간 아버님 머릿속에 오드리 헵번을 등장시켜 밥을 지우개로 지운다.

노 래 하 기

내가 의아했던 한 가지는 가족이 여유를 즐기는 모습을 전혀 찾아볼 수 없었다. 부모님이 어떤 일을 시킬 때는 번갯불에 콩 구워 먹을 정도로 급히 시켰고, 수많은 일들을 동시에 시켰으며, 많은 일을 한꺼번에 해내는 나 또한 잔소리를 들으며 쫓기는 마음으로 했다.

아버님은 노래를 싫어하시는 줄 알았다.

어느 날 친구분들과 노래방을 가셨다는 말을 듣고 난 꽤 놀랐다. 가족이 여유를 즐기는 것은 죄악으로 생각하는 분들치고 많은 노래를 알고 있었다. 음악과 예술이 환자에게 미치는 영향이 얼마나 큰지 알고 있기에 어머니가 외출 한 뒤에는 되도록 음악을 들려드렸다. 무엇이라도 좋았다. 따뜻한 느낌의 클래식을 틀어놓거나 때로는 밝은 어린아이 목소리의 동요를, 그리고 아버님이 좋아하시는 유행가도 함께 불렀다.

아프셔서 일까? 본능에서 오는 아버님의 행동은 많이 달랐다. 이전의 부모님은 음악을 혐오할 정도의(집안 기강을 잡기 위한 의식적인 듯) 분들이었지만, 본능에 충실한 현재의 아버님은 음악으로 적잖은 위로를 받고 있었다.

특히, 클래식은 〈엘리제를 위하여〉를 들려드리면 편안하신 듯 고개를 까딱이곤 했다. 동요 〈얼굴 찌푸리지 말아요〉는 어깨를 들썩이며 즐거워했고, 당연히 아버님은 가요에 더 많은 반응을 보이셨다. 치매지원센터의 주 1회 수업에서 가르쳐 드리는 수업도 첫 소절을 시작하면 대부분 무리 없이 따라 부르셨다.

치매안심센터에서는 노래와 율동 타악기들을 가르쳐준다. 〈감수광〉, 〈친구야〉, 〈아리랑〉, 〈내 나이가 어때서〉는 아버님이 좋아하시는 노래다. 내가 먼저 시작하고 추임새를 넣으면 아버님은 어깨를 들썩이며 신나게 부르신다. 나는 일부러 가사를 잊어버린 척 하거나 말도 안 되는 가사를 붙여서 부를 때가 있다. 당연히 작전이다. 대신 어려운 가사가 아닌 아버님이 충분히 맞출 수 있는 가사를 잊어버린 척하고 아버님을 살핀다. "내 나이가 어~때~서~, 꽃단장에 나이가 있나~요~"라고 부르면, 어깨를 들썩이며 웃으신다. 그리곤 고쳐주신다. "사랑에~ 나이가 있나~요~." 이럴 때 아버님의 성취감이 극에 달한다. 치매를 앓고 계시지만 반복되는 작은 성공의 경험들은 환자에게 활력과 정서치료 효과를 줄 수 있기 때문이다.

질 문 하 기

나는 아버님을 바쁘게 해드리는 것에 목표를 두고 최선을 다했다. 늘 아버님의 머릿속 훼방꾼이 아버님의 뇌를 더 이상 망가뜨리지 못하게 하고 싶었다. 그러나 너무 피곤해 하거나 힘들어 하실 때가 있었다. 이전의 모습이 남아있기 때문이었는지 모르겠지만, 불쾌하게 받아들이는 모습을 보고 섭섭하기도 했다.

나의 의도한 인지훈련에 당신을 놀리는 것 같다는 식으로 예민하게 받아들이실 때가 있다. 영어로 숫자 세는 법을 물으면 "넌 정말 몰라서 묻는 거냐?"며 흘겨보신다. 숫자 계산 퀴즈를 내면 질색을 하신다. 그럼 나는 난이도를 낮춰서 "아버님 일본말로 숫자 세는 법 좀 알려주세요.", "넌 그것도 모르냐?" 난 기회를 놓칠세라 못 들은 척하고 "이찌, 니, 산…… 그다음에 모르것시유~ 그다음엔 뭐지요?"라고 한다.

특히 계단 오를 때 힘들어서 안 올라가시겠다고 할 때면 각 나라의 언어별로 숫자를 세며 오르면 어느새 다 오르게 된다.

한번은 아버님이 좋아하는 '세종대왕 사진 퍼즐'과 어머님이 좋아하는 '돈 퍼즐'을 맞추도록 했다. 혼자하면 금방 지루해 하시고, 막막하니까 옆에서 "돌려볼까요?"라던가 "이쪽이 같은 금색이군요!"라며 힌트를 드리면 바로 맞추셨다.

부모님 두 분이 서로 경쟁하듯 게임처럼 하면 좋을 것 같아서 시합을 유도하기도 했다. 몇 번 맞추시고 나서 속도가 붙어 빨라지는걸 느낄 수 있었고, 때론, 어머니보다 훨씬 빨리 맞춰버리기도 하신다.

나는 너무 놀라워하며 남편에게 "아버님 치매가 맞아?" 라고 하면 남편은 "네가 성스럽게 케어 했기 때문이지." 라며 나에게 힘을 줬다. 어쩌다 한번 듣는 이 말에 나의 고단함과 고통에 무심한 남편을 미워하는 마음을 품었다가도 사르르 녹아버리곤 했다.

아버님의 종이 접는 실력은 눈감고도 하실 수 있는 분이셨다. 어느 날, 아버님의 협응과 인지훈련에도 도움이 될듯하여 시도해 보기로 했다.

색종이를 사선으로 접으며 아버님께 여쭤봤다.

"아버님~ 이거 접는 것 저는 다 까먹었어요. 어떻게 하는 거였죠?"

아버님은 초점 없이 허공을 보고 계시다가 무표정한 얼굴로 흘끔 보셨다. 내가 도와달라는 시늉을 하니까 슬그머니 받아서 기계적으로 접으셨다.

"와! 아버님 대단하세요. 우리 아버님 실력 살아있네요!"

"내가 50년 넘게 했는데 이걸 못하겠냐!"

"저는 못하잖아요."

"넌 라이선스가 없잖아. 난 있는 사람이야! 이거 왜 이래!"

"하하하, 맞아요. 우리 아버님이 어떤 분인데! 제가 몰라봐서 죄송해유!"

"그런데 난 배고파, 먹을 것 좀 줘."

아버님과의 대화는 기·승·전 먹을 것으로 끝이 난다.

그 외 인지치료

공간지각 능력을 강화하는 치료도 좋다.

바둑이나 오목도 좋다. 병원에서도 메모지나 대기번호표 뒷면에 줄을 그리고 오목을 했다. 간혹 오목의 규칙을 잊으셔서 그 이후에는 '알까기'로 방법을 바꾸기도 했다. 그것도 손끝에 힘이 모아져야 조준이 가능했기에 아버님이 알까기도 결국 힘겨워 하셨다. 머리를 짜내다가 작은 아이스크림 스푼을 드렸다. 그럼 아버님은 다른 손가락을 지렛대로 이용해 스푼을 튕겨서 바둑알 움직이게 했다. 다시 아기가 되는 병으로 통하는 치매였기에 유아를 대하듯 그림을 그리고 퍼즐을 맞추고 스무고개를 하면 왠지 아버님의 총력이 더 좋아지시는 듯했다.

그럴 때마다 남들이 말하는 '절대 좋아지는 경우는 없으며 지연시킬 뿐'이라는 말을 믿지 않게 되었다. 적어도 신경 써서 활동을 하면 할수록 달라지는 아버님의 모습에서 가능성을 보게 되었다.

실내운동치료

병원에서는 많이 걸으라고 하는데 산책은 날씨나 교통수단이나 환경의 제약을 많이 받는다.

알아보니 실내에서도 소소한 운동을 할 수 있다.

"와! 아버님! 전생에 야구선수였나 봐요. 저는 이렇게 못하는데 아버님 진짜 잘하시네~! 우리 냉면 내기할까요?"

'캐치볼' 이라고 하는 손바닥 정도의 동그란 판에 벨크로를 대어 테니스볼 형태의 공이 붙는 공놀이가 있다.(캐치볼이라 검색하면 구입 사이트가 여러 곳 나온다.)

아버님의 힘없는 공을 받기 쉽게 하려면 나는 거실바닥에 앉고 아버님은 소파나 의자에 앉혀드린다. 손힘이 약하니까 가까이 앉아서 아래에서 위로 천천히 던져드린다. 아버님의 손에 끼워드린 벨크로판에 공이 붙으면 과장해서 칭찬을 해드린다.

공을 판에서 떼는 작업도 만만치 않다. 그러나 되도록 스스로 떼어 낼 수 있도록 기다려드려야 한다. 손가락 근육과 힘이 단련이 되도록 말이다.

몇 번 하다 보면 지루해하신다.

그럴 땐 제 2탄이 시작된다. 아버님은 체조나 야구선수처럼 때로는 코미디 배우처럼 우스꽝스런 동작을 한다.(던지기 전 야구투수 흉내를 내기도 하고, 공을 받기 위해 몸을 던진다거나 이미 거실 바닥에 떨어진 공을 과장되게 벨크로 판으로 붙이는 시늉을 하면 아버님은 폭소를 터뜨리신다.) 시작은 먼저 내가 했지만 때론 나보다 더 기발한 동작을 하시기도 한다. 공을 던지기 전 이런 놀이를 통해서 어깨와 허리, 팔 운동과 기분전환 정서적인 도움을 드릴 수 있다.

그렇게 공놀이를 하고 나면 아버님의 팔은 좀 더 부드럽게 움직이고 호흡 양도 많아지고 땀을 흘리신다. 순발력도 더 좋아지고 온몸의 근육을 사용하시게 된다. 내가 좀 더 노력하고 가르쳐 드리고 운동시켜 드린 만큼 좋아지시는 듯했다.

치매안심센터에서 함께 운동치료를 하면 세세한 것을 도와드리면서 내 몸은 힘들지만 함께 공유하니 좋은 점이 있다. 복습을 해드릴 수 있고 함께 노래 부르면서 손동작이나 율동을 할 수 있다. 이때 선생님 양해를 얻어서 노래를 녹음하면 집에서도 함께 해드릴 수 있다.

밀가루 반죽을 식용색소로 섞어서 아버님의 굽은 손가락 관절을 부드럽게 해드리기도 했다. 그뿐만 아니라 부드러운 촉감의 반죽은 정서면에서도 좋다.

신문지 찢는 놀이도 있다. 손가락 힘을 사용해 신문지에 구멍을 내어 찢어서 '가면 놀이(이 놀이는 얼굴크기의 뻥튀기 과자를 이용해도 재밌다.)' 하듯 대화를 하거나, 의자에 앉혀드려 양말을 벗은 채로 발가락이나 발바닥으로 신문지 찢기 놀이를 한다. 발에 힘이 없어서 미끄러지면 신문지에 분무기로 물에 살짝 적셔서 찢게 해드리면 쉽게 찢긴다.

치매환자 앞에서 불평불만을 하거나 스트레스를 드리면 부메랑처럼 되돌아오게 되어있다. 정신적으로 힘들어지시게 되면 망상이나 문제 행동을 더 하실 수도 있다. 그렇게 되면 약을 늘릴 수밖에 없고 결국 축 쳐져서 누워만 계시게 된다.

좋은 세상 누려보지도 못하고 돌아가실 날만 기다리는 셈이 되는 것이다. 간병기간이 길든 짧든 이왕 하게 된 거라면 그 기간 동안 만큼은 즐겁게 이겨나가길 바란다.

정서치료

난 음악을 좋아했다. 아니 내 모든 에너지의 원천이라고 해도 과언이 아니다. 어린이집을 운영하면서 근처의 학교로 유아음악 교수법을 배우러 다녔고 그때 많은 것을 배웠다. 그 외 음악치료학회나 세미나에도 참여했다. 교수님은 임상으로도 음악치료의 효과에 대해 열변을 토하셨고, 나 또한 현장에서 유아들에게 얼마나 효과적인지 직접 확인할 수 있었다. 역시 아버님께도 많은 도움이 된 음악이었다. 단, 아버님께 조용한 클래식은 별로 효과를 못 보았다. 아주 지루해 하셨고 엘리제를 위하여(젊은 시절 그 곡에 대한 사연이 있었음을 애기해 주셨다. 역시 이전의 경험과 익숙함이 기억을 돕는 것이다.) 한 곡에만 반응을 보이셨다. 그래서 대부분은 아버님이 좋아하시는 가요를 함께 따라 부르며 어깨를 들썩였다.

음악치료가 치매를 앓는 사람들에게서 우울증과 불안증을 개선하고 사회적 상호작용도 좋아지게 해 환자와 간병을 하는 사람과의 관계도 개선하는 것으로 나타났다.

라이덴 대학 연구팀이 〈Cochrane Library〉저널에 밝힌 새로운 연구결과 음악치료가 치매를 앓는 환자들에서 정서적 웰빙 역시 개선할 수 있는 것으로 나타났다. 연구팀은 음악치료가 간혹 심각한 부작용을 유발할 수 있는 약물을 사용하지 않아도 되게 만들 수 있다고 기대했다.(메디컬투데이. 신현정)

대 화 와   추 억   더 듬 기

아버님은 예전의 군대 얘기를 자주 하셨다.

같은 말 반복을 조사 하나 틀리지 않고 똑같이 하는 것에 힌트를 얻어 계속 꼬리를 물고 질문을 했다.

"나는 군대에서 빨래를 많이 했어."

"누구 빨래요?"

"선임 이지 누구야, 빨래를 내놓지도 않고 숨겨놓은 것을 내가 못 찾아서 안 빨면 왜 찾아서 안 빨았냐고 때리더라."

"세상에, 지 빨래를 지가 해야지 아버님을 시켜요? 나쁜 놈이네."

"야! 나 00부대 가고 싶다."

"네?"

"옛날 내가 근무했던 부대에 가고 싶어."

"가죠. 뭐 그 까이꺼!"

결국 남편은 부모님을 모시고 부대를 찾아갔다.

베 란 다 에 서   옛 날   사 진   보 기

겨울에는 눈 쌓인 길을 다니기 위험해서 집안에 계시지만 여간 답답하신 게 아니다. 그럴 땐 사진앨범을 잔뜩 꺼내 들고 이야기꽃을 피운다. 특히 남편 어릴 때 사진을 보시면 웃음꽃이 핀다. 내리사랑이라고 아버님의 자식 사랑은 지극하셨다. 당신이 직접 영어문법책을 가르칠 정도로 열성적인 분이셨다. 그것도 하루 이틀 가르친 것이 아닌 그 책을 완벽히 마스터 할 때 까지였다고 한다. 시상식까지 거행(?) 하며 세 자녀는 아버님으로부터 '책걸이상'을 선물과 함께 받았다고 하니 그 어려운 시대에 어떻게 그렇게 할 수 있었는지 감탄이 절로 나왔다. 남편은 덕분에 발음이 시원찮아도 어디 가서 꿀 먹은 벙어리 노릇은 안 한다. 아직도 책걸이상 받는 장면을 찍은 사진이 있다. 그때의 추억을 얘기하기 시작하시면 치매인지 아닌지도 모르게 선명한 기억을 얘기하신다. 그 사진을 보시면서 얼마나 뿌듯하실까?

이때 주의 할 사진이 있다. 아버님의 젊었을 때 활동하시는 모습의 사진이다. 아무리 아기 같은 치매라 할지라도, 젊어서 활발하게 활동하신 시절 사진을 보시면 우울해 하신다. 사진을 안 보시는 것만도 못한 것이다.

가족사진을 찍길 잘했다. 아버님은 자식과 손주들이 꼭 붙어 서서 찍은 사진을 흐뭇하게 바라본다. 예쁜 아들딸을 가리키면 질문하자마자 바로 대답하신다. 같이 사는 손주들이 누구인지도 알고 내 이름도 정확히 기억한다. 그러나 같이 살지 않고 떨어져 사는 손주는 전혀 기억을 못한다. 질문을 반복할 뿐이다. '교육열 할아버지' 답게 어느 대학에 다니고 있는 누구인지 아버님의 기억을 총 동원해서 학교와 얼굴을 매칭 한다. 아버님이 가장 좋아하는 방식으로 사랑하는 자식과 손주를 기억한다.

샤워와 목욕

샤 워

치매 이전에는 아버님이 세수하시면서 당신의 양말과 속옷은 손빨래를 하셨다. 깔끔한 분이라서 무언가 드시기만 하면 몇 번이든 바로 양치질을 했고 수시로 세수를 하고 머리를 단정히 빗던 분이다.

그런 아버님이 치매를 앓은지 얼마 되지 않고부터는 씻는 걸 질색 하셨다. 목욕을 해도 기저귀에 대변을 보시고, 내가 미처 냄새를 못 맡을 때는 (아버님은 고기를 안 드시고 하루에 대변도 자주 보시기 때문인지 냄새가 안 났다.) 얘기를 안 하실 때가 있었다.

결국 대변을 뭉개고 앉아계시거나 걷다가 새서 냄새나 들
키게 되면 더욱 안 씻으려고 옥신각신 했다. 화장실에 들어가
서 대변을 더 보시자는 핑계로 살살 달래 옷을 벗기기 시작
한다. 이럴 때 샤워를 시켜드리는 것이다.

"아버님 아직 대변 더 보실 것 같아요, 변기에 앉아볼까
요?"

바지를 벗기고 차례로 웃옷을 벗기며 동시에 샤워기를 틀
고 온도를 맞춘다. 아버님은 눈치를 채시고 "이거 왜이래?"
하면서도 못 이기는 듯 웃옷에서 팔을 빼신다. 가끔 이러실
땐 '부끄럽기도 하고 내가 씻겨드리는 게 미안해서일까?' 생
각이 들기도 한다.

하지만 큰 실랑이 없이 따라주시는 아버님이 고맙다. 단,
발가락 사이사이에 손가락을 넣어 닦고 있으면 그만하라고
발을 빼며 몸부림치며 정말 화내신다. 그렇지만 아버님의 발
은 무좀이 심하기 때문에 발가락 사이사이를 닦지 않으면 당
뇨합병증으로 악화 될 수도 있다.

설사를 하시거나 대변 실수가 잦았기 때문에 옷을 갈아입
어야 하는 경우가 많았다. 그럴 땐 언짢기보다는 오히려 기회
라 생각한다. 누군들 대소변 치우는 게 좋겠냐만 힘들다 생각
하면 더 고통스러워진다. 이왕 하는 거 씻기 싫어하는 치매노

인들이시니 이참에 목욕을 시켜드리는 게 좋은 일이다 생각하게 되었다.

옷을 벗겨드리고 욕실용 난로를 켠 뒤 "따뜻하시죠? 더 따뜻하게 해드릴게요."

따뜻한 물을 손과 발부터 시작해 나중에는 몸으로 조금씩 흘려드린다. 이때 너무 많은 물을 몸부터 적시면 가뜩이나 겁이 많아진 치매환자는 놀라고 씻는걸 더욱 거부하게 된다. 개운하고 기분 좋은 것으로 받아들이게 해야 하는 것이다. 향이 좋은 비누를 사용하며 따뜻한 느낌의 음악이라도 틀어놓으면 금상첨화다. 씻는 것에 대한 두려움을 없애고 개운하고 좋은 것으로 느끼실 수 있도록 최선을 다한다. 게다가 성의껏 조심스레 닦아드리면 아버님도 "애가 왜이래?" 하시면서도 못 이기는 척 몸을 맡기신다.

처음에는 며느리인 내가 아버님의 몸을 씻겨 드리는 것에 거부감이 있었다. 그러나 아버님은 환자이며 나는 보호자이다. 며느리가 시아버지를 씻겨드리거나 딸이 아버지를, 아들이 어머니를 씻겨드릴 때 처음에는 어찌할 바를 몰라 하지만 막상 몇 번 하다보면 이런 저런 상념에 젖을 여유가 없다. 환자와 보호자는 살아남기 위한 발버둥을 치고 있기 때문이다.

처음엔 어쩔 줄 몰라 했지만, 아무렇지 않은 척 다른 곳을 모두 닦아 드린 뒤에 중요 부위는 마지막으로 남겨두고 부드러운 스펀지를 아버님의 손에 쥐어드린다.

"아버님! 저는 뒤쪽을 닦을게요 아버님은 앞을 닦으세요. 그럼 누가 빨리 닦나 시합 해볼까요? 냉면 내기!" 특히 내가 뒤쪽에서 닦아드리면 아무래도 덜 부끄러워하신다.

이렇게 게임을 하듯 시작하면 어느새 끝은 보인다. 아버님도 이런 내기엔 승부욕에 열심히 하신다. 당연히 나는 아버님이 이기는 게임을 시작하지만 당신이 이기시면 "냉면 사준다며!"라며 잊지 않고 기억 하신다.

물론 따뜻한 물로 씻겨드리니 이런저런 실랑이를 하다보면 나는 땀으로 목욕을 하고 옷 입은 채로 흠뻑 젖는다. 그러나 인상 쓰면서 하기엔 나에게도 아버님에게도 많지 않은 시간이다. 아버님께 만큼은 소중한 시간들을 수놓는 마음으로 견뎌 나갔다.

목 욕

이 내용은 치매관련 카페에 올리기도 했지만 따뜻한 계절엔 주 보호자가 간단히 씻겨 드릴 수 있지만, 추운 겨울에 일반주택에서 때를 밀어드린다거나 꼼꼼하게 닦아드릴 수는 없다. 대중목욕탕을 가서 불려서 밀어야 한다.

그러나 때를 불리기 위해 아버님이 탕 안에 들어갈 수 없다. 위험하기 때문이다. 그래도 따뜻한 곳이어야 시간적 여유를 두고, 천천히 목욕을 할 수 있다. 집에서 히터를 틀어놓는다지만, 대중목욕탕보다 따뜻할 수는 없다.

방법을 찾다가 동네 대중탕에 전화를 돌리기 시작했다. 받아줄 목욕탕을 구하기 위해서였다. 다행히 찻길을 안 건너도 되는 곳의 조그마한 목욕탕에 갈 수 있었다. 이렇게 하게 된 이유는 요양사님 파견하는 센터에 문의했더니 불가능하다기에 차량 목욕을 신청할 수 없었다. 처음 몇 번은 남편이 동네 목욕탕에 모시고 갔으나, 그곳 직원이 싫어한다고 해서 그만두었다.

아버님은 탕안에 들어가는 게 공포였다.

계단 같은 턱을 넘을 수도 없을 뿐더러 치매인신 분은 모든 것에 대한 공포가 있다고 봐야 한다. 낯선 장소, 낯선 사람, 심지어 낯선 변기 까지도⋯⋯

선택 가능한 것 중에서 가장 안전한 방법을 찾게 되었다.

목욕탕은 일반적인 방법으로 갈 수 없다. 큰 대중탕을 가기보다 동네 작은 목욕탕을 권한다. 더구나 나는 여자이고 함께 남탕에 들어갈 수도 없는 노릇이다. 아래와 같이 최대한 부담 없이 하실 수 있도록 대충이라도 해 달라 부탁하면 대부분 그분들의 부모님 생각에서라도 기꺼이 도와주신다.

1. 탕에 들어가시지 않게 하고 대신, 수시로 따뜻한 물을 계속 뿌려달라고 부탁한다.

2. 세신침대에 눕혀드리면 (특히 아버님은 항상 옆으로 누워계신다. 천정을 보고 누우시면 두려워하신다.) 힘들어 하시므로 그냥 앉은 자세로 때를 밀어 달라고 한다.

3. 시간 길게 안 잡아도 되니 때만 밀어달라고 한다.
오히려 까다롭게 많은 시간을 할애해 밀어달라고 하면 사고나 돌발 상황이 생길수도 있으니 이 정도라도 감사하다고 생각해야 한다.
친자식도 못하는 일을 누가 해주겠는가!
마지막으로 세신사분께 요금에 음료수값이라도 더 드리고 인사까지 하는 게 도리이다.

4. 길어야 30분 정도다. 목욕이 끝나면 여탕에서 닦고 있는 나를 호출하고 옷과 기저귀를 입혀서 접수대나 안전한 장소에 앉혀 달라고 한다.(나는 그 즉시 나와야 한다. 밖으로 나가버리시면 잃어버릴 수도 있기 때문이다.)

5. 아버님께는 잘하셨다고 개운해서 좋으시겠다며 긍정의 말로 칭찬해드리고 맛있는 거라도 사드린다. 때를 밀고나면 시원하고 개운해지니, 다음번에도 순순히 응하신다.

배회방지

배회방지를 위한 지문등록을 위해 파출소에 갔더니 전혀 모르는 기색이었다. 경찰서나 동사무소로 가라고 한다. 우리가 지문등록을 할 당시에는 아직 시작하는 시점이었는지 그곳에서도 전혀 모르는 눈치였다.

지금은 치매안심센터, 경찰서, 파출소, 지구대에서도 모두 가능하다고 한다. 보호자와 치매어르신의 신분증과 가족관계 확인서류만 있으면 가능하다고 한다.

결국, 집 앞 파출소를 가던 차림으로 여러 곳을 거쳐 우리 구의 경찰서까지 걸어서 가게 되었다. 어머니는 먼 길을 걸어와 힘들다고 불평이고 아버님도 당연히 힘드시니 내 손을 잡아끌며 몸을 뒤로한 채 매달려 지쳐있었다.

다행히 경찰 직원분들은 감사하게도 물을 권하고 계단을 오르기 힘들어하는 부모님을 위해 지문 등록기를 가지고 내려와서 1층 로비에서 진행을 해주셨다.

그런데 지문등록은 매우 까다로워서 일반인도 여러 번 시도를 해야 한다. 나 또한 밭일과 간병을 할 당시에 손가락의 지문이 모두 닳아서 기계로는 서류를 발급받을 수 없었다. 치매이신 아버님이 정확하게 손가락을 대서 등록하긴 힘들었다.

결국 한두 개의 손가락 지문과 얼굴 사진을 찍고 아버님 몸 특징과 흉터 정보만 등록하고 왔다. 집에서 가까운 거리인데도 여러 곳을 들르니 3시간 정도의 시간이 걸린 것 같다.

치매이신 부모님을 모시고 다닐 때는 반드시 시간을 넉넉히 계산하고 편안한 마음으로 산책하듯 다녀야 하고 만일 진행이 벅차게 되거나 시간이 없다면 다음으로 남은 일정을 미뤄야 한다. 그래야 힘든 몸과 마음을 견딜 수 있다. 급히 움직이다가 다치시거나 짜증을 내는 게 우리에겐 별일이 아닌 듯해도 환자는 물론이고 온 가족에게 힘든 분위기가 전염될 수 있다. 안 그래도 무거운 아버님의 체중을 이끌고 가는 것도 힘든데 어머니의 짜증은 내가 감당할 수 있는 무게가 아니었다.

대소변 실수만큼 배회도 두려운 사건이다. 아버님을 두 번 정도 잃어버렸다. 그때의 고통스러움으로 이후 아버님의 손을 절대 놓지 않게 되었다.

우리 가족과 시누이가 함께했던 수산 시장에서의 일이다. 두 분은 해산물을 좋아하셨고, 우린 시장에서 금액을 흥정하고 있었다. 아버님은 내 손을 잡고 있었다. 어머니가 흥정에 집중하시느라 무의식적으로 내가 짐보따리를 받아들면서 나는 아버님 손을 놓는 줄도 모르고 놓치게 되었다.

주말이라 시장엔 많은 사람들로 붐볐고, 나는 아버님이 사라진 것도 의식하지 못했다. 나의 아들이 소리를 질러 할아버지가 어디 갔냐고 할 때 그때서야 나와 어머니, 시누이는 깜짝 놀랐고, 사방을 두리번거렸다. 아버님은 보이지 않았다.

노인이 붐비는 사람들을 뚫고 얼마나 가시겠냐며 가족은 살펴봤지만 없었다. 다행히 아들이 한 블록정도 지나 아버님을 발견 할 수 있었다. 거리를 생각해보니 짐을 받아드는 순간 바로 아버님은 걷는데 집중했고 생각보다 더 많이 걸어가신걸 알고, 그 이동 거리에 정신이 번쩍 들었다.

그 이후 일본에서도 단 한 번도 아버님을 잃어버리지 않은 것은 붐비지 않는 곳을 택하고 늘 손을 잡고 다녔기 때문이다. 누구 한 사람이 아버님 곁에서 떠나지 않도록 약속하지 않으면 순식간에 일어나기 쉬운 일이다. 환자를 맡은 사람은 무슨 일이 있더라도 놓치지 않는 밀착 케어를 해야 한다.

정신없이 바쁜 상황이거나 평소의 생활 리듬이 깨질 경우에 이런 일들이 생기는 것이다. 여유 있는 준비와 진행만이 이런 일들을 예방할 수 있다.

나머지 한번은 아버님, 어머님과 함께 시내의 대학병원에 갔을 때였다. 큰길의 인도를 걸을 때는 차례대로 어머니와 나, 아버님 이렇게 세 명이 나란히 걷고 있었다. 나는 아버님과 어머니의 손을 동시에 양손으로 붙잡고 걷는 상황이다. 이렇게 걸으면 우리 때문에 타인에게 피해를 준다. 출근시간대였기 때문에 급한 사람들은 우리를 앞서가기 위해 차도로 내려갔다가 우릴 지나쳐 다시 인도로 올라야 하는 위험한 길을 걷게 되어 버렸다. 민폐가 된 것이다. 나는 양손으로 부축하던 어머니 손을 놓기 위해 손의 힘을 뺐다.

어머니는 손 놓은 이유를 느끼셨는지 "뭐 어떠냐, 우리가 더 급한 환자인데, 지들이 피해가겠지!" 그럴 때 별다른 방법이 없는 난 더 이상 말을 하지 않았다. 대화와 설득을 시도 해봤자 감정 에너지가 소진된다. 반복되는 사건들을 통해 결국 내가 택한 방법은 침묵이다.

그날 아버님의 진료는 없었고, 어머님의 가정의학과 진료를 보는 날이었다. 뒤에는 기저귀가방을 등에 메고 두 분의 손을 잡고 걸으니 복도나 대기실을 온통 막고 걷고 있다. 진료시간에 늦을까봐 서둘러 가다가 아버님 손을 잡고 질질 끌고 가는 상황이 되었다.

멀리서 엘리베이터문이 닫히려고 하자, 어머니는 "아버지랑 나는 천천히 갈 테니까 너 빨리 계단으로 뛰어가서 접수해라!"

접수를 한 뒤 난, 두 분이 걱정되어서 뒤에 올라올 두 분을 엘리베이터 앞에서 기다렸다.

문이 열린다.

어머니가 나오면서 "접수했냐?"

어머니는 진료시간에 늦을까봐 초조한 것 같았다.

"네, 아버님은 화장실 가셨어요?"

"너가 아버지랑 같이 갔잖아!"

어머니와의 이런 식의 실랑이는 한두 번이 아니기에 나는 계단을 뛰어 내려갔다. 이런 실랑이는 언제까지 계속될까? 그렇지만, 일단 아버님을 찾아야 했다.

대학병원이 떠나가라 소리를 질렀다 "아버님! 아버님!"

층마다 있는 화장실을 뒤진다.

'밖으로 나가셨다면?' 갑자기 등줄기가 서늘해진다.

뛰어 내려가 안내데스크에 소리친다.

"아버님이 없어졌어요. 모자는 남색 체크무늬고, 오른쪽 손목에 손수건이 매달려있고요. 방송 좀 해주세요. 본인은 한쪽 청력이 약해서 잘 못 들으실 테니 다른 분들에게도 살펴봐 달라고 해주세요!"

다시 계단을 뛰어 올라간다. 눈물이 앞을 가리고 심장이 마구 뛰었다.

이번에는 아버님의 동선을 찾아보자. 침착하자.

아버님이 진료를 보셨던 일곱 개의 진료과를 뛰어다닌다.

정형외과에는 안 계신다. '내분비내과? 아니다. 신경과를 가보자!'

계단을 오르자마자 신경과 대기실 앞 의자에 앉아있는 아버님의 모습이 눈에 들어온다.

찾았다고 생각되니 다리가 후들거렸다. 눈물을 쏟으며 아버님 무릎을 잡고 주저앉아서 울었다. 엉엉 울고 있으니 아버님이 "왜 그러느냐? 어디 초상났냐?"

"아버님! 왜 어머니 손을 안 잡고 혼자 다니셨어요!"

말은 거기까지. '앞으로 어쩌면 좋아요!' 머릿속은 온통 그 생각뿐이었다.

일단 올라가야 한다. 어머니가 걱정하실 것 같다. 서둘러 아버님의 손을 잡아끈다. 그런데 어머니가 보이지 않는다.

진료실 문을 두드리고 들어가니 어머니가 앉아있다.

"자긴, 어딜 갔다 왔어?" 어머니의 침착한 대답이 놀라웠다.

집에 돌아와서 급한 마음에 배회감지기를 알아보았다. 매트형이 있고, 소지하거나 손목에 차는 것이 있다고 한다. 그런데 그 당시에는 어머니의 요청으로 요양등급을 신청하지 못하고 등록하지 않아서 아직 못산다. 답답하다......

치매 초기의 일이었다. 그러나 이젠 장기요양등급을 신청했어도 쇠약해지셔서 혼자 나가실 엄두를 못 내고 몇 미터만 움직이려 해도 두려워하신다. 늘 누군가의 손을 잡아야 움직이신다. 혼자서는 아무것도 못 하신다.

이다음엔 아버님의 상태가 어떻게 변하게 될까 우리는 걱정만 한다. 아무것도 예비하지 못한 무방비 상태로 말이다. 끝없는 긴장과 불안 속에서 예측 불가능한 미래를 점쳐본다.

우리에게는 두려움이 있다.

주 보호자들은 상황이 어떻게 변할지 한치 앞도 모르는 불안 속에서 살아가고 있는 것이다.

늘 가슴을 조이며 내일은 무슨 일이 일어날까? 오늘 하루 버텼으니 내일 하루도 어떻게든 버틸 수 있을 것이라는 무한 긍정으로 생각을 한다. 그렇지 않으면 어쩔 것인가.

순례자의 길, 마트

　아버님과 나의 외출에 이름을 붙였다. '순례자의 길'이다. 결코 스페인이나 이스라엘은 아닐 게다. 나와 아버님의 외출 목적이 같기 때문이다. 아버님은 고난의 체력단련이고 사회 적응력과 공간지각능력을 잃지 않으려는 목적이고, 난 그 모든 것을 위한 책임을 맡았고 더불어 돌발 상황 등의 대처능력을 키우고 고행을 이겨내야 하기 때문이다.

　시간을 때우기 위한 목적도 있고, 나와 아버님과는 아무런 상관없는 어머니의 괴로운 얘길 그날만 대여섯 번 들었을 때 나가야 할 시점으로 본다. 아버님의 몸을 움직이면 근육이 생기지만 힘든 얘길 들었을 때는 근육은커녕 상처만 파고든다.

우리는 더 이상 힘들어지지 않으려고 먼 산책길을 떠난다. 조금 멀리 있는 마트에 걸어서 간다.

나는 운전에 대한 트라우마가 있어서 아버님과 걸어 다니거나 지하철, 택시를 탄다.

운전하지 못하게 된 사건이 있었다.

그날도 주말 새벽에 밭으로 일을 하러 다닐 때였다. 시내를 지나 막혔던 도로가 뚫리고 속도를 내기 시작했다. 차선을 바꾸기 위해 방향등으로 신호를 보냈다. 순간 뒤차는 요란하게 경적을 울리더니 내차 앞으로 와서 가로막고 급브레이크를 밟았고 운전자는 곧바로 밖으로 나왔다. 내 잘못이 아니었음에도 작정한 듯 소리 지르며 조수석 문을 열려고 하는 흥분한 청년에게 난 무조건 미안하다고 할 수밖에 없었다. 뒤에는 몸이 온전치 못한 시부모님이 탔고, 큰일이 벌어지기 전에 자리를 떠나야 한다는 생각만 했다. 난 문을 잠그고 유리창을 단단히 올렸다. 마음대로 되지 않자 유리창을 부술 듯 당기기 시작했다. 치매이신 아버님과 어떤 일이 벌어질지 모르는 상황이다. 잠금이 풀렸는지 어머니와 아버님은 창문을 내리고 청년에 맞서 욕을 쏟아내고 있었다. 뒷좌석에는 늙은 시부모님을 태웠으나 젊은 운전자는 전혀 개의치 않는 듯 아버님에게까지 못된 욕을 해댔다. 난 아예 시동을 꺼버렸다. 두 손을 모아 빌면서 어서 그냥 가라며 손바닥을 내밀었다. 그 후로도 한참을 하고 싶은 만큼 쏟아내고 청년은 떠나갔다.

덜덜 떨며 운전대를 잡을 수가 없었다. 뒤에서 경적소리를 내며 재촉했고, 신기하게도 부모님은 아무렇지 않은지 빨리 출발하라고 소리쳤다. 그런 부모님을 보고 놀랐다. '나도 나이가 들고 늙게 되면 무서울 게 없고, 아무렇지 않게 될까?' 얼마나 더 두 분을 모시고 이런 모험을 해야 할까? 두 분은 본능대로 한다지만 나는 두 분의 보호자다. 운전뿐만 아니라 일이 끝나면 집에 가서 또 다른 수많은 일을 해야 하고, 엄마 역할과 아내 역할을 맡아야 한다. 차라리 운전을 그만두고 하나라도 신경 쓸 일을 만들지 말자며 이후로 운전대를 잡지 않게 되었다.

초기에는 운동을 위해서라도 많이 걷기 위해 웬만해서는 차를 타지 않게 해드렸다. 우리에겐 충분한 시간이 있었기에 화장실 문제가 아니면 걷고, 또 걸었다. 그러나 아버님의 화장실 문제와 체력이 쇠약해지면서 걷기 힘들어지기 시작하자 점점 거리가 짧은 평지를 걷고, 전철 대신 택시를 이용하게 되었다. 아버님은 처음엔 전철 타는데 무리가 없었지만 내려가는 에스컬레이터를 탈 때면 공포감에 한 발짝도 떼지 못하고 어쩔 줄 몰라 했다. 에스컬레이터에 무리하게 태우려다가 위험천만의 일이 생기기 시작해 그만두었다.

한때는 아버님의 친구분이 모임에 데려가 주셨다. 아버님과 함께 가시면 아무래도 우리가 해야 할 일을 도맡아 주실 텐데 폐가 될까봐 걱정을 많이 했지만 친구들이 보고 싶어 한다고 흔쾌히 손잡고 다녀주셨다.

그러나 어느 날 아저씨의 손에 이끌려 오시는 아버님의 걸음이 이상했다. 아저씨는 난감한 표정으로 아버님이 대변보셨으며, 씻겨야 한다고 전하며 황급히 사라지셨다. 그 뒤로 아저씨에게 민폐를 끼치기 싫어서 에둘러 모임에 못 나가실 것 같다는 얘길 전했다.

아버님의 손을 잡고 걸으면 조금만 걸어도 힘들어해서 내게 손만 맡기고 몸은 축 늘어져서 뒤로 몸을 눕히는 상태가 된다. 마치 장난감을 사달라고 떼쓰는 아이가 엄마에게 끌려가듯……

그럴 때 내 어깨는 끊어질 듯 아프지만 아버님의 손을 안 잡을 수는 없다. 그렇게라도 걸어야 쇠약한 몸이 유지된다. 이미 암 수술을 하셨고, 그 외 장기는 쇠약해져서 소화능력도 약해지셨다. 고기는 안 드시지만 냉면과 회나 초밥 등 날것을 찾으시니 장에 무리가 된다.

달콤한 것만 찾으셔도 당뇨 수치가 유지되게 하는 방법은 하나뿐이다. 운동인 것이다.

아버님은 배고파지셨는지 내가 들고 있는 장바구니에 주섬주섬 던지신다.

아차! 이럴 땐 장바구니를 들것이 아니라 카트를 밀어야 한다. 언제 끝날지 모르는데 내 몸을 내가 아끼지 않으면 안 된다는 걸 자꾸 잊어버린다.

갑자기 아버님이 성큼성큼 걸어가시더니 젓갈 코너로 가신다. 아줌마가 이쑤시개를 건네기도 전에 손으로 젓갈을 드시기 시작한다. 입에 넣었던 손을 다른 젓갈로 향한다. 내가 미처 손을 쓰지 못하는 순간이었다.

판매하시는 아주머니는 인상을 쓰며 화를 낸다. 백번 잘못했으니 할 말이 없다. 나는 죄송하다며 치매여서 그렇다고 대답하면서 젓갈을 한 팩 장바구니에 담았다. 집에 젓갈이 여러 종류 있지만 미안한 마음이 앞서서이다.

그러나 아줌마는 뒤돌아 가는 우리에게 "치매면 나오지 말던지. 집에 있어야지 왜 나와 돌아다니며 피해를 준대."라고 한다.

씁쓸하다. 가슴이 답답하다. 이후엔 다른 사람에게 피해가 갈 수 있는 장소를 피하게 되었고, 복잡하지 않고, 시식코너 가 없는 동네 마트 등의 다른 곳을 찾게 되었다.

순례자의 길, 서점, 공항

아버님 손에는 늘 책이 있었다. 기독교 신자가 아님에도 성경을 통독하고 어떤 책이든 소화시키는 분이었다. 하나의 주제에 빠지시면 관련된 책을 모두 찾아보고 타인을 가르칠 정도가 되었다. 늘 책 얘기로 타인과 공유하길 원했다. 나에게 책 주문 심부름을 시키고 친구분들께 배송을 시켜 달라고 했다.

그렇게 책을 좋아하시던 아버님이 이제는 거들떠보지도 않으신다. 아버님이 그렇게 외치던 장기기억장치에 담겨 있던 이야기들이 흔적도 없이 사라지는 날이 올 줄 꿈에도 몰랐다. 기억을 더듬어 아버님의 옛이야기를 기억해 꺼내면 전혀 모른다는 대답뿐이다.

아버님이 유일하게 즐겨보시는 텔레비전 프로그램 〈동물의 왕국〉에서 힌트를 얻어 동물 사진이 많은 책을 사와 보여드려도 소용이 없게 되었다.

어느 날 아버님과 전철을 타고 광화문에 있는 대형서점에 갔다.

아버님이 평소에 좋아하시던 장르의 책들은 물론 만화책을 권해도 시큰둥하고 통 관심이 없었다. 좋아하시는 달콤한 커피를 사드리고, 의자에 앉아 쉬고 있었다. 옆 테이블에서는 4~5살 정도의 예쁜 꼬마가 엄마인 듯한 분과 그림동화책을 읽고 있었다.

아버님은 그 꼬마가 귀여운지 한없이 쳐다보시고 계시더니, "저거 나 사줘." 하시는 거다. 난 꼬마 엄마에게 어느 코너에 있는지 물어봤다. "이게 마지막 책이던데요." 꼬마는 빼앗길까봐 두려워하는 표정으로 엄마를 올려보고 있었다. 아이 엄마는 귀에 대고 귓속말을 하는 것 같았다.

난 아이에게 미안해져 일어나려고 아버님의 손을 잡았다.

"아버님 저쪽으로 가서 다른……" 내 말이 끝나기 전에 꼬마는 "이거 보고 돌려주세요, 빌려드릴게요."

"아! 고마워 빨리 보고 줄게." 아버님을 보았다. 그새 아버님은 꼬마가 건넨 책은 거들떠보지도 않고, 일어나 발걸음을 옮기셨다.

책을 갖고 싶은 것이 아니라 그 아이가 되고 싶은 거였다.

6.25 피난민 시절 그때의 꼬마아버님은 못해보신 어리광을 부리고 싶었던 것은 아닐까?

비가 오거나 눈이 와서 길이 미끄러울 때는 전철을 탄다. 전철만을 타고 다녀도 충분히 운동이 가능하다. 공항을 코스로 정하면 많은 걸음을 걸으실 수 있고, 편한 장애인 화장실도 곳곳에 있다.

특히 원스톱 쇼핑몰 건물들은 지하철역에서 바로 통하는 출구도 있고 웬만한 곳은 영화관도 있다. 아버님은 영화도 좋아하셔서 가끔 보여드리기도 했다.

지역 곳곳에 〈청춘 극장〉이란 곳도 있어서 어르신이 좋아하시는 유랑극단 등의 공연이나 추억의 영화도 즐길 수 있고 주말엔 신파극 같은 공연도 한다.

동네 도서관에서도 영화 상영을 하고 치매 어르신 경우엔 어린이용 만화영화도 좋다. 특히, 음악이 함께 나오는 따뜻한 느낌의 만화영화는 정서 안정에도 도움이 되는 듯하다.

이런 활동은 충분히 운동이 되는 양이다.

몸을 움직이시는 것도, 큰 스크린으로 영화를 보시는 것도, 많은 사람들과 소통하는 활동도 뇌에 자극을 주기에 무시 못 하는 활동이다.

한가한 평일 낮이라면 환승구간도 넓고 평지라서 운동하기에 좋다.

순례자의 길, 박물관

아버님의 치매 초기 때와는 달리 요즘은 노인이 다닐 수 있는 곳이 많아졌다.

집에 있게 되면 누구나 늘어지기 쉽다. 집에만 있으면 아이들과 부대끼며 집안일에 바쁘다. 아버님께 집중하기 어렵다. 몸은 아버님과 함께 있어도 돌보지 못한 일들을 처리하느라 늘 불안했다.

내가 일하는 동안 아버님이 밖으로 나가 배회하시거나, 넘어져서 다치실 수도, 또 다른 어떤 사건이 생길까봐 두려웠고 일에도 아버님에게도 제대로 집중할 수가 없었다. 또, 집에서는 힘들고 답답하니 서로 좋은 눈으로 바라봐지지 않는다.

일주일 내내 모시고 나가려고 노력했지만 날씨 같은 사정으로 간혹 집에 있는 날이면 아버님도 힘들어 했다. 아버님의 실내화 끌고 다니는 소릴 계속 듣는 것은 더 큰 스트레스였다.

끊임없이 배고프고 불안하고 심심하셨기에 결국엔 외출을 선택했다.

특히 아버님은 당뇨가 있기에 운동이 더욱 절실했다.

물론 몸은 힘들었지만 그래도 아버님과 내가 웃을 수 있는 거라면 뭐든 하기 위해 덤볐다.

경찰박물관, 농업박물관과 이대 자연사박물관, 역사박물관, 광화문의 지하 세종대왕 박물관과 이화여고박물관 등 병원 주변 서울시내 박물관은 대부분 경사로와 엘리베이터 시설이 잘 되어있어서 모시고 다니기 편했다.

병원 바로 옆에 〈경교장〉이라는 사료관이 있어서 들르기도 했다. 그러나 이곳은 엘리베이터가 없는 가파른 계단이라 조금 불편하다. 두세 번 방문했지만 가파른 계단을 오르다 매번 대변 실수를 하시는 바람에 되돌아 나오기 일쑤였다.(노인은 계단을 오르며 힘을 주면 어쩔 수 없는 생리현상이 일어난다.)

아이가 다니던 대학 캠퍼스도 산책하기 좋았고 평지인 동네공원도 좋았다.

아버님은 치매에 걸리신 이후에 꽃을 좋아하시게 되었고, 꽃을 보는 표정엔 평화로움이 깃들어 보였다. 그럴 때마다, 나도 덕분에 정신적인 고통에서 조금이나마 벗어날 수 있었다.

어디든 다니실 수만 있으면 보호자와 환자를 위해서도 좋다. 운전을 안 한지 오래되어 이 모든 곳을 대중교통이나 걸어서 이동했기에 많이 힘들었지만 아버님의 당시 혈당수치가 내려간 큰 요인이 되었다. 때론, 작은 언덕도 힘겨워 하셨지만 그럴때 마다 뒤에서 허리를 잡고 밀어드리며 "으쌰 으쌰! 이!깁!시!다! 이!겨!냅!시!다!" 하고 아버님과 함께 구령을 붙였다.

'뚜벅이' 며느리인 덕에 부축하느라 힘들었지만 추억이 되었다. 그마저도 걷기 힘드실 때가 오면 하고 싶어도 못 다니게 될 테니.

끝없는 질문에
기쁘게 대답하는 법

"어머니는 어디 갔다구?"

"네, 수술하고 퇴원해서 쉬러 가셨어요."

5초도 안되어 다시 묻는다.

"니 엄마는 어딨냐?"

"글씨유~ 어디가셨을까요?"

"아버님이 옛날에 한동안 걸어서 다니셨지유?"

"아~! 00이로구나!"

"내가 배타고 어딜 갔었다구?"

"기차타고, 항구에서 배타고 가셨지요? 어딜까요? 두 군데 가셨걸랑요~"

"아하! 부산 갔지!"

"또 배 타고 어딜 갔죠?"

"몰라!"

"아버님이 땡큐, 아리가또 하고 우리가 초밥 먹었지요?"

"아하! 일본 갔지!"

반복되는 질문을 끝없이 하실 때 쓰는 방법이다. 똑같은 대답을 반복하면 서로 짜증만 증폭될 뿐이다. 이왕 하는 대답에 인지와 기분전환을 위해 다양한 방법을 쓰면 어떨까?

아직 글을 읽는 게 가능하시다면 한 장에 한 단어씩 퀴즈 풀 듯 붙여두면 기억도 하시게 되고 이야기 소재로 삼을 수 있어서 나도 덜 지친다. 생각하실 시간을 가질 수 있고 퀴즈나 게임처럼 진행하니 인지 치료에 도움도 된다.

생각을 전혀 안 하시는 것 같아도 의외로 놀라운 효과를 가져오기도 한다. 빨리 안 가르쳐 준다고 화를 내시더라도 유연한 마음으로 반응을 하고 인내심을 가지고 설명하고 몇 번이든 반복한다. 특히 손을 잡아 드린다거나 등이라도 쓰다듬어 드리면서 별것 아닌 따뜻한 스킨십이지만 흥분을 가라앉혀드리고 안정감을 찾아드릴 수 있다.

그 밖에 외출 전
상황별 완전무장

집에서는 급한 상황이 와도 무엇이든 손쉽게 구할 수 있고 비교적 안전하니 그나마 다행인데 외출해서 난감할 때가 많다.

특히 자차가 아닌 대중교통을 이용하려면 준비물이나 육체적 노동도 배가 된다. 중증이라면 실내나 밖에서도 이동하기 편리한 보행기나 휠체어가 필요할 것이다. 외출할 때는 물티슈나 노동시간을 줄여주는 간편 청소도구나 위생용품이 필수다. 늘 빨래와 청소 뒤처리에 힘들기 때문이다.

더구나 환자에게 따뜻한 말을 한마디라도 더 하려면 노동을 최소한으로 줄여야 한다. 그 시간을 인지와 운동치료에 할

애하는 편이 낫다.

외출할 때 짐이 무겁지만 않다면 있어서 나쁜 것은 없다. 물티슈와 여벌 옷, 그리고 배회 방지용품, 간식과 음료, 장갑, 비닐봉지와 기저귀다. 차량이 있거나 휴대 가능하다면 우산과 의자, 가림막 정도가 필요하다.

아버님을 두 번 잃어버리고 바로 모든 소지품에 연락처와 성함을 적거나 수를 놓았는데, 속옷의 목덜미 부분, 그리고 소매에 하는 것이 좋다. 속옷을 벗지 않는 한 연락처가 끝까지 남아있기 때문이다. 진단이 내려지면 외출을 위해 많은 예방책을 준비해야 한다.

그 외 날씨나 상황이 안 될 경우를 대비해 간단한 실내 놀이가 가능한 것들을 준비해 두면 좋다.

난 아버님의 공간지각이나 인지를 위해 '오목'을 자주 했다. 뚜벅이인 나에게 휴대용 바둑판도 가방에 넣기에는 부담스러우니 모눈종이 모양의 노트에 동그란 스티커를 넣고 다니면서 병원대기시간에 오목을 둘 수 있다.

주변 공원이라도 산책을 나가면 좀 더 활동적인 운동을 할 수도 있다. 플레잉케치볼 이라고 하는 벨크로 소재로 만든 공놀이도 대, 소근육 강화나 집중, 협응에 좋다. 소프트 공이나 탁구공으로도 해봤지만 공을 다루기 불편했기에 안전하며 한 손에 잡히는 것이 바로 캐치볼이었다. 환자의 상태에 따라 벤치에 앉거나 서서 할 수 있다.

급히 외출해야 하는데 유난히 씻기를 거부하실 때는 난감하다. 급할 때는 실랑이하다가 지쳐 물 적신 수건과 비눗물을 적신 수건 몇 장을 준비해서 전자레인지에 교대로 돌려가며 따뜻하게 해서 닦아드렸다. 환자용 건식샴푸를 동원할 때도 있다.

차라리 씻는 게 낫지 이런 경우엔 아버님도 나도 괴롭다. 따뜻하긴 하지만 축축하며 미끈거리고 식으면 차가워져서 데우는 과정을 반복한다. 아버님이 싫어하시는 면도기까지 들이대니 힘드신 거다. "집어쳐!"라고 소리를 지르며 "죽고 싶어. 정말 죽었으면 좋겠어." 아버님의 그런 소릴 들을 때면 힘겹게 버텨왔던 내 마음도 무너져버린다. 마치 내가 죄인이 된 듯 급한 마음에 서두른 게 화근이라고 하는 것 같아서 아버님께도 서운한 마음이 들고 나 스스로도 성급했음을 자책하곤 했다. 그러나 차츰 적응이 되면서 급할수록 천천히 해야 함을 알게 되었고, 아버님의 마음을 읽고 배려하는 방법을 터득해 나갔다.

시간에 쫓길 때는 (병원 진료와 치매안심센터의 수업이 대부분이지만) 더 일찍 준비해서 스트레스를 최소한으로 줄여드리고 아버님 표정을 살펴가며 대처해야 한다.

예를 들면, 바지를 입힐 때 발을 올려 바지를 입기 어려우므로 바지 안에 내의를 함께 겹쳐 넣어서 동그랗게 벌려두고 내의와 바지를 한 번에 입혀드렸다. 상의도 마찬가지로 하면 된다. 그렇게 하면 옷 입기 귀찮아하는 아버님도 한 번만 움직이게 되니 좋고 시간도 단축된다. 옷을 입혀드리면서 인지치료에 도움이 될 수도 있다. "아버님! 발레리나가 발을 어떻게 하고 춤추죠?"라고 하면 반사적으로 발가락을 세우신다. 아버님이 거친 손놀림이나 발목, 발톱에 걸리는 바짓단에 예민하시니까 생각해 낸 방법이다. 이렇게 하면 보다 수월하면서도 안전하게 입혀드릴 수 있다.

아버님의 사업장이 'ㄱ'자로 된 전면 유리라서 밖에서도 다 보였다. 휴대폰이 아닌 유선전화를 받을 때는 통화하는 짧은 사이에도 변기에 앉아있던 아버님은 바지를 내린 채 화장실에서 나왔다. 아버님을 가려드리고 다시 화장실로 되돌아가기에는 넘어야 할 '산'이 많아서 그 자리에서 뒤처리를 한다.(모시고 자리를 옮기다가 매달린 대변이 줄줄 떨어지거나 바짓단에

걸려 넘어지는 등 위험하므로)

고속도로나 휴게소 지하주차장 바닷가 부두 할 것 없이 모든 곳은 화장실이 돼 버린다. 가방에는 늘 빈 비닐봉지와 휴지 물티슈를 챙겨서 문제 없이 뒤처리해야 한다.

때론 대변을 뭉개고 앉아서 고집을 피우신다. 당신은 대변을 절대로 안 보셨다는 거다.

어린 아기와 고집스런 노인의 얼굴을 함께 가지고 계셨다. 모든 치매환자의 모습이 그러니 아버님도 예외는 아니다.

반대로 따로 살고 있는 혈육이 다녀갈 때나 외부에서 만날 때면 옛날 모습이다. 아니 옛날과도 다른 모습이다. 집안 어른의 반듯한 모습이다. 평소와 다른 두 분은 멋진 그림같이 앉아계신다. 평소의 모습과 가족모임에서 보이는 두 분 모습에서 큰 차이를 발견하고 그럴 때마다 혼란스러웠다.

간병하는 보호자가 힘들지만 손이 많이 가더라도 치매환자는 최대한 복잡하지 않게 불쾌하지 않게 해드릴 방법을 찾고 배려해야 한다. 그러기 위해 보호자는 충분한 휴식과 몸 관리, 마음건강을 놓치면 안 된다.

하지만 부딪히는 현실은 어떤가? 주 보호자는 한계에 다

다를 때마다 두려움이 앞선다. 그들의 머릿속에는 '앞으로 나는 얼마나 더 버틸 수 있을까? 당장 내가 먼저 쓰러질 것 같다.' 그러나 이미 바닥난 체력으로 당장 오늘 하루를 넘기느라 자신의 상태가 얼마나 심각한 줄도 모른다. 마음은 또 어떤가? 가족의 도움 없이 주 보호자 혼자 감당할 수 있을까?

모든 치매 증상이 다 같지도 않다. 증상이 비슷한 것 같으면서도 전혀 그렇지 않다. 한 노인이 살아온 삶이 다르듯 증상도 제각각인 것이다. 그래서 보호자는 더 갈피를 못 잡고 괴롭다. 도움을 청할 수도 없게 차단해버리는 가족의 과잉방어 역시 주 보호자를 이중으로 괴롭히는 고통이 된다.

치료제도 급하지만 치매가정이 좀 더 편하게 해결할 수 있는 환경적 변화도 필요하다. 젊고, 유능한 인적자원을 발굴해 사회적, 교육적 시스템을 구축하고 치료 방법을 연구한다면 나와 아버님 같은 일이 더는 일어나지 않으리라 믿는다.

기억하시는지 알 것 같아요

앞에서도 말했듯 아버님 간병에 어린이집 운영했던 경험이 많은 도움이 되었다.

그때 원장 노릇만 했다면 이렇게까지 못했을 테지만 당시 나는 아이들과 이야기를 나누고 수업에 참여하는 게 더 즐거웠고 그 이야기를 가정통신문과 소식지에 실었다.

그중 관심 가졌던 것이 박문희 선생님의 《마주 이야기》였다. 많은 공감을 했던 책으로 아이들이 하는 이야기 세상은 재밌고 때로는 우리에게 깨달음을 줄 때도 있다.

아이들의 연령별 발달 단계에 따라 이야기하는 방식이나 화제도 달라진다.

비유하기 그렇지만 비슷하게 진행되는 치매 등급의 단계를 떠올렸다. 다만, 가슴 아프지만 시간의 흐름에 따라 아이들과는 반대의 모습으로 진행되는 것이다.

의사는 아버님이 8살이 되었다가 5살이 되었다가 더 한 단계씩 내려가게 될 것이라고 말했다.

아이들은 별걸 가지고 경쟁을 한다. 심지어 나이나 가족 수만으로도 놀이가 될 때도 있다.

"나는 형 있다!", "난 형이 두 개다!", "난 백개다!", "야! 난 형이 십백천개(?) 있어! 어쩔래!" 라며 어깨에 잔뜩 힘을 주며 손을 허리춤에 댄다.

그 당시 학부모님들도 소식지에 나온 대화의 주인공이 자신의 아이가 아니냐며 좋아했고 왜 우리 아이는 없냐며 흥미로워했다.

아버님과 대화를 하고 있으면 그때의 《마주 이야기》 생각이 난다.

그냥 지나칠 수 없는 아버님과의 이야기들이 있다.

병원 진료날 대기 중이었을 때다.

아이가 대학에 합격해 아버님도 나도 기분이 들떠있을 때다.

"00이가 00대 의대를 갔다고?"

"아니요, 의대는 싫다고 했고 다른 과에 갔어요."

"걔는 의사가 왜 싫대?"

"싫은걸 어쩌겠어요. 애가 좋아하는 곳이 좋지 않을까요?"

"그래? 저 싫으면 그만이지."

끄덕끄덕 이신다.

잠시 뒤 몇 초 안돼서 "00이가 의대를 갔지?", 난 처음 들은 것처럼 "아니요, 다른 과 갔어요." 이 과정을 열댓 번은 반복했던 것 같다. 대답하기도 지칠 때쯤 생각했다.

아버님이 혹시 모르실 것 같지는 않은 것 같은데 반복하시는 이유는? 혹시 이 상황을 즐기시는 게 아닐까?

아버님이 젊었을 때도 좋은 일이 생기면 남들 앞에서 자랑하고픈 내용을 '질문'으로 표현할 때가 종종 있었다. 예를 들면 "00이가 무슨 상을 받았다고?"라며 타인의 시선을 끌기 위함이란 걸 알게 되었다. 나는 아버님의 기억력을 테스트 할 겸, 아버님께 욕먹을 각오를 하고 모험했다.

"네, 00대 의대 갔어요, 맞아요."

지금까지 대화를 지켜본 진료실 앞의 대기자들은 나를 흘끔흘끔 쳐다보는 게 느껴졌다. 신경과에선 이해 할 수 있는 대기실에서의 이런 대화가 내분비내과에서는 타인의 시선을 끌기에 충분한 일이다.

아버님은 바로, "00대 의대를 가? 의대를 갔단 말이지!", "확실한 거지?"

예측이 맞았다. 어쩌랴! 아버님 기억력과 마음을 확인하기 위해 실험했다는 죄책감에 모기 소리만 하게 기어들어갔다.

"네......" 아버님의 옆모습을 보았다. 심각하다. 굳은 표정으로 더 이상 질문을 안 하시고 진료실 문만 바라보고 계셨다. 아버님은 정확히 알고도 계속 질문하신 거였다.

소통은 치유다

인터넷카페에 올라오는 글 중 주 보호자는 소통의 단절로 인한 '불화' 얘기가 반절 이상이라고 해도 과언이 아니다. 사실 사적인 자리에서 공공연히 하는 속 얘기들이지 피하게 되는 화제라는 말이 더 정확하다. 주 보호자의 형제자매가 있는 가족 대부분이 그렇다는 것을 나는 감히 단언한다.

나의 지난 일을 예로 들면, 주 보호자는 하나의 일정을 잡기 위해 많은 준비과정을 거쳐야 한다. 특히 병원에 갈 경우엔 철저한 준비를 해야 한다. 애써서 미리 준비했던 일정이 꼬여 버릴 때가 있다. 그런 일들이 비일비재 하기에 인터넷카페에 이야기를 올린 분의 고충을 통감한다. 마치 내 곁에서 함께 한 것처럼 똑같은 일들을 겪었기 때문이다.

그분 역시 이런 저런 일로 속상하게 사느니 차라리 외동인 것이 낫겠다고 할 정도다.

어떤 분은 다른 형제들에게 참고 참다가 힘든 이야기를 어렵게 꺼냈더니 '징징거린다'는 표현을 써서 말 꺼낸 주 보호자가 더 상처받았다고 했다.

당하지 않는 사람은 징징거린다는 표현을 쓸 수도 있을 것이다. 누구든 자신의 손끝이 더 아픈 법이다. 만족스런 삶이 어디 있겠는가. 모두가 자신의 삶만으로도 고통스럽다고 한다. 그러나 자신의 손끝을 치료하고 나서도 치매환자를 돌보는 보호자를 보면서도 자신의 눈을 가리고 싶은 것이다. 매일 인간의 한계를 시험당하는 느낌으로 사는 주 보호자의 고충을 모르니까 어쩌면 알기에 보고 싶지 않아 할 수도 있다. 가족이면서 공감을 못하고 소통할 필요성을 모르니 더 가슴 아픈 일이다.

몸 고생 마음고생만으로도 힘든데 다른 가족으로부터 받는 고통과 상처는 타인이 주는 상처보다 더 큰 고통을 준다. 부모님 두 분이 계시고 그중 한분은 치매가 아니라고 해도, 어른들은 잘 잊어버리시기에 주 보호자와 연락이 안 되면 아래와 같은 문제가 생기고 만다. 나는 기간을 두고 서너 차례 얘기했고, 노파심에 전날에도 미리 말씀드렸고, 아침에도 얘기했음에도 일정에 대해 늘 불안한 마음이 있었다. 그날도 준비를 다 하고 어머니에게 얘기했다.

"이제 가실까요?"

"어? 애들이 12시에 밥 사주러 온다고 했는데!"

그리고 아무 일도 아니라는 듯 어머니는 "너 아버지만 데리고(?) 가라."

그런 상황이 벌어질 땐 어이가 없다. 형제는 어머니와만 통화를 하고 결정하며 어머니를 통해 보이지 않는 힘겨루기를 할 때도 있다. 도대체 내 일을 덜어주기 위해 오는 것이 맞는지, 치매환자가 아닌 어머니에 대한 숙제만을 하러 오는 것인지 의문이 들 때가 많았다. 결국 그들이 오는 것은 누구를 위한 것인지 알 수 없다. 이런 일은 불편함과 힘겨루기를 내려놓고 소통만 된다면 아무런 문제가 되지 않는다. 자신에게만 중요한 하나를 얻기 위해 정작 더 소중한 모든 것까지 잃기 때문이다.

아픈 당신, 위로합니다

 몸이 땅속으로 꺼질 것 같았던 밤, 그냥 잠들면 못 깨어날 것 같았다. '다음날 새벽부터 바쁘게 움직여야 하는데 일어날 수 있을까?' 평소와 다른 몸 상태에 불안해서 옷을 대충 걸쳐 입고 나섰다. '대중목욕탕에 가서 뜨거운 물에 담가보자. 전에도 그렇게 해서 좋아졌으니 효과가 있겠지.'

 시계를 보니 밤 11시가 넘었다. 한두 시간 정도면 회복이 될 거라는 생각으로 뜨거운 탕 안에 들어가서 눈을 감았다. 추운 겨울이었고, 솜사탕이 물에 녹아들어 가듯 내 몸도 물속에서 흔적 없이 사라질 것 같았다. 이대로 녹아 없어지면 좋겠다고 하다가 빨려 들어가는 듯 바로 잠에 빠져들었다.

꿈속에서 친정엄마가 따끈한 김치찌개를 끓였고 난 이 맛이 그리웠다고 말하며, 국물 한 숟가락을 맛보았다. 엄마의 눈엔 눈물이 가득했고 내 손을 잡고 주무르고 있었다. 갑자기 따뜻했던 엄마의 손이 차가워지고 그 손이 내 볼을 때린다. 눈을 떴다. 엄마는 사라지고 내 앞에 시어머니가 내 얼굴을 후려치고 있었다. 꿈이었다.

누군가 가라앉은 나를 끌어당겼고, 내 얼굴을 때리고 있었고, 팔다리를 주물렀다. 세신사분의 눈에 띄어 끌려 올라왔고 바닥에 눕혀졌다고 한다.

"팔을 더 주물러봐, 어머, 저 비틀려서 어떡하니. 119 불러라!", "아니야, 나도 그랬어. 더 주물러봐 괜찮을 거야, 이봐 정신이 돌아오잖아"

세신사분들이 끌어다가 주물러서 다시 정신을 차리게 되었단다.

팔다리가 뒤틀렸고, 눈이 돌아갔다고 한다. 37도의 한여름 정오에 200~300주의 고추밭에서 고추를 따고 농약을 두세 통 뿌린 뒤 겪고 세 번째였다. 이젠 못하겠다. 늘 그랬다. 못한다 하고 매번 또 했다. 말뚝에 묶였다 풀린 코끼리 목줄이었다. 도망가지 못하는 코끼리가 다름 아닌 나였다.

날벼락을 몰고 온 나를 주물러준 그분들을 처음엔 원망했다. 그분들에게도 피곤한 늦은 밤이었을 것이다. 아주머니들은 내 사연을 들었고, 한 분은 화를 내며 나 죽으면 아무 소용없으니 당장 집어치우라고 했다. 한 분은 이 핑계로 병원에 입원하라고 했다. 좋은 생각이다. 그 순간 고3인 아들이 다음 날 마지막 모의고사를 보는 날이다. 아들 먹을 아침밥을 챙겨야 한다는 생각, 그리고 아버님의 당뇨로 병원에 가는 날인 것이 떠올랐다. 목욕탕 세신사분들께 감사 인사를 하고 나와서 벽을 잡고 몇 발짝 걷다가 넘어졌고 온몸을 부들부들 떨었다. 그 5분도 안 되는 거리를 30~40분은 걸려서 큰길로 나왔던 것 같다. 생각해보니 한 끼도 먹지 못했다. 그래서 이런 일이 생긴 거네. 다행이다. 밥을 먹으면 아무 일도 아닌 것처럼 일어나겠구나. 24시간 운영하는 국밥집에 갔다. 무언가를 씹고 삼킬 힘조차 없어서 국물만 넘겼다. 나에게 어려움은 늘 따라왔지만 그럼에도 힘든 삶을 통해 하나라도 배울 수 있을 것이라 생각했다.

그 또한 겉멋이었다. 자신을 돌보지 않은 상태에서 삶을 통한 배움은 (나 자신이 빠진 자존감 없는) 잘못된 선택이다. 감히 나는 건방을 떨며 어려움을 이겨 먹겠다고 나선 것이다. 갑자기 서러움이 밀려와 소리 내어 통곡했다. 나와 아버님에게 저주를 내린 게 분명했다.

그 즈음, 만일 '어머니 저 너무 힘들어요. 하루 세 시간 요양사님 와서 아버님 돌보실 때는 제가 어딜 가건 뭘 하건 없는 사람이라 생각해 주세요. 단 세 시간 동안 만요.' 혹은 '어머니 절 이전처럼 부리시는 건 어려울 것 같아요. 저도 늙어가고 체력이 딸려요. 능력 있는 어머님이니 비용을 대서 충분한 시간을 인력으로 대체 해주세요. 그럼 제가 숨을 좀 쉴 것 같아요.' 라며 정면 돌파가 아닌 호소를 했다면 어땠을까? 매번 망설일 때마다 나는 절대 통하지 않을 사람이라는 둥 어머니를 더 악역으로 몰고 있는지도 몰랐다. 백 원 하나도 손해 안 보려는 분이기도 하지만 결혼 후 백화점 옷을 두세 번 사주었던 일, 고가의 전자제품을 사는 화통한 면도 있다는 것을 잊고 있었다. 어머니가 수시로 "내 자식들은 모두 이 엄마 덕에" 라던 말. 나는 그것을 내가 살기 위해 이용할 줄 모르던 어머니 말대로 '미련곰탱이' 였는지 모른다.

나는 고집스럽게 내 자존심을 선택했다. 부딪히면 부딪히는 대로 모르면 이해시키면서 결과를 얻었으면 아마 지금 같은 결과가 아니었을 것이다. 자존감 대신 자존심을 택한 고집스런 결과였다. 결국 호랑이 시부모가 무서워 삶의 방향키를 내가 잡아가지 못해 생긴 나의 쫄보이며 망설임의 결과였다. 아마 하루정도 생각해 보고 '못된 년'이란 한 마디를 내뱉고 내가 원하는 대로 했을지(아니면 처음엔 대답하고 괘씸해 하며 이전처럼 다시 원래대로 돌아가 버렸을지도 - 내겐 익숙하다.) 모른다. 나 혼자 고민의 탑을 쌓고 무너뜨리고를 반복하다가 급기야 견디지 못하고 가출을 해버린 것이다.

개인의 타고남에 따라 다소 차이는 있지만, 대부분의 주 보호자는 간병이 끝난 뒤에도 과거에 사로잡혀 고통을 받는다. 스트레스와 긴장의 살얼음을 걸어왔던 삶이고 상처이기에 트라우마가 생기는 것이다.

아버님의 간병은 나를 돌아보고 생각할 기회를 주었다. 고통의 대부분을 차지하던 족쇄를 풀어 내던진다. 이전의 나는 어떤 결정이든 스스로 한 적이 없었다. 결정을 하면 책임을 져야 했고, 그것은 내게 버거운 것이었다. 내가 안고 있던 아니, 끌려가는 책임으로 숨통이 막혀있었다. 그 어느 것도 내 의지로 결정하지 않으면 내 책임이 되지 않았고 그것을 타인의 책임으로 돌릴 수 있었다. 반대로 책임을 지지 않게 되었지만 쏟아지는 일처리와 사건들을 피하지는 못했다. 나는 '예스 아줌마'를 택했고, 내 손길이 필요한 곳은 마다하지 않았다. 겉으로는 웃으면서 모든 것을 해내는 천사인척 해결사인척 했고, 속으로는 쏟아지는 일더미 속에서 허덕였다. 그러면서도 그 어떤 것도 내 잘못은 없었으니 난 고칠 필요도 없고 성장하지 못했을 것이다. 남 탓만 하는 어머니와 닮은꼴로 늙어갔을 것이다.

그런데 전쟁 상황에서 떠남과 동시에 이전의 어리석음을 통절하게 깨닫고 아파했다. 시련과 고통 뒤에 따라오는 선물은 내가 모르던 나를 대면하는 것이다. 내 삶이 편안하고 행복했다면 만나지 못했을 것이다.

그렇지만, 이 글을 읽는 당신에게 과거에서 벗어나 탈바꿈 하라는 요구는 하지 않겠다. 다만, 그 모든 일들을 겪었던, 혹은 겪고 있거나 앞으로 겪기 두려운 당신이니 어떤 상황이 오더라도 당신이 '자신의 중심' 이라는 걸 기억하길 바란다. 코앞의 사건과 상황에 끌려가지 않는 당신이 되길 바란다. 부모와 가족을 사랑하는 마음과 동시에 마라톤과 같은 고통스런 간병 앞에서 자신의 소중함을 잊지 말고 지혜롭게 해결하길 바란다. 당신과 자녀에게 남은 시간이 얼마일지 모르기 때문이다.

이것이 당신에게 간절히 바치는 위로다.

EPILOGUE

글을 쓰면서 뜨거운 것이 올라와 거친 단어들을 쏟아냈다가 지우고, 간병 얘기를 하다가 어느새 또 유치하고 치졸한 내용이 불쑥불쑥 고개를 내밀었다. 출판사는 나의 초라한 글을 참아주었고 내용이 많으니(처음엔 두 배 가까운 원고였으니.) 덜어 내주길 에둘러 표현하였다. 분노의 마음이 그대로 드러났던 초고에서 조금씩 덜어내는 과정은 더 고통스러웠다. 내 과거와 아픔이 송두리째 뽑혀나가 난 아무것도 아닌 쭉정이만 남게 될 것만 같아 잘라내는 원고를 버리지 못하고 매달려 있었다. 여러 번에 걸쳐 삭제했다가 다음날 눈뜨면 또다시 잘라낸 과거를 다시 이어 붙이려고 전원을 켰다. 단어들이 흩어졌다가 다시 모이기를 수십 번.

다 지난 여름날 땅에 떨어진 매미가 여름의 끝자락에 매달려 살고 싶다고 발버둥 치듯, 나 역시 같은 자리를 맴도는 이야기를 되풀이하기만 했다.

부모님은 치매의 고통 말고는 당신들이 원하는 방향으로 살아오셨다. 자식을 위해 최선을 다하셨다. 그러나 두 분 노력에 비하면 그 빛을 발하지 못하고 있다. 자기애가 있는 부모님은 그 대가로 혼신을 다해 되갚아 주길 원하셨다. 그것이 한쪽으로 치우쳐 부작용이 생겼다. 나는 어머니의 과거를 '측은지심'이란 착각을 했고 그분은 덕분에 편하게 나를 부리셨다. 대체 누가 누굴 불쌍히 여긴다는 것인가!

나도 모르게 시월드를 높이 떠받들고 있었고, 시간이 지날수록 그분은 나의 마음을 시의적절하게 이용한다는 걸·느꼈다. 무언가 내 손이 필요하면 표정과 말투는, 천사가 되었고, 일을 마무리하고 난 후엔 다시 싸늘한 표정으로 돌아갔다. 그렇게 반복되며 1년씩 스물다섯 번을 끌고 왔다.

내 마음 '중심에 내가 없는 오지랖'과 '원 가족만을 지키는 정성스런 시월드의 이기심'이 딱 맞는 퍼즐조각이 되어 맞아 떨어졌다.

착한 며느리 증후군.

그 병은 왜 내 것이 되었나. 물론 내 유년시절의 원인이 있었겠지만, 나는 어느 날 '가스라이팅(gaslighting)'이란 단어 앞에서 통곡했다. 지나간 권력을 생각하며 내 인생이 사라졌음에 눈물 흘렸다.

'마음의 상처는 몸에 흔적을 남긴다. 고구마를 먹고 체한 사람은 고구마만 봐도 식욕이 떨어진다. 살구의 신맛을 기억하고 있는 우리 몸은 '살구'라는 말만 들어도 입안에 침이 고인다. 이처럼 몸은 우리의 마음속 트라우마를 기억하고 있으며 어느 순간 그 기억을 재생시킬 수 있다. 우리는 어린 시절의 가족관계를 통해서 세상에 대한 밑그림을 그린다. 이 그림은 우리를 세상으로 인도하며, 수많은 인간관계와 만남 속에서 중요하게 작동할 기대치를 형성한다. 부모가 자녀에게 베푸는 사랑은 아무런 기대와 대가를 바라지 않는 사랑이어야 한다. 부모가 자녀에게서 어떤 식으로든지 본전 생각을 해서 안된다. 부모는 자녀에게 무조건 적으로 베풀고 , 자녀는 다시 부모가 되어 그것을 자신의 자녀에게 돌려주면서 돌봄과

---

4 가스라이팅(gaslighting)은 상황 조작을 통해 타인의 마음에 스스로에 대한 의심을 불러일으켜 현실감과 판단력을 잃게 만듦으로써 그 사람을 정신적으로 황폐화시키고 그 사람에게 지배력을 행사하여 결국 그 사람을 파국으로 몰아가는 것을 의미하는 심리학 용어이다.

베풂이 세대를 통해 내려가는 것이 결국 인류삶을 면면히 이어지게 하는 기본원리이다.'

- 최광현('가족의 두얼굴'에서)

고구마를 하나 먹다가 체해도 한동안 쳐다보기도 싫은데 수십년을 반복적으로 겪은 마음의 상처는 어떨까? 아무리 상대를 위해 노력해도 상황은 더 악순환이 된다는 것을 절절히 느끼게 되었다. 나도 모르는 사이 나 자신을 속인 채 버려오다가 활화산이 되어 폭발했다. 훗날까지도 누군가를 미워하니 자유를 찾은 뒤 삶까지 낭비하고 있음을 깨달았다.

칸트는 "자신의 인격에서나 다른 모든 사람의 인격에서 인간을 항상 동시에 목적으로 대하고, 결코 한낱 수단으로 대하지 않도록, 그렇게 행위하라"(한국칸트사전. 백종현)

아무리 하찮은 인간이더라도 '수단'으로 삼으면 안 된다는 것이다. 특히 간병하는 이와 가족은 그 말의 중심에서 깊이 생각하고 판단하고 행동해야 한다. 치매노인은 약자다. 자신에 대한 제3자의 무심코 하는 말과 눈빛을 느끼지만 제대로 된 표현도 방어도 못한다. 그러나 그들이 모르고 간과하는 것이 있다. 순간순간 느낀 감정을 잠재의식 속에 차곡차곡 쌓아 어느 순간에 표출하게 된다. 그것도 폭발하듯. 환자를 간병하는 요양사에게도 마찬가지다. 섬세한 간병의 손길을 위해서도 예의를 갖추지만, 대부분은 따뜻한 인격과 소명감으로 치매환자를 대하고 있다. 하루 이틀도 아니고 타고난 이타심이 없다면 오랫동안 할 수 없는 일이기 때문이다. 가끔 그렇지 않은 요양사도 있지만 내가 겪은 대부분의 요양사님에게서 책임감과 배려심을 경험했으니 얼마나 고마운 일인가. 약자를 성심성의껏 대하는 일을 하는 분이기에 더욱 존중 받아야 마땅하다.

마지막으로, 주 보호자는 누군가의 강요에 의해서도 계획에 의해서도 결정되는 것이 아니다. 타인의 선택이 아닌 주 보호자의 '따뜻한 이타심에 의한 결정'이다. 그렇기에 당신의 결정은 고귀하다. 간병 기간이 1년이 되었든 10년이 되었든 그것을 기꺼이 받아들였던 당신의 순수한 마음과 뜻이 고마운 것이다. 최선을 다했음에도 마음과 몸에 병이 들고 있다면, 언제든 자신과 아이들을 위한 결정을 내려도 '나쁜 사람'이 아니란 것을 받아들이길 바란다.

치매가족 온라인 카페를 보면 어쩔 수 없이 요양원에 보내 드렸다며 죄책감과 눈물로 글을 올리는 분들이 있다. 그러나 제발 그런 마음을 떠나보내길 바란다. 죄책감을 택하지 않으려다가 환자나 가족 주변인에 대한 원망의 골은 더 깊어질 것이며 당신의 아이들을 괴롭히고 있을 것이다. 당신과 자녀 사이에 남겨진 시간은 얼마나 될까? 당장 급한 일을 멈추고 한번이라도 깊이 고민해 보길 바란다.

이시간 지구 곳곳에서 치매와 싸우고 있는 주 보호자와 환자들...... 내게 그럴 자격이 있는지 모르지만, 주 보호자들에게 존경과 깊은 위로를 보내드린다.

초라한 글을 엮어 펴낼 수 있도록 해주신 출판사 관계자 여러분께 깊이 감사드립니다. 얼마 전 알츠하이머를 앓다가 소천하신 사랑하는 할머니께 감사를 전합니다. 그리고 지금도 치매와 싸우고 계신 시아버님께 응원 드립니다.

제게 밝은 웃음과 축복의 말로 용기를 주신 현옥님, 큰 도움과 응원주신 채원님, 수영님, 다시 웃음을 찾게 해준 사랑스런 유준, 묵묵히 응원해 주신 미경님, 영희님, 못난 자식에게 해가 될까봐 지나친 배려로 서로 연락도 못하며 마음 졸이다가 큰 병까지 얻으신 부모님, 아픈 상처를 안고도 속 깊은 사랑으로 지켜본 나의 사랑하는 아이들에게 깊고 깊은 사랑을 전합니다.

참 고 〰

○ 치매의 모든 것 (최낙원)

○ 치매를 산다는 것 (오자와 이사오)

○ 모록 (아리요시 사와코)

○ 가족보호자의 간병 부담감, 우울 및 신체증상에 치매환자
의 내현화 문제행동이 미치는 영향 (김태현, 박수현)

○ 치매환자의 우울 특성 (류경희, 강연욱, 나덕렬, 이광호, 정진상)

○ 박완서 소설의 치매서사와 가족갈등 고찰 (박산향)

○ 부양전 부부관계의 질과 결혼기간이 치매노인 부양자의 스
트레스 평가, 복지감, 삶의 질에 미치는 영향 (백주희)

○ 치매노인 주부양자의 부양부담과 가족응집력에 관한 연구
(이현경, 조춘범, 이현)

- 나는 왜 형제가 불편할까 (오카다 다카시)

- 가족의 두얼굴 (최광현)

- 가족의 발견 (최광현)

- 한국칸트사전 (백종현)

- 성인기 발달단계에 따른 형제자매의 온정성과 갈등

  (임미혜,지연경/ 한국가족학회)

- 해결중심 가족치료사례집 (정문자, 송성자외3명)

- 가족치료를 위한 가족분석 가계도

  (김유숙외 역(맥골드릭,걸슨))

그래도
함께여서 좋다?

치매간병을 힘들게 만든건 착한며느리 증후군이었다

발행일 2020년 7월 27일

지은이 정유경
펴낸이 박승합
펴낸곳 노드미디어

편 집 박효서
디자인 권정숙

주소 서울시 용산구 한강대로 341 대한빌딩 206호
전화 02-754-1867
팩스 02-753-1867
이메일 nodemedia@daum.net
홈페이지 www.enodemedia.co.kr

등록번호 제302-2008-000043호

ISBN 978-89-8458-339-9 03810
정가 15,000원